庫

12

芥川竜之介書簡集

石割　透編

岩波書店

凡　例

一　本書は、芥川竜之介の全書簡から、編者により一八五通を択び年次順に収録する。

一　底本には、岩波書店版『芥川龍之介全集 第二次』第十七巻—第二十巻(二〇〇八年五月—八月)、第二十四巻(同十二月)を用いた。但し、書簡37は、「森井書店古書目録第37号」(二〇〇八年十二月)に掲載された写真版からの翻刻である。

一　本文の表記については、巻末に付した「岩波文庫(緑帯)の表記について」に基づいて表記がえをおこなうとともに、読みやすくするために句読点を付した。底本の改行を、適宜整理した。

一　各書簡には、通し番号を付した。

一　同一人宛に同日付けの複数の葉書を出している場合は、一通の書簡としてまとめた。

一　本文で明らかな脱字は、〔　〕を付して本文中に補った。

一　各書簡の宛先・発信地の住所等の表示は、底本の表記を参考にしつつ本文庫としての統一をはかった。底本に発信地の表示がない場合でも、推定出来る書簡は、発信地を示した。

一　（葉書）（絵葉書）（自筆絵葉書）（託便）の別を示した。記載のないものは封書である。

一　日付の記されていない書簡については、内容から年次・月日を推定して、（年次推定）（年月推定）（月推定）を注記して配列した。

一　書簡を所蔵する文学館等の機関名と書簡番号を左に掲げ、謝意を表します。

神奈川近代文学館　79・81・99・122

倉敷市　83・84・86・112・123

昭和女子大学図書館　51・53・54

天理大学附属天理図書館　67

日本近代文学館　90・94・101・106・107・114・115・117・118・120・121・124・132・138・142・143・149・150・152・153・156・159・161・163・166・167・174・175・183・184・185

堀辰雄文学記念館　135・155

山梨県立文学館　56・64・77・78・136

目次

凡　例

一　三中から一高へ……………………………………………九
　　明治四十二(一九〇九)年………………………………一〇
　　明治四十三(一九一〇)年………………………………二三
　　明治四十四(一九一一)年………………………………二四
　　明治四十五(一九一二)年………………………………三一
　　大正二(一九一三)年………………………………………四一

二　『新思潮』と作家への胎動…………………………………四九
　　大正二(一九一三)年八月…………………………………五〇
　　大正三(一九一四)年…………………………………………六三
　　大正四(一九一五)年…………………………………………一一〇

三　小説家〈芥川〉の誕生 …… 一一九
大正四(一九一五)年十二月 …… 一三〇
大正五(一九一六)年 …… 一四七
四　新進作家として …… 一八三
大正五(一九一六)年十二月 …… 一八四
大正六(一九一七)年 …… 一九二
大正七(一九一八)年 …… 二一九
大正八(一九一九)年 …… 二三五
五　職業作家として …… 二四三
大正八(一九一九)年五月 …… 二四四
大正九(一九二〇)年 …… 二五五
大正十(一九二一)年 …… 二七七
大正十一(一九二二)年 …… 二九六
大正十二(一九二三)年 …… 三一〇

六　震災後の新時代を迎えて……三一三
大正十二(一九二三)年九月……三一四
大正十三(一九二四)年……三一三
大正十四(一九二五)年……三三〇
大正十五(一九二六)年……三四七
七　晩　年……三六一
昭和二(一九二七)年……三六二
注　解……三七三
解　題(石割　透)……四一三
解　説(近藤信行)……四二七
宛名解説索引

一　三中から一高へ

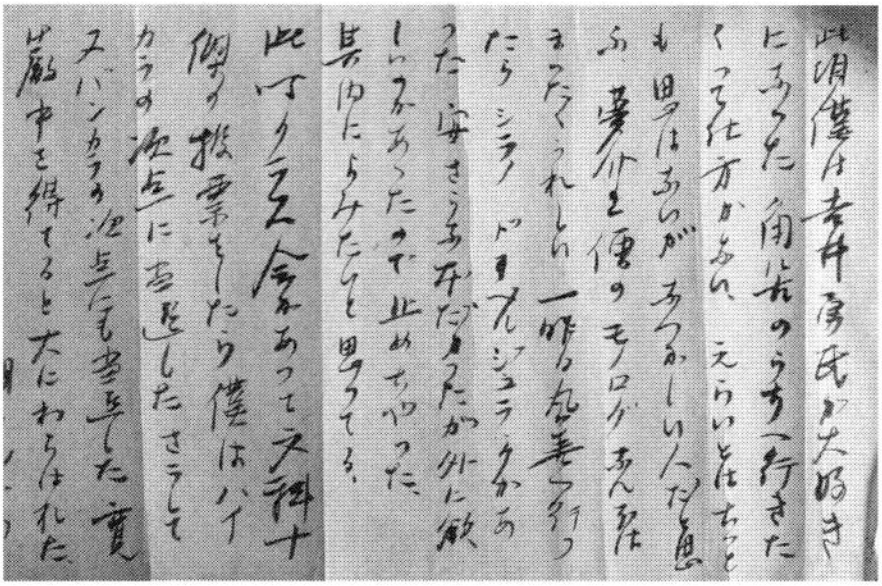

1911年2月16日，山本喜誉司宛(書簡8)の冒頭部分

明治四十二(一九〇九)年

1　3月6日　広瀬雄　本所区小泉町一五番地から

粛啓。御手紙難有奉誦致し候。「ジャングルブック*」は嘗てその中の二、三を土肥春曙*氏の訳したるを読み(『少年世界』にて)幼き頭脳に小さき勇ましきモングースや狼の子なるモーグリーや椰子の緑葉のかげに眠れる水牛や甘き風と暖なる日光とに溢れたる熱帯の風物の鮮なる印象をうけしものに御座候。原作に接したきは山々に御座候へども目下の様子にては到底手におへなささうに候へばまづ〳〵あきらめてRosmersholm*をこつ〳〵字書をひき居り候。「ロスメルスホルム」と云へばこの篇ほどメレジユコウスキ*の所謂「死の苦痛即ち生の苦痛」の空気の痛切にあらはれたるは見ざる様に思はれ候。英訳一冊にてイブセン*通になる訣には無之候へども「ボルクマン*」の懊悩。「ゴースト」の主人公の死。「ドールスハウス*」のヒロインの決心。「ザ、レデー、フロム、ザ、シー」のヒロインの復活。皆この境に新生命の産声をあげむとして叫び居り候へども殊にこの「ロスメルスホルム」の男主人公と女主人公との最後ほど強く描かれたるは無之候。*ハウプトマンの「寂しき人々」はこの作の感化を蒙る事多きよしに候へども嘗てよみたる「寂しき人々」の和訳にくらべて「ロスメルスホルム」の方がはるかに力のつよき様に感ぜられ候。恨らくは泰西の名著も東海の豎子には中々の重荷にて字書をひきて下調べをするときは何の事やら少しも判然せず代る代る訳をつける時に辛うじて事件の一部が明になり三度独りでよみ返して見てはじめて全事件を望み得る次第に御座候。殊に序幕にては暗示的な言の連発をうけて一方ならず閉口致し候。「*クオバデス」も「ロスメルスホルム」の間に繙き居り候へども中々捗らず時々先の頁を勘定してがつかり致し候。

今日は「クオバデス」と「ロスメルスホルム」との難解の個所を伺ひに上る予定の所朝より客来にて一日中栄螺の如く蹲りて且談り且論じ候まゝ遂に参上致し兼ね候。この分にては*雅邦会を訪ふも覚束なく相成目下は「*復活」の後篇をよみ居り候。談話部の竜頭蛇尾に陥りたる委員諸君の遺憾はさこそと察せられ候へども小生にとりては少くも天祐に御座候ひき、「批評の態度」の愚稿に先生の玉斧《ぎょくふ》を請ひて御迷惑をかけ候夜は、帰宅後書いては消し書いては消し遂には筒井君の所へ電話をかくるに至り候。「*果断ありと自ら誇りしがこの果断は順境にのみありて逆境にはあらず」その夜ひるがへして見たる「舞姫」の言我を欺かず候。

これより学年試験の完るまでは一週間禁読書禁遠歩の行者と相成る筈に候。遠足は散歩にて間にあはせ候へども禁書は兎も角も難行にて読みたくてたまらぬ時は何となく気のとがめ候まゝそうつと化学の教科書などの下にかくしてよむを常と致し候。今度もこの滑稽を繰返す事と思へば何となく滑稽らしくなく感ぜられ候。あまり自分の事ばかり長々しく書きつらね候。イゴイストは愽牛*以来の事と御宥免《ゆうめん》下さるべく候。匆々。

三月六日夜　　　　　　　　　　　　芥川竜之介

広瀬先生　硯北

明治四十三（一九一〇）年

2　4月　山本喜誉司　芝区新銭座町一六番地から

Dear Sir

とうとう英文科にきめちゃった。もう動かないつもりだ。文科の志望者は年々少くなって今では一高が辛うじて定員だけもしくは定員を少し超過する位で地方には殆ど定員だけの志望者がないと云う、これと同じ運命にあるのが理科だ相だ。何処迄所謂《いわゆる》Industrialになるンだかわからない。農科は近来秀才を吸収する新傾向を生じた相だ。その一人が君なンだよ、大に得意になっていい。

音楽がききたくなった。大へんききたくなった。今日も青年会館に音楽会がある。行きたいなと思ったけれどやめにした、一寸変な気がして思切って出掛る勇気がない、何時かもっとききたくなったら君に頼むから一緒に行ってくれ給え。独じゃ何年たったたって行けっこはない。

勉強してるだろうね。僕は矢張やれそうもない。「*タイイス」だけは読ンでる。来られたら来ないか。義理でいやいや来たンじゃアいやだ。来てもかたくなって遠慮しちゃアいやだ。遠慮しなくっても来てすぐ帰るように忙しいンじゃアいやだ。

中々*来かたが六ずかしいンだよ。大門行へのって宇田川町で降りる(新橋—源助町—露月町—宇田川町)。降りて少し先へ行くと道具屋と湯屋との間に狭い横町があって湯屋の黒い羽目に*耕牧舎の広告がある。その横町を向うへぬけると広い往来へ出る。そうすると直耕牧舎の看板がある。狭い横町があるからそれをはいると右側に

が立ってる。その向うの右側に花崗石を二列に敷いた路次がある。それをはいるとつきあたりに門がある。その門の内へはいるとどこかの代議士の御妾さんの家へはいるからその門をくぐっちゃアいけない。門の左に格子戸がある。格子戸をあけると左に下駄箱があってその上にロッキングの馬がのっかってる。此処《ここ》迄来ればもう間違なく僕の机の所へ来られる筈だ。芝の家の玄関がこれだから。
*平塚の所から手紙が来て肋骨はぬかずにすンだとかいてある。当分寝ているそうだ。序があったら見舞に行ってやるといい。あの黒犬さえ居なければ僕も行くンだけれど。さぞ細くなったろうと思ったら涙が二しずくこぼれた。でも二しずくきりっきゃこぼさ

なかった。

本当に来られたら来給え。来る前にはハガキで知らせて呉れ給え。待ってるから。これからちょいちょい手紙をかく。淋しくなれば方々へ手紙を出す。その度に返事はいらない。此方から出した手紙も読ンでも読まなくってもいい。用がある時は状袋に特にしるしをつけるから。

末ながら皆さんによろしく。匆々。

四月花曇の日

喜　兄

川やなぎ薄紫にたそがるゝ汝の家を思ひかなしむ

ヒヤシンス白くかほれり窓掛のかげに汝をなつかしむ夕

夕潮に春の灯《ひ》うつる川ぞひの汝の家のしたはしきかな

3　6月6日　広瀬　雄　本所から

粛白　昨夜は失礼致し候。今朝西川*と山本と三人にて一高へ願書を出しにゆき候。校門をくゞりし時一高の時計台は九時半を示し居り候ひしも門衛のわれらに与へたる番号札の既に五十番に達したるに先《まず》驚申候。玄関にて下駄をぬがせられ冷なるタヽキの廊下を跣足《はだし》にて会計課へ受験料を納め候へば会計係の人の小生をよびて「あく川さん」と云ふに再《ふたたび》驚申候。願書差出人の待合せたる所に至れば小使らしき紺の法衣を着たるが秣《まぐさ》（ママ）を切るやうな機械にて入学志望者の写真の縁(代紙の部分)を無造作に切落し居候。その後に洋服の老人と和服の中年の人とが願書と写真とを受験票にひきかへ居り候。しかも受験者の多くが廿歳を越えたりと覚しき大人なるに三たび少なからず驚申候。前年度の卒業生と一昨年度の卒業生(?)なる松崎と云ふ人に遭ひ候。猶《なお》細川がその前年度の卒業生なる名前を知らぬ人と一緒に参り居り候ひしは聊《いささか》意外に感ぜられ候。

われらが願書を出せる間に白帽の幾人かが朗々と何やら歌ひながらすぎゆくと異様なる教授服を着たる痩せたる先生のとほるとを見大に羨しく相成候。暫《しばらく》待たせられたる後漸くわれらの番になりて願書を出し候ところ二*部乙は山本が五十七番西川が五十八番小生の一部乙は僅に四十四番に候ひき。猶丁度一緒になれる小生の知人は独法にて八十六番に候由申し居り候。一部甲二部甲三部等は既に百番以上に達せし様に見うけられ候。理科と文科の不振は之に徴しても明に候。受験票と受験の心得を記せる紙とを懐にして泥濘の路を唯今帰宅致し候。何となく自己の生活が小さき段落をつけられたるやうな気が致し候。及第しても落第してもこの段落は長く残ることと存じ候。

これより直に芝に帰りて再辞書をひき始むべく候。空腹にして高心なりし昔を恥づるの心漸にこの頃になりて木洩日の如く我胸に光りそめ候。とりあへず御知らせ迄。匆々不悉。

六月六日　　　　　　　　芥川竜之介

広瀬先生　玉案下

4　7月3日　広瀬 雄　本所から

敬啓　先夜は失礼致候。その節拝借の DIMINUTIVE DRAMAS* 面白く拝読致居候。淡々たるユーモアの水の如く溢れたる誠にこの作者の特色なるべく唯今まで読みたる所にては THE AULIS DIFFICULTY* 最心を惹き候。

今朝山本より慶応*入学に定め候由申来り候。目下は試験後早々とて大分興奮してゐる様に候へば小生の申す事抔《など》は聞入申すまじくもう少し落ちついた所で一高をすゝめて見るつもりに候へどもどうも小生の云ふ事より気質と境遇との方が勝ちさうにて少々心配に御座候。慶応は勿論理財科手紙は鵠沼*より参りしのに候。

昨日は中塚やら大塚やら神山やら筒井やら長島やらに逢ひ候。鉄雄老漢は(TETSUYU と御よみ下され度候)万年漬の為腸胃加太児になり候由、形容は多少枯槁致居候へども元気は中々盛にて「吹毛剣を振つて隻手之声を切断すれば如何」などと云ふ辛辣な事を沢山承つて参り候。中塚は大分悲観致居候へども来年は勿論一高を試むべく勉強も休暇後と云はずつゞいてやる由に候。

今日朝来微雨独座して*許丁卯の詩集を繙く。一味の暗愁の霧の如く人に迫るを感じ候。殊にその懐古七律の如き格調痛哀*李義山に比すれば更に微、*温飛郷(ママ)に比すれば更に麗、*青蓮少陵以降七律を以て斗南第一人の名ありしもの誠に偶然ならず候。

末ながら御旅行の幸沢ならむを祈り候。早々稽首《けいしゅ》。

三日朝　　芥川竜之介

広瀬先生

5　7月　山本喜誉司　本所から（月推定）

粛白　昨夜開成社にて大塚君にあひ試験の事などいろ／＼語りあひ候。伊藤君の成蹟は英数二つながら perfect を欠く由残念ながら或は miss する事もやと疑はれ候。同君の気質とて定めて落胆の度甚しかるべく深く御気の毒に存候。逢ひて慰めたく思ひ候へ共恐くは客に接せられざる事と覚え候。大塚君とても未だ同情すべくあまりに不充分なる位置に立ち居り候へば同君の慰藉と激励とは一に大兄の任に存する事と存じ候。大塚君が小生に丸善*のカタログを借してくれる由申居り候。君の所まで持つて行つて置くとの事に候へば、よろしく御保管願上候。

「渦巻*」を一読致し候。地の文は「冷笑*」の方がうまく候へども所々（或は巻を通じてと云ふも可）の議論は面白くよまれ候。殊に享楽主義を論ずるあたり最も胸を動し候。今月の『三田文学*』には後藤末雄*氏のブルウ《(マヽ)》ド スイフの典型&批評が掲げられ候。一高を挙つて最多く読む人は同氏にして最文壇の注目を蒙れる人も同氏の由。赤杢も中々侮難く候。〔以下欠〕

6　9月16日　山本喜誉司　本所から（月推定）

水曜日から授業有之、一週独語九時間英語七時間と云ふひどいめにあひ居候。教科書はマカウレイの「クライブ」、カーライルの「ヒーロー ウオーシツプ」及ホーソーンの「十二夜物語」の抜萃に御坐候。存外平凡なもののやうに候へどもそれを極めて正確に且極めて文法的に訳させ候まゝ中々容易な事には無之候。殊にクライブを講ずる平井金三氏の如きはevery boyを「どの小供でも」と訳すを不可とし必ず「小供と云ふ小供は皆」と訳させI have little moneyを「あまり金を持つてない」と訳すを不可とし「金を持つ事少し」と訳させる位に候へば試験の時が思ひやられ候。

Classの人々は流石に皆相当なabilityのある人ばかりに候。殊に僕の両隣にゐる二人の如き共に哲学科の人に候へども学力の正確(豊富ならざるも)なると比較的広く読み居るとに於て、中々話せる人たちに候。四日ばかりの中にもう「です」語をやめて「だ」語を使ふくらいになり候へばClassの人々とも大かた話しをする程度までに親み来り候。されど共他人の中へ出たる心細さはまだ中々心を去らず候。折にふれて何となくなさけなくなり頭をたれて独り君を思ひ候。あまりのしげく御訪ねするもあまりたび〳〵手紙をさし上げるのも何となく気が咎め候へば心ならずも差ひかへ居候へども、独語の拗音のこちたきに、思ひまどへる時などにはすぐにも君に逢ひたくなり候。予備校に御通ひに相成候ひてよりは定めし御忙しき事とは万々承知致候へども折々の御たより下さらばうれしかるべく、されどもそも御復習を妨げてまでには及ばず候。

新宿へうつるは来月に相成り候ふべく目下二度目の通学願書をさし出し居り候。猶フイルハアモニツクソサイテーの演奏の時には御一緒に聞く事が出来候や。この頃は無精をして新聞をよまない事が多く従つて同会の演奏がいつあるやら知らず候。新聞にて御見つけの折は御知らせ願度候。

この手紙はたゞ一高の状況と用事とのみを記すつもりにて認め候。しかも筆のすゝむにつれて心絃幾度かふるひて君を思ふの心いつか胸に溢れ候。正直な所を申せば僕は君の四囲にある人に対して嫉妬を感じ候。僕の君を思ふが如くに君を思へる人の僕等のうちに多かるべきを思ふ時この「多かるべし」と云ふ推察は「早晩君僕を去り給はむ」の不安を感ぜしめこの不安は更にかなしき嫉妬を齎し来り候。恐らくは、僕のおろかなるを哂ひ給ふ事と存候へども折にふれて胸を掠むるこのかなしき嫉妬はしかも僕をして淋しき物思に沈ましめ候。かゝる物思のさびしさはこの頃になりてはじめてしみ〴〵味はひしものに候。されどもそのさびしさの中に熱きものは絶えまなく燃え居候。あゝ僕は君を恋ひ候、君の為には僕のすべてを抛つを辞せず候。人は僕の白線帽を羨み候へども君と共にせざる一高の制帽はまことに荊もて編めるに外ならず候。哂ひ給はむ嘲り給はむ、或は背をむけて去り給はむ。されども僕は君を恋ひ候、恋ひざるを得ず候。君の為には僕は僕の友のすべてにも反くをも辞せず候。僕の先生に反くをも辞せず候。将僕の自由を抛つをも辞せず候。まことに僕は君によりて生き候君と共にするを得べくんば死も亦《また》甘かるべしと候。何となく胸せまり候。思、乱れて何を書いていゝのやらわからなくなり候。唯《ただ》このふみよみ給はむ時、願くは多くの才人の間に伍して鼠色の壁の寒げなる教室の片隅に黒板をのぞみつゝ物思にふけれる愚なる男の上を思ひ給へ、これにて筆を擱くべく候。夜も更け候へば、心も乱れ候へば。

十六日夜

喜誉司兄

竜 弟

追伸　近き日の夜御訪ね致したく候。何曜日がよろしく候や伺上候。

7　11月7日　山本喜誉司　内藤新宿二丁目七一番地から（年次推定）

芳墨拝誦。「さぞ〳〵御忙しき事と察上候」は恨めしく候。五日の夜は全寮茶話会にて五時より翌暁二時に及び候。当夜旧一高選手長浜先輩の一高対早慶の勢力を比較し勝算殆《ほとんど》我手にあらざるをつげ今や輸贏《ゆえい》の法唯応援の如何に存するのみなるを云ひ近く高師の運動会に於て早慶の豎児が大塚台上「一高恐るゝに足らず」と傲語したるを叫ぶや一千の児皆悵然として声なき事石の如く中に感極まつて嗚咽するものあり。僕亦覚えず双涙の頬を湿すを感じ候。而して昨日は駒場に大白幡を翻して応援に赴き候ひしも命運遂に非也。「時不利騅不逝」桂冠をして空しく豎児の頭に載かしむるの恨事を生じ候。来む土曜日は大学対一高の綱引に候。而して再一高の選手が敵を待つの日に候。

この頃柳田国男氏の「*遠野語《（ママ）》」と云ふをよみ大へん面白く感じ候。「タイイス」に御かゝりの由大慶に存候。「タイイス」御読了後は何を御読みなさる予定に候や。「*酒ほがひ」本所にあり未御選歌をよむの光栄に接せず明朝こつちへ送つてもらふ予定に候。歌（歌と名づけ得べくんば）二つ三つかくつもりに候ひしもやめに致し候。拝晤の機を待つべく候。

御暇の折は御光来下され度せめては折々の御たより願上候。不馨。

七日夜　　竜

喜誉司兄

明治四十四(一九一一)年

8　2月16日　山本喜誉司　新宿から（年月推定）

この頃僕は吉井勇氏が大好きになった。角筈*のうちへ行きたくって仕方がない。えらいとはちっとも思わないがなつかしい人だと思う。夢介*と僧のモノログなんぞはまったくうれしい。一昨日丸善へ行ったらシラノドベルジュラク*があった。安そうな本だったが外に欲しいのがあったので止めちゃった。その内によみたいと思ってる。

この間クラス会があって文科十傑の投票をしたら僕はハイカラの次点に当選した。そうして又バンカラの次点にも当選した。寛厳中を得てると大にわらわれた。こんな馬鹿馬鹿しい調子だから一高生活を嫌うのも無理がないじゃないか。

一高でいいのはかーみーゆーいーどーこだけだ。第一、五銭である。その上におーやーかーたが大の相撲好で相撲の話さえしていれば顋が痛くなる迄髯をすってくれる。

雨がまだふってる。あした道が悪くって悲観だなと思う。君のうちの石が皆濡れて滑なつやを見せているなと思う。こんな事を考えながら書いてると君に逢いたくなった。逢いたくなったって笑っちゃあいけない。さきおとといの晩も夜中に急に君が隣にねてるような気がして手をのばして椅子の足をつかまえた。自分でも可笑しくなる　随分な馬鹿だろう。

これから手紙の名をかくときに本名をかくのはよそう。封筒だけは仕方がないけれど。君はAPOLLO*でいい、僕はSATYR*にする。

十六日夜　　　　柏の森にすめる　SATYR

APOLLO THE BEAUTIFUL の君へ

9　2月25日　山本喜誉司　新宿から

BEFORE THE CURTAIN RISES.

APOLLO, THE BEAUTIFUL. に捧ぐ、

黄昏のしみ〲寒い桔梗色の羽織に
幕‐合の木の鳴る音《ヲト》ぞうれしけれ

Kachi と鳴りまた Kachi と鳴る
緞帳《どんちょう》に散る金と赤こそうれしけれ

桟敷の外には　ほのかなる酒の香にほひ
曇りたる Door の硝子をへだてゝ
うす青き　雪の反射ぞいたましや

Kachi と鳴りまた Kachi と鳴る
幕 - 合の拍 - 子 - 木の音《ね》ぞうれしけれ

番附をのせた右の手の白さ
濡色の桃割れに銀釵《ぎんかん》が冷たそに
横顔の頰のえ - みこそなつかしや

Kachi と鳴りまた Kachi と鳴る

幕ー合の拍子木の音《ネ》ぞうれしけれ
あゝ赤が散る　金が散る　また青が散る
さゞめきの銀の乱れに紺がちる
静なる幕のゆらぎぞ美しや

Sha, Sha, Shan また tin, tin, tiun, shan
二上りの下座の三味こそうれしけれ

（一九一一年二月二十五日）

君の夢の話の奥に Some thing のあるを見候。もつと詳しく話していたゞきたく候。何となく不安心のやうな気がいたし候。皆の帰つた跡はさびしきものに候。君のかへつた後はさびしきものに候。恋しき人の去りたる後に"I love you, Do you pardon me?"とつぶやけるアムステルダムの少年詩人を思浮べ候。

蒼褪めし心の上に雨をきく、雨のひゞきのかなしさをきく
冬の雨のひゞきをきけば涙流るゝ　かなしかりけりかなしかりけり
此淋しさ何とてたへむ□故に□得ざれば

その少年詩人のやうに僕もつぶやくべく候。Do you pardon me?

新宿の森なる　Satyr.

10　11日　山本喜誉司　新宿から（年次推定）

雨の中を十一時まで独りでぶらついた。君の家の前も二度通った。ただ何となく気がいらいらする、このいらいらする思いを君にしらせたいと思う。君より外にきいてくれる人はないと思う。前に大きな陥穽があって、僕の通る道が唯一すじその陥穽にどうしてもおちなくてはならぬようについていたとしたら、どんなだろう。すべての力もぬけてしまうじゃアないか。病軀を抱いて痛飲する尾城の心もちになって見れば、随分気の毒なものだと思う。しかも僕自身もこの憫むべき人間じゃアないか。レルモントフは「自分には魂が二つある、一は始終働いているが一つはその働くのを観察し又は批評している」といった。僕も自己が二つあるような気がしてならない。そうして一つの自己はもう一つの自己を、絶えず冷笑し侮辱しているンだもの、僕は意気地のない無価値な人間なンだもの、それは「ボルクマン」もよみ、ノラもよんだのだから、何故自己の生活に生きないといわれるかも知れない、けれども僕は到底そんなに腰がすえられない、僕は酔っている一方においては絶えず醒めてもいる。僕は囚われている一方に於ては、常に解放せられている。生慾と性慾との要求を同時に一刻も空虚を感じないことはない。まるで反対なものがいつも同時に反対の方向に動こうとしている。僕は自ら聡明だと信ずる、唯その聡明は呪うべき聡明である。僕は聡明を求めて却って聡明のために苦んでいるのだ、その相搏っている大きな二つの力の何れかが無くってくれればいい。そうしなければいつも不安である、こうまで思弱るほど意気地のない人間なんだもの。君は嗤うかもしれないけれども嗤われてもいい、しみじみこう考えこむのだから。いつまでたっても僕はひとりのような気がする。淋しい巡礼のような、悲しさが胸にわくよ、唯同じような(多少なりとも)感情を持っている君が頼みになるばかりなのだもの。君がいなくなったら僕はどうしていいかわからないのだもの、いつか君にわかれる日がくるンじゃアないかと思うと、わけもなくつまらなく感じられる、見はなされるような気さえするよ君。何をやっても同じ事だ、結局は同じ運命がくるのだし、誰でも同じ運命にあうのだから。

しみじみ何のために生きているのかわからない。神も僕にはだんだんとうすくなる。外面種の為の生存、子孫をつくる為の生存、それが真理かもしれないとさえ思われる。外面の生活の欠陥を補ってゆく歓楽はこの苦しさをわすれさせるかもしれない、けれども空虚な感じはどうしたって失せなかろう。種の為の生存、かなしいひびきがつたわるじゃアないか。窮極する所は死乎、けれども僕にはどうもまだどうにかなりそうな気がする、死なずともすみそうな気がする。卑怯だ、未練があるのだ、僕は死ねない理由もなく死ねない、家族の係累という錘はさらにこの卑怯をつよくする、何度日記に「死」という字をかいて見たかしれないのに。そういえばその日記もこの頃はやめてしまった、過去何年の日記は、皆嘘ばかりかいてある。唯あとで読んで面白い為なら、何も日記をつける必要はない、何故あんな愚にもつかない事を誇張して日記なんていったろう。どうしていいかわからない。唯苦笑して生きてゆくばかりだ、そうしたらいつか年をとって死んでしまうだろう。死なないまでも今の思想とはまるでかわった思想を抱くだろう、どうせ「忘却」のかなしみはいつか僕を掩うんだろう。

気狂いじみた事を長くかいた。けれども実際こんな考が起ってとめどがない。よみかえすと君に見せるのが嫌になるかもしれないからかきはなしで君の所へあげる。誤字や脱字はよろしく御判読を願う。切に試験をうまくやるのをいのる。

十一日夜十二時蠟燭の火にて　　　　竜　生

明治四十五年（一九一二）年

11　4月13日　山本喜誉司　新宿から（月推定）

君がこの手紙を見る時はもう僕が芝についてる頃だろうと思う。あれから家へ帰って君にあった事を話したら「御前とは違って感心だ」と云った。「御前とは違って」には驚いた。僕も家中つれて御花見に行こうかと思う。君をもった御祖母さんが羨ましい。石崎が農科へ行くそうだ。農科流行だね。僕の方は依然として僕一人だ。殊に三中開闢以来未だ一人も通ったものがないのだからな。

帰って見たらヒヤシンスの花が細々と紫と白に咲いていた。さびしい花だ。＊マアテルリンクの＊Blue bird をよんだ。二百四十頁を二日で読ンだのだからNOよむ気になったンだから面白さがしれると思う。芝居も見たくなっちゃった。歌舞伎の番附を見たのも動機の一かもしれない。この頃は大分荷風の享楽主義にかぶれちゃった。

最後に御願がある。一昨年の九月にあげた手紙は破るか火にくべるかしてくれ給え。

どンな事を書いたか今になって考えると殆取留めがない。さぞ馬鹿馬鹿しい事が書いてあったろうと思う。何となく気まりが悪いからどうかしちゃってくれ給え。切に御願する。

十三日夜　芝へかへる十分前　竜

喜　君

12　7月16日　井川　恭　島根県松江市内中原町　井川恭へ
新宿から

御無沙汰*をしてすまない。

この間成蹟*をみに学校へ行った。石田君だの大江君だの何だのに遭う前の日の午前に出る筈のがやっと翌日の午後になって出たのである。その上大へん暑い日であのアスファルトのように空までが白く爛れていた。折角暑い思をして見て来たものだから君の所へもしらせようと思ったが、石田君*が何でも大ぜいの人に通知をしなければならないと吹聴していた中に君の名もあったから二度の手数をかけるのでもないとやめにした。鈴木は気の毒な事をした。後藤さんは仕方がないにしても。

休み前に思った通りになる事は一つもない。本もそんなに早くよめない。旅行にも出かける気にならない。毎日ぼんやり硝子戸の外にふる雨の音をきいているばかりだ。人も滅多に来ない。人の所へも更に滅多に行かない。胃が少し悪くなりかかっているのが閉口だが、その外は格別苦になる事もない。布で大きな茶袋のようなものを二つ拵えてその口に真田紐をつけてその中へ足をつっこんで紐を膝の上でしめて蚊に食われない予防をして、本をよんだり昼寝をしたりしている。何時までも休みがつづくといいなと思う。

入学試験がすんだ。KANIPANは多分いけなかろうと思う。問題は大へんやさしい。殊に国漢なんぞは御話しにならん。概してやさしすぎる。あれでは採点の時先生の気分の働く余地が多かろうと思う。漢文を例の為に御覧に入れる。

豊太閤磊々落々気象。似石勒。而其胆略過之。其代織田氏興。雖未免欺其孤児寡婦。蕩掃海内。済二百年塗炭之民。惜乎能治乱而不能成治也。

その上豊太閤と石勒にUNDERLINEをして個有名詞たるを示している。中学の二年生でもよめるにちがいない。紫紅*氏の「恋の洞」を帝劇へ見に行った。大へんつまらないのでシアロックホルムスと喜劇とは見ている気になれなくって早く電車にゆられながら家へかえった。唯眼にのこるのは中幕弁慶上使の幸四郎の弁慶とかく子のおわさばかりである。蚊帳の中に横になる時何時までも旧劇を翫賞する――旧劇以外に翫賞し得るものを見出し得ないのを心細く思った。しかしこれは作劇が文芸に興味を有する若旦那の手に委ねらるる限り続くのに相違ない。

*MYSTERIOUSな話しがあったら教えてくれ給え。あの八百万の神々の軍馬の蹄のひびく社の名もその時序にかいてよこしてくれ給え。ろせっちの詩集の序に彼は超自然な事のかいてある本は何でも耽読したとかいてある。大に我意を得たと思う。一笑。時々ろせちをよむ。願くはこの詩人のように純なる詩の三昧境に生きたいと思う。

ADIEU

July, 20, 1912.

御盆の十五日　　竜

井川君

13　7月20日　井川恭

島根県松江市内中原町　井川恭へ
新宿から

*My dear friend

I thank you for a letter so warm and kind.

At 7 o'clock, this evening, I imagine I see you with your mother sister and brothers, talking and laughing. Certainly you talk most delightfully, floating hearty smile on your brown cheeks, sunburned like a olive-nut, while at times your little brothers throw a jest at which nobody (even your mother and sister) can help laughing. The laughter ring like a silver-bell, in the yellowish lamplight, the sweet smell of flowers and the chirping of crickets,— at this time I was writing this letter in my sultry library, sweating and being bitter by mosquitoes. Have pity on me!

The summer in Tokio is awfully detestable. The red sun, shining like a white heated iron, pours its light and heat over the thirsty earth, which stares the cloudless sky with the bloodshot eyes. Chimneys, walls, houses, rails and pavements, everything on the ground grins and groans from its hellish anguish.(Perhaps you can hardly understand how disgustful the summer in Tokio is, and you feel rather ridiculous my extreme hatred of summer). To think of poetry or life or eternity in this horrid heat and tumult, is quite impossible. I feel like a flying-fish, fallen unluckily on the deck of a ship and dying there. Besides, I am greatly annoyed by dust, smell of stated fishes, hums of insects, hateful feature of *Yamori* and *Tokage*, and the most dreadful *Ka*. In short, The Queen of Summer who is favourable to you, treats me very cruelly.

I read *Yusenkutsu*, dreaming of a fairyland of sunshine and peach-blossoms, where reality turns into a delicious dream and suffering into a life of luxurious pleasure. I wish to forget everything, vulgar and common, in this charming magic land and to live a life, not of men and women, but of gods and goddesses, under the sapphirine sky of this fairyland, enveloped with the perfume of snowwhite pear-blossoms, with the poet of this fantasia, *Chobunsei*.

Don't laugh at my childish fantasy! This is my little kingdom where the mysterious moon shines above the mysterious land. I dream a dream day and night, a dream of primrose-colour, and in this dream,(this is my ivory tower) I find my happy sadness, lonely but sweet, forlorn but agreeable. "The blue lotus of mystery" said one of the Old-Indian poets, "blossoms only in the milky evening mist of fantasy." There are only sciences and arts; and there is no science without the sciences of "Müssen". You may as well call history, logic, ethic, philosophy and etc. "arts" as call music and painting "arts". Fauns and nymphs, dancing in the bright moonlight of the glen in which, red roses and yellow narcissuses blossom, sing cheerful songs and blow silver flutes, while historians and philosophers, with grey heads and wrinkled faces, engage in their so called scientific research. The fauns'song and the historians'study are quite same, without the only slightest difference between them: that the former is charming but the latter awfully tedious.

A pale green moth came and sat on my shoulder. Outside the window, the oaktrees are rustling very quietly in the evening twilight of July. The smell of hay — the dull moo of the cows —— the yellow new moon — Night is coming on with its thoughts and dreams.

Now I must light the lamp and sup with my old father and mother.

Yours truely

R. Akutagawa.

P. S. Beardsley's *Salome is extraordinarily dear. I found it yesterday in the shop of a second-hand book-seller; it was 7 yen.

14　8月2日　藤岡蔵六　新宿から

御*不例中に手紙をかいて君の所へ出すばかりにして置いたが、号外の連発される騒ぎについわすれてしまったので、書棚の上へのせたまま封筒の上に埃がたまるようになった。その中に君のところから桃色の状袋にはいった君の手紙が来たので、前の手紙を裂いて新に之をかく。

御不例中に夜二重橋へ遥拝しに行った姉が、小学生が三人顔を土につけて二十分も三十分もおじぎをしていたと涙ぐんで話したときには僕でも動かされたが、その内に御命に代り奉ると云って二重橋の傍で劇薬をのんだ学生が出たら急にいやな気になってしまった。電車へのって遥拝にゆくつもりでいたのが、そんな奴ばかりの所へゆく位なら家にいて御平癒を祈った方が遥にいいと考えるようになった。そうすると直崩《すぐ》御の号外が出た。あけがたの暗い中に来た黒枠の号外を手にとった時、矢張遥拝に行った方がよかったとしみじみそう思った。

昨日(一日)は学校で御哀悼の式があった。在京の生徒が可成あつまった。講堂であの緋と金との校旗の下に菊池さんが哀悼の辞をよんだ。そのあとで可成長い菊池さんの話しがあった。そうしてそれが非常に暑かった。その前寮の委員が菊池さんの所へ寮生の御見舞状を捧呈する為に行った所が、夜の十一時すぎになっても帰って来ない。仕方がなく帰ろうとすると路で先生にあった。所が先生は酔顔を風にふかせながら「陛下の御病気はまことに痛心にたえない」とのべた。それがあの廿八日の夜だときいている。また委員が谷山さんの所へ行った時、舎監は「こんな騒ぎなのに堀さんは浅草へ行って遊んでるんだから仕方がない」と云い云い自分は酒をのんでやめなかったときいた。そんなscandalを聞いているだけにあんな哀悼の辞より、何の学問もない僕の母や伯母の方がはるかに尊いと云う反感が起った。実際崩御の号外が出た時には僕のうちのものは皆泣いたんだ。あんな調子ですべてをやって行くんだから、学校だって駄目なんだと思う。

もし旅が娯楽*に関する催しの中に算入されないとしたならば、僕は御停止がやんだら旅に出ようかとも思っている。まだ何ともきまらない。時々僕のあたまの中には猪苗代の湖の青い平面がきらりとうつる事がある。あの近所へでも行こうかと思う。東京は暑い、うんざりするほど暑い。そうして場末だから僕の方は蚊が沢山くる。灯をとりに黄金虫やうんかや羽蟻のようなやつが沢山はいってくる。夏はほんとうにいやだ。

*ヒヤワタは一寸面白い。プリミチブなアメリカインヂアンの獣皮に描く画のような円

葉柳のかげにふく蘆笛の声のような感じがする。僕は Peace-Pipe. Hiawatha and Mudjekeewis. The Son of Evening Star. Hiawatha's Departure がいゝと思う。あの中に出てくる幽霊はあんまり感心しない何と云ってもLongfellow では Evangeline がすぐれているのだろうと思う。

鈴木は大連から手紙をくれた。支那料理の饗応をうけて支那の芝居をみにゆくのだそうだ。うまくやってるなと思う。灰色の平原と青い海の鋼鉄のような面とが眼にうかぶ。紅い灯の光になげく鳳管や月琴の声が耳にひびく。この頃南清へ行けと人に誘われたが、金がないので断った。満洲は黍が疎《まばら》にはえた中で黒い豚が鼻をならしているような気がするけれど、楊子江の柳に光る日の光は是非一度あびたいと思う。

Mysterious な話しを何でもいいから書いてくれ給え。文に短きなんて謙遜するのはよし給え。如例静平な生活をしている時に図書館へ行って怪異と云う標題の目録をさがしてくる。この間「稲生物怪録」をよんだら一寸面白かった。その外「比叡山天狗の沙汰」だの「本朝妖魅考」だの甚現代に縁の遠いものをよんでいる。何でも天狗はよく「くそとび」と云う鳶の形をして現われるそうだ。「くそとび」は奇抜だと思う。

健康を祈る。

竜

大正二（一九一三）年

15　3月26日　山本喜誉司　新宿から

敬啓。FAUST*御招ぎ下さって難有う存じます。唯今切符落手致しました。

試験準備のいやなのは誰でも同じです。けれども僕の方は廿七日ぎりなので今日一日かと思うと大分張合いになります。法制や経済は殆復習仕ないでうけるのですから、いつもしくじってばかり居ります。その上一週間程前から胃病になったので余計弱って居ります。医者は軽い胃拡張だと云っていますけれど何だか持病にでもなりそうな気がして仕方がありません。

窓からみる枯草の土手の下に、一列の鮮な緑りの若草が春のいきづいているのを感じさせます。春の歌四首――御笑いまで。

片恋の我世さびしくヒヤシンスうすむらさきににほひそめけり
晩春の銀器のくもりアマリリスかぎつゝ独り君をこそ思へ

たよりなく日ごとにふるふ春浅き黄水仙《ナッシイサス》の恋ならなくに
片恋の若き庖丁《コック》が物思ひ春の厨に青葱も泣く

匆々

三月廿六日夕　　　　　　　　竜

きよし様　御許

16　7月17日　井川恭　島根県松江市内中原町　井川恭へ
新宿から

卒業式*をすませてから何と云う事もなくくらしてしまった。人が来たり人を訪ねたりする。ほかの人に遇わない日は一日もない。休みになった割合に忙しいのでこまる。本も二、三冊よんだ。

この休暇にかぎって今から休みの日数が非常に少いような気がしている。もうすぐに新学期にはいる学校がはじまる。それがいやで仕方がない。いやだと云う中には大分新しい大学の生活と云う不気味な感じが含まれているのは云うまでもないが、同時にまた君がいなくなったあとの三年のさびしさを予感するのもいやな感じを起させる大きなfactor になっている。顧ると自分の生活は何時でも影のうすい生活のような気がする。

自己の烙印を刻するものが何もないような気がする。自分のオリギナリテートの弱い始終他人の思想と感情とからつくられた生活のような気がする。「ような気がする」に止めておいてくれ〔る〕のは自分のVANITYであろう。実際こうしたみすぼらしい生活だとしか考えられない。

たとえば自分が何かしゃべっている。しゃべっているのは自分の舌だが、舌をうごかしているのは自分ではない。無意識に之をやっている人は幸福だろうが、意識した以上こんな不快な自己屈辱を感ずる事は外にはない。このいやさが高じると随分思い切った事までして自己を主張してみたくなる。自分はここで三年間の自分の我儘に対する君の寛大な態度を感謝するのを最適当だと信ずる。自分は一高生活の記憶はすべて消滅しても君と一緒にいた事を忘却することは決してないだろうと思う。こんな事を云うと安っぽい感情のエキザジェレーションのように聞えるかもしれないが、自分が感情を誇張するのを軽蔑している事は君もしっているだろう。兎に角自分は始終君の才能の波動を自分の心の上に感じていた。この事は君が京都の大学へゆく事になり自分が独り東京にのこる事になった今日殊に痛切に思返えされる。遠慮なく云わせてくれ給え。自分と君との間には感情の相違がある。感覚の相違がある。君は君の感情なり感覚なりをjustify

する為によく説明をする(自分は之を好かない)。僕も同様に説明する事が出来る(この相違から君と僕の間の趣味の相違は起るのだが)。こうした相違は横の相違で竪の相違ではないからである。対等に権利のある相違で高低の批判を下す可らざる相違だからである。しかし理智の相違はそうはゆかない。自分が君の透徹した理智の前に立った時に自己の姿は如何に曖昧に如何に貧弱に見えたろう。君の論理の地盤は如何に堅固に如何に緻密に見えたろう。之は思想上の問題についてばかりではない。実行上の君の ability の前に自分は如何に自分の弱少を感じたろう。こんな事がある。二年の時僕が寮へはいって間もなくであった。散歩をしてかえって見ると誰もいない。一寸本をよむ気にもならなかったので、口笛をふきながら寮室の中をあるいていると君の机の上にある白い本が見えた。何気なくあけて見るとふらんす語のマーテルリンクであった(その時まだ僕は君がふらんす語が出来る事をしらなかった)。自分はその本の表紙をとじる時に讃嘆と云うより寧ろ不快な気がした。その時に感じた不快な気はその後数月に亘って僕を刺戟して何冊かの本をよませたのであった。こんなに君は自分が自他の優劣を最明白に見る事が出来る鏡であった。自分は誰よりも君を評価する点に於て誤らないと信じている。君と僕とは友人と友人との時より或は師と弟子との時の方が多かったかもしれない(唯幸に主と隷とにはならなかった)。君の才能の波動を自分の心の上に感ずれば感ずるほど、自分の君に対する尊敬と嘆称との念が増して行ったのは当然であろう。独之《ひとり》に止らず自分は屢《しばしば》と自ら顧みて(殊に君以外の人に対している場合に)、「自己の傀儡」が「君の思想」を以て口をきいているのを発見した。オリギナリテートの少ない人間にとってはこんな事も家常茶飯かもしれない。寧《むしろ》已むを得ない事なのかもしれない。しかし自分には之が如何にも卑劣に如何にも下等に見えた。口をきくばかりではない。更に進んでは「自己の傀儡」は「君の思想」と「君の感情」とを以て手をうごかし足をうごかした。自分には之が愈《いよいよ》下等に見えた。自分抔の君に対する尊敬は君の他人に対する(この中に勿論自分も含まれる)侮蔑を感じてもこれに反感を起し得ない程強くなっている。けれども自分の行動を定めるものは常に自己でなくてはならない。自分は自分の言動を飽く迄《まで》も吟味して模倣と直訳とは必避けなければならないが。

こうして尊敬と可及的君の言動と逆に出ようとする謀叛心とが吸心力と遠心力のように自分の心の中に共在していた。横道へそれるがこの遠心力を養成したのは一部分石田の功績である。笑ってはいけない。実際少し滑稽だが我々が何か論ずる時になると石田は何時でも曖々然とした中間を彷徨しながら旗色のいい方へ不離不即に賛同する一種の技術を持っている。このアートに対する反感は(このアートを用いる結果として石田は論をする際に常に君に賛成するから)自分を石田に反対させる為に特に君に反対させた事が少くなかった。自分はこの遠心力も全無益だったとは思わない。前にも云ったようにこれがあった為に、君と自分とは主と隷とにならずにすんだ。けれども又之がある為に自分は如何にも頑迷に如何にも幼稚に君に対してEGOを主張した事が度々ある。今から考えると冷汗の出るような事がないでもない。よく喧嘩をせずにすんだと思う。しかも喧嘩せずにすんだのは完く自分の力ではない。終始君の寛大な為であった。自分が没論理に感情上から卑い己を立て通した時に、自分の醜い姿が如何に明に君の眼に映じたかは自分でも知っている。地を換えたなら自分は必こうした態度に出る男を指弾したに相違ない。いくら寛大でも嘲侮はしたに相違ない。この点で自分は君がよく自分の我儘をゆるしてくれたと思う。そうしてそう思ったときに今まで感じなかったなつかしさが新しく自分の心にあふれてくる。

井川君、君は自分が君を尊敬していることはしっているだろうと思う。けれども自分が如何に君を愛しているかは知らないかもしれないと思う。我々の思想は隅の隅迄同じ呼吸をしていないかもしれない。我々の神経は端の端までもつれあってはいないかもしれない。しかし自分は君を理解し得たに近いと信じているし君も又これを信じて欲しいと思っている。一緒にいて一緒に話している間は感じなかったが、いよいよ君が京都へゆくとなって見ると自分は大へんさびしく思う。時としては悪み時としては争ったが、矢張三年間一高にいた間に一番愛していたのは君だったと思う。センチメンタルな事をかいたが笑ってはいけない。こんな事を考えるようでは少し神経衰弱にかかったのかもしれないと思う。しかし今は真面目で之をかいている。かきつつある間は少くも偽を交えずにかいていると思っている。自分は月並な友情を感激にみちた文句で表白する程閑人ではない。三年の生活をふりかえってしみじみと之を感ずるから書いているのである。君のいなくなったあとで自分の生活はどう変るか。遠心力と吸心力とは中心を失った後にどう働く事が出来るか。それは自分にもわからない。君によって初めて拍たれたINTELLECTの鍵盤はうつ手がなくなった後も猶《なお》ひびく事が出来るか。出来るとしても始と同じ音色でひびくだろうか。それも自分にはわからない。

今時計が十二時をうった。もうペンを擱かなくてはならない。長々とくだらない事をかいたが、まだ書きたい事は沢山あるような気がする。寝てもこんな頭の調子では寝つかれそうもない。この手紙の二枚目は書いてゆく紙面の順序が外のとちがっているから赤いんきで12としるしをつけておく。よくこの印をみてよまなくっちゃあいけない。

忙しいので石田にはまだあわない。一、二年の成績をみに行ったら*小栗栖君にあった。廿日頃京都へゆくって云ってた。一高の入学試験もすんだ。城下良平さんは少しあぶなそうだ。国語に「さすがになめくて」と云うのが出たのでよわったと云っていた。

この頃「剪燈新話」だの「*金瓶梅」だの古ぼけた本を少しよんだよ。*村田さんのところへは行った。君が藪のある所を曲ると云ったから、山伏町で下りて二番目の横町をはいってから藪ばかりさがしたが藪が出ないうちに先生の門の前へ来てしまった。村田さんのうちは村田さんのあたまのような家じゃあないか。紅茶を御馳走になった。女中が小さいくせに大へん丁寧なので感心した。

よみにくいだろうが我慢してよんでくれ給え。遅くなったからもう寝る事にする。蚊がくう。蒸暑い。御寺へは八月の二、三日頃ゆく事にした。さようなら

十七日夜　　竜

恭　君

追伸　また田中原だか内中原だかわすれたから曖昧に上がきをかく。今度手紙をくれる時かいてくれ給え。

二　『新思潮』と作家への胎動

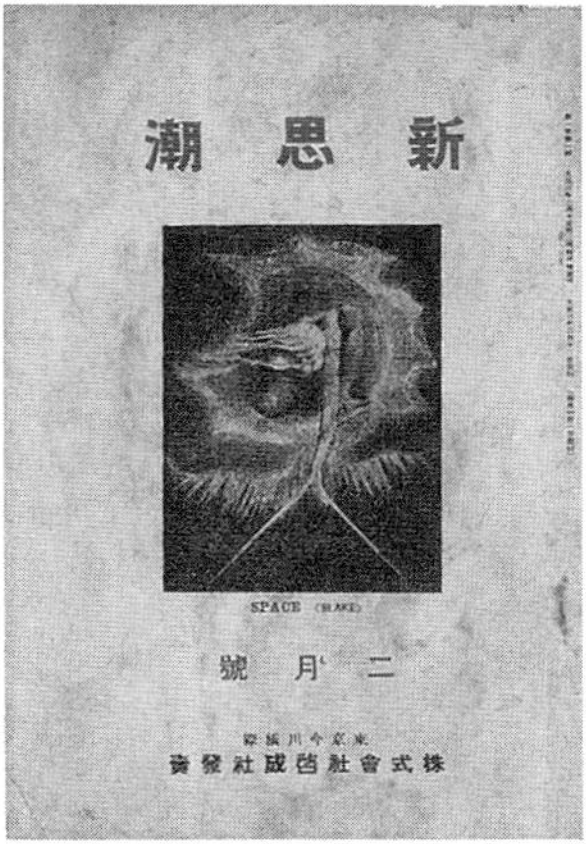

1914年2月，第3次『新思潮』創刊号．表紙は，ブレークの「SPACE」

大正二(一九一三)年

17　8月11日　山本喜誉司　神奈川県高座郡鵠沼村加賀本様別荘から（年月推定）

＋

君の手紙をみていろいろな事を考えた。僕は容易に自分を忘れる事の出来ない性分だから何を考えるのでも必自分が中心になる。だから僕の考えは僕だけに通用する考えは人には通用しないのにちがいない。けれども君の手紙をみたら何か書きたくなったからとりとめのない考をかいて送ろうと思う。このinkの色が僕は大嫌なのだが外にinkがないから仕方がない。紙もNote-bookからさいた罫紙の外に紙がないのだから仕方がない。

＋

僕には結婚が〝二個のbeingの醜い結合〟とも〝corps of love〟とも考えられない。こうした語が普遍的な意味を持っているのでなく、世間並な結婚に対する嘲罵の語であるなら賛同の意を表さない事もないが結婚と云う事がその事の性質上必然的にこうした語のような結果に陥らねばならぬと云う事はどうしても信ずる事が出来ない（僕は夢想家だからこれも illusion の一つかもしれないが）。僕は結婚によって我々の生活は完成を告げると思う。しかしここに云う結婚を世間並に一対の男女を結びつける形式と考えたら大へんな間違になる。結婚と云うのは宇宙に存在する二の実在が一体になる事を云うのだ。原始神の炎のような熱と愛とを以て二つの星宿を一つの光芒の中に合せしめる事を云うのだ。二実在が一体をなす為には先《まず》その間に愛がなければならない（僕は性欲と愛とを同一とは考えない）。次いではその間に円満な理解がなければならない。この二者を欠いた結婚は葡萄も酵母も持たない酒造りで生活の酒は決してその手から醸される事はないと思う。こうして自己が他人の中に生き又他人が自己の中に生きる落寞とした〝生〟の路はかくして始めて薔薇と百合とに蔽われる事が出来るのではないか。人はこう云うかもしれない〝それなら二人の男女が相愛すればいいではないか、何に苦んで結婚と云う Bond を帯びる必要があろう〟しかし人間はアダムとイブとの様に生きているのではない。個人は社会と対立している。結婚の Bond なくして同じき結果を得んが為に他の欲望を犠牲にしなければならぬ（たとえば道義慾）そうすると結婚の Bond を帯びると云う事は一所に死して万所に生きるのである。一所に死するのではない。その結婚の完全に行わるる限り唯万所に生きるのである。どうして之が love の corps であろう。
IBSEN は結婚問題に解決を与えて相愛する男女は結婚するなと云っている。しかし之は解決ではないと思う。何となれば問題は how にあるのに IBSEN は問題そのものを否定する。だから之は無解決と同じである。君の場合に於ても僕としてすすめ得る事があるなら、第一に平凡な世間並の忠告——愛さない女はもらうな——を第二に自分を理解する事の出来ない女をもらうなをすすめたいと思う。理解し得る得ないは女の教育程度の如何にあるのではない。女の頭のいい悪いにあるのではない(全然之によらないとも云えない。少くも教育程度の如何が理解に関係するより頭の善悪が理解に関係する方が遥に多いと思う)。自分のと同じ心の傾向を持っているかどうか。自分と同じ感情を持つ事が出来るかどうかにあると思う。僕のいいかげんな想像を元にして推想してみるとお鶴*さんを貰うのが一番よさそうだ。しかしそうなるとおしもさんも少しかわいそうだなと思う。一寸二人とも見たいような気もする。そうそうもう一つかく事があった。一度嫁に行った女はいけない。別れたのでもつれあいがしんだのでもその男の幽霊がついているからね。

よみかえしてみると議論が甚 conventional な上に実際自分はこんなに結婚を高く esti-mate しているかなと疑わしくもなった。いいやどうせなまけものがなまけながら考えた事だ。そのつもりで君もよんでくれるだろう。何でも人の噂によると僕は influencial で人に bad influence を及ぼしながら、自分はすまして見ているのだそうだ。僕の云う事は皆詭弁で paradox で論理を無視しているのだそうだ。もしそうなら君もこんな手紙の influence なんかうけないようにしたまえ。

僕はいつかも日記にかいた事がある。「我、我と同じくつくられたる人を求む。かかる人ありやなしや　われは之をしらず、されど何となく世界のいずくかにかかる人ありてわれをまてるが如き心ちするなり。これ亦夢なるやも知らざれどかかる人なくしては、われ、生くるに堪えず」。一人でもいい、一人でもいいと思う。年上でも年下でもいい男でも女でもいいと思う。かぎりなくさびしい。僕は何時でもかぎりなくさびしい。そのうちに君にあいたい。事によったら東京へかえる時に鵠沼へ二、三時間よるか、藤沢迄君に出て来てもらうかもしれない。

十一日朝　　　　　　　　蜜柑の木の下にて　　　竜

MY 'JOY'

18　8月12日　浅野三千三　静岡県安倍郡不二見村新定院から

罫紙にて御免を蒙り候。

御手紙難有く拝誦致候。退屈なる折柄殊に難有く拝誦致候。夏期学校の生活を彷彿し得たるだけにても難有くその人を知れる為か殊にSNOB MIYAZAKIを添得て閉校式の余興の一層興ありしが可笑しく候。大分難有くが続き候へども実際難有かりしのに候。

食物のこと同感に候。殊にこの頃は毎日海水浴をすると田舎料理の塩からきを食ふとの為甘い物に対する需要一層甚しく東京よりはる〴〵持来れる甘納豆バナナケークデセールなど既に大半を平げてしまひ候。人はパンのみにて生くるものにあらずとは云へ食物に囚はるゝは独君たちのみならず候へば御安心なさる可く僕の如き送別会の小豆の条をよみしのみにても清水の町にゆで小豆の赤き提灯ありしを想起し食指大に動きし位に候。

この頃毎日朝読書手紙をかきなどし午後一時より近所の百姓の子二人つれて泳ぎにゆき候。江尻の海水浴場は眼界稍《やや》ゝ狭く設備も不完全に候へども鵠沼逗子鎌倉などの如く紅紫染わけの水浴衣に靴をはきて水にはいる様な奴がゐないだけ心地よく候。又あまり泳ぎの名人も見えず僕なぞが曖昧な抜手をきるにも気がねがなくてよく候。水よりあがればあつき砂上に寝ころびてうとうと眠りながら海のつぶやくをきゝ稀に水瓜を食ひ候。海よりかへれば玉蜀黍の畑にて行水をつかひ候。豆花豆葉のにほひと「*行水のすて所なき」虫の声がうれしく候。浴罷みて夕飯夜は月がよく候。この辺は八月(旧)の望を豆明月と云ひ九月(旧)の望を芋明月と云ひ、年二度の御月見を致居候。豆明月芋明月の名野趣掬すべきもの有之候。

*竜華寺も鉄舟寺も近ければ時々遊びに参り候。鉄舟寺には三中の三年生二人来り居り候。二人共あんまり利巧さうでない生徒に候。散歩よりかへる時は胡麻の花のほの赤きと桑の葉のみどりなるとに月さし*種豆南山下草長豆苗稀とうたひたくなり候。曇りがちにて毎日不二を見ず海も浜も日はさしながら、不二のみくもりたるのこり惜しく候(不二にて思ひ出し候。西川の祖先は不二山に近き鷲の巣山にすみし山賊だか野武士だかの由にて、嘗て共に不二の裾野をめぐりし時同人が遥に天際の崔嵬を指点して大に当年慓悍の風を欽慕せしをきゝし事有之爾来不二と云へば必鷲の巣山を思ひ鷲の巣山を思へば必西川を思ひ候。今日独桑圃黍畝を径して茅屋楊柳の上に愛鷹の連嶺を見る聊《いささか》故人を懐ふの情に堪へざるものなしとせず候)。

一昨日は鉄舟寺に観音様の供養ありて提灯や行燈やさまざまの露店にて夜も賑しく候ひしがこの辺にては此日を称して九万九千日と申し候由東京の四万六千日に比すれば五万三千日多く一笑せられ候(まてよ、東京のは九万六千日かなとも考へ候。やつぱり四万六千日の様な気の致候まゝ一笑する事に致し候)。

多きもの蚤と蚊蛇も時々見うけ候。僕のゐる寺は禅寺にて主の和尚はサイダと云ふ語をしらず候。禅僧などと云ふものはのんきなものに候。三年喫麦飯の功なくしては到底この位超脱は出来なかる可く、夜は時々共に本堂の廊下に坐して、蚊を逐ひつゝ四十年前袈裟文庫を背負ひて東海道を往来したる雲水行脚の話をきゝ候。例の臨済の腋*下三拳の話や婆子焼庵*の公案の話なども出候。昨年この寺にありし僕の友人の教へし由にて百姓の子供は一高の寮歌を一つ二つ知て居り候。夕方などには月を踏んで僕と共にうたひ候。寮歌を教ふるはよけれど仕舞にはでかんしよを教へてくれと云ふに困り候。

乃木大将の銅像愈《いよいよ》と建設に近づき候由御目出度存候。一高の講堂には(九月になれば見らるべく候)藤原の鎌足と武内の宿禰との拙劣醜悪なる画像を掲げあり候。これに比すれば小さき乃木大将の BUST も勝る事万々なる可く候。

九月迄気楽に且《かつ》読み且遊ばるゝがよかるべく候。サロメをかきたる WILDE に DE

PROFUNDIS(from the Depth)と云ふがあり。BALLADS OF READING GAOL の詩と共に獄中の感想記に候へど INTENTION と称する ESSAY を集めたるものと共に WILDE の思想をしるには最よろしかるべく、たしか丸善にも*中西屋にも一志の版が来てゐたと思ひ候。僕も五年生のときひろひよみし事ありて"The final mystery is oneself" など云ふ句に UNDERLINE したる本を未に蔵し居り候。小説には'PICTURE OF DORIAN GRAY' と称する代表作「柘榴の家」'HAPPY PRINCE' の所謂《いわゆる》土耳古《トルコ》絨氈の如く愛すべき御伽噺有之。PLAY にも*'LADY WINDERMERE(綴り怪しく候)'S FAN' 'IDEALHUSBAND' 'WOMAN OF NO IMPORTANCE' などの傑作有之候。詩も前記の BALLAD の外 'SPHINX', 'RAVENNA', など有名に候。帰京後でよろしくばどれでも御貸し申し候。赤き鉛筆で印をつけし分は皆*一志の版が出て居り候。他は独逸の HAMBURG か何かで(事によるとライプチッヒかもしれず)出てゐる二麻克《マルク》の本と英国の五志版とありし様に思ひ候。十志ばかりの上等の本もあるやうに候。PICTURE OF Dorian Gray は美しき描写と皮肉なる警句にみち居り'A fine countenance is more precious gift than a genius.' 'I like acting, for acting is more real than life.' など云ふ句も此中にあつたと思ひ候。Maeterlinck も劇と論文の有名なものは大抵英訳が出て居り候。二志半の*SATRO の訳最普通に行はる丶様に候。「奇蹟」は独訳だけのやうに思ひ候。Strindberg* も「債鬼」「伯爵令嬢ユリア」「死の舞踏」「父」「母の愛」'Swan white' 等の劇 'Blue Book' 'Legend' などの散文も英訳せられ居り候へども到底独訳に及ばず候。D'annunzio* は「死の勝利」をはじめ「薔薇のロマンス」「百合のロマンス」「柘榴のロマンス」と称せらるる小説九冊の英訳(HEINEMANN* の版と PAGE の版とあり候)成りし筈なれど僕は半分ばかりか読まざる為、確な事は云へず候へど読みし分(「死の勝利」「生の焔」「犠牲」「巌上の三処女」「逸楽の子」)の英訳あるは確に候。その外妹兄間の恋愛をかける「死せる市」と云ふ PLAY「フランチェスカ ダ グミニ」と云ふフランチェスカの悲恋をかける MELODRAMA の英訳有之猶 GIOCONDA の英訳もある筈なれど之は今品切の由に候この作者の作も独訳の方がずつと沢山出て居り候。ウィド*とリルケは英訳はない様に候。リルケは西川の最愛好する作家に候。続一幕物*中の作者以外にも Tolstoi, Turgenief, Gorky, Andreiev, などのロシアものの英訳多く且大抵やさしく候へば一週に二、三冊づ丶よめる可く候。Archer* 訳の Ibsen きたなき紙のモーパッサンの短篇集など御存知の事と思ひ候。大へんペダンチックになり候。何も参考書なくしてかくの故書名に誤りもあるべく本屋の名もちがふかもしれず候へども大抵確なつもりに候。早いものにてはじめてロータスシー*

リースと云ふ紫色の本にてDAUDETのSAPHOをよみしより四年たち候。四年たてど英語も独逸語も呉下の旧阿蒙にていやになり候。和文はよめず漢籍はわからず外国語はそら覚えでは何の役にも立ちさうもなく、もう少しどうかした頭に生れ返つて来なければ駄目と思ひ候。己を顧る暇もなく生活難を呼号する人々の大胆と幸福とは僕の健羨に堪へざる所に候。昼はあつけれど朝夕は秋思既に天地に入れる心ち致候。城下君の帰京も近かるべく夜独り蚊帳をつる時などふと同君を思出づる事有之候。（城下君で思出し候。信濃の（科野とかくのもさびたるにしかず）枕語「みすゞかる」は国の上へつく枕語中一番僕のすきなものに候「なまよみの甲斐」「つぬさはふ石見」「うちよする駿河」など皆及ばず候。唯「空にみつ大和」は或は比肩するに足る可く候）。

今月末迄止るつもりなれど気が変ればもつと早くかへるかもしれず候。毎日漫然と泳ぐのにも飽きさうなればに候。新聞によれば千里眼問題再燃の由、本屋にたのみやりし福来博士の新著[*]も待遠しく田舎の新聞が同問題の記事を少ししか出さぬが歯がゆく候。

この頃よみし小説（アルチバァセフか何かなりしと思ひ候）の中に汽車の音のOnomatopoeiaにTra-ta-ta... Tra-Ta-taと云ふを使ひしをよみ感心致候。その汽車が鉄橋を渡る音がTrararach-Trararch（chは独乙のach lautなるべく候）なるには更に感心致し候。

いつ迄かくも際限なければやめ候。これより泳ぎにゆく可く候。ペンを擱きてふと君たちの連中を思ひ候。梶川君と有安君とは IMAGE がはつきり眼にうかびかね候。僕は人の顔を覚える事が下手な性分らしく候。又城下君を思出し候。

「破戒」御よみになりし事有之候や、未ならば御一読御すゝめ申候。誤字脱字少からざる可く御判読願上候。不悉。

十二日午後二時　　再　蜜柑の樹下にて　竜

浅野君　硯北

追伸　宮崎は目下日本運輸会社自動車部の役員となり候へば今は源水*の口吻を学ぶ暇もなかる可く候。一笑。

19　8月19日　広瀬雄　静岡県安倍郡不二見村新定院から

敬啓　この寺に来りてより早くも十日をすぎ候。午前は経机の上にて横文字の本をよみ午後は手拭をさげて泳ぎにゆく外変りたる事もなく、夜は時々村の小供たち六、七人遊びに参り、月を踏んで共に唱歌したり本堂の縁に踞して小生の話す御伽噺を聞いたり致し候。泳ぎに行く時も彼等は粟の穂桔梗の花鳥の羽などを耳にはさみて随行致す事有之沿道目に触るゝ草木昆虫を一々指点して小生に教へてくれ候。その為この頃は大分博識に相成ちんちろ柿と云ふのまで覚え候。連日晴天の為田の水涸れ小生の居る村にても雨乞ひの祈禱始り候。祈禱者は一七日の間一切火食せざる由にて終日注縄をかけたる竹の下にて鐘をうち竹法螺を吹き居り候。猶同村の某家にては数年来家内に病人の絶えざる為易者を招きて卦を考へしめ候所、家の下の土中二丈五尺にして甲冑刀剣あり家人の病むはその祟なりと申し候より早速土を掘らせ候ひしに果して二丈五尺にして甲冑一具太刀一振を得し由に候。村の人々は皆易者の断じ得て神に入るを賞し居り候へども小生は寧《むしろ》易断を信じて直に二丈五尺の深きを掘りたるその家の主人の純朴さ加減に感心致候。小生の居る座敷は不二は元より隣家の桑圃すら見えず狭き庭に密生したる芭蕉棕櫚竹高野槙梅山茶花などに遮られて僅に空色を望むに止り候。唯晩涼微風と共に生ずる時は一庭の竹樹竿々相磨し葉々相触れて幽興の掬す可きものなきにあらず候。竜華寺も近けれど小生は鉄舟寺の碧蓮を愛する事更に深く屢《しばしば》とその本堂の欄によりて蓮香月色共に仄なるを賞し候。

吉沢君の選に洩れたる気の毒に候。東京を出づる日大急ぎにて官報を見同君の名なきを訝しく思ひ候ひしも又例の如く慌てゝ見落した事と思ひ返し候所、この寺に来りし翌日市川君よりの手紙によりてほんとうに名の出てゐなかつた事を知り候。六人のgroupも之にて無試験二人のみとなり候。尤も割合にすれば1/3及第したのに候へばそれにて満足致す可く候。一笑。

ぶらうにんぐはやめに致し候。ぶらうにんぐさいくろぴぢあによりて読むつもりに候。上田敏氏のすきな「*彫像と半身像」は何度かよみかへし候。外のよりもやさしい様な気が致し候。上田さんもやさしいからすきなんぢやあないかとも思ひ候。ぶらうにんぐの代りに鷗外先生の「*分身」「走馬灯」「*意地」「*十人十話」なぞよみ候。皆面白く候へども分身中の「不思議な鏡」走馬灯中の「百物語」「心中」「藤鞆絵」意地の「佐橋甚五郎」「阿部一族」十人十話の「独身者の死」最面白く中でも「意地」の一巻を何度もよみかへし候。

毎日海水を少しづゝのむのと塩からき御菜を食ふとの為、甘い物が恋しく江尻清水の菓子屋は渉猟し尽し候。そろ〳〵nostalgiaが起り候へば其内に帰京のつもりに候。不悉。

十九日朝　芥川竜之介

広瀬先生　硯北

20　9月5日　藤岡蔵六　新宿から

君の手紙をもらったのは、四日の夜遅くであった。投函の日附は二日になっている。これから返事を出したのでは間にあわないかなと思ったが、兎に角出してみる。半切をかいにゆくのもLETTERPAPERをかいにゆくのも両方共きらした。今は億劫だから一帖一銭五厘の紙で間に合わせる。

東京へかえってから何と云う事なくくらした。「罪と罰」をよんだ。四百五十何頁が悉《ことごとく》心理描写で持きっている。一木一草もheroの心理と没交渉にかかれているのは一もない。従ってplasticな所がない(これが僕には聊《いささか》物足りなく感ずる所なのだが)その代りラスコルニコフと云うheroのカラクタアは凄い程強く出ている。このラスコルニコフと云う人殺しとソニアと云う淫売婦とが黄色くくすぶりながら燃えるランプの下で聖書(ラザロの復活の節―ヨハネ)をよむsceneは中でも殊にtouchingだと覚えている。始めてドストイエフスキーをよんで大へんに感心させられたが、英訳が少ないので外のをつづけてよむ訣には行かないで困る。「ブランド」はよんだかね。僕は「ブランド」にそんなに動かされなかった。今よんだらどうだかしらないが。イブセンでは僕は「人形の家」と「ガブリエルボルクマン」が一番すきだ。夏休の始にヴィリエ リイル アダンの「反逆」をよんだ。「「人形の家」に先った「人形の家」」と云われる程この戯曲は「人形の家」と同じ様な題材を取扱っているのが面白い。一八七〇年に出たのだから「人形の家」より余程先に(「人形の家」は一八七九年)性の関係の問題を捉えている事になる。この間近郊をあるいた。もうどこにも「秋」が来ている。玉川の河原へ来たら白い礫の間に細い草がひょろひょろとはえて、黄色くくれかかつた空に流れている雲までがしみじみ旅でもしているような心もちをよびおこさせる。日野、立川、豊田——玉川の沿岸の村々は独歩の「むさし野」をよんでから以来、秋毎に何度となく行った事がある村である。欅の肌が白く秋の日に光る頃になると、茅葺の庇につもる落葉の数が一日一日と多くなる。村の理髪店の鏡の反射にうす赤い窓の空ではけたたましく百舌がなき、跛の黒犬も気安くあるいてゆく。街道の日なたには紺の手甲をかけた行商人の悠々とした呼声がきこえる。村役場の柵にさく赤いコスモスの花にも小さな墓地にさく桔梗や女郎花にもやさしい「秋」の眼づかいがみえるではないか。秋が来るのが待遠い。

秋の歌

金箔に青める夕のうすあかりはやくも秋はふるへそめぬる

秋たてばガラスのひゞのほの青く心に来るかなしみのあり
秋風よユダヤ生れの年老いし宝石商もなみだするらむ
秋風は清国名産甘栗とかきたる紅き提灯にふく
額縁のすゝびし金もそことなくほのかに青む秋のつめたさ
銀座通馬車の金具のひゞきよりいつしか秋はたちそめにけむ
鳶色の牝鶏に似るペツツオルド夫人の帽を秋の風ふく
仲助の撥のひゞきに蠟燭の白き火かげに秋はひろがる
夕雨はDOMEの上の十字架の金にそゝげり秋きたるらし（ニコライ）
すゞかけの鬱金《うこん》の落葉ちりしける鋪石道の霧のあけ方
やはらかき光の中にゆらめきて金の一葉のおつるひとゝき
わくら葉の黄より焦茶にうつりゆくうらさびしさにたへぬ心か

九月五日朝

竜

藤岡君 案下

21　9月17日　山本喜誉司　新宿から（年月推定）

大学の講義はつまらなければ名だけきくと面白さうに思はるべく候。今きいてゐるのを下にあぐれば、美学概論、希臘羅馬文芸史、言語学概論、支那戯曲講義、徳川時代小説史、メレヂスのコミカル　フイロソフイー、ゴールドスミスよりバアナアド　シヨウに至る英文学上の HUMOUR、沙翁の後年期の戯曲に現れたる PLOT と性格、英文及英詩の FORM & DICTION 等に候。堂々たるにあてらるゝ事と存候。一笑。大学程しかつめらしき顔したる馬鹿者の多き所はなかる可く候。退屈なればなる可く出ずにうちでぶらぶらしてゐる事に致候。

この頃ゴーチエ*をよみ候。ゴーチエの著作は三十冊に余り候へど。CAPITAIN FRACASSE, M'D'LLE DE MAUPIN, ROMANCE OF THE MUMMY の三巻のみ有名にて他は殆忘れられ居候。三冊共この緋天鵞絨のチヨツキを着た髪の長いロマンチシストの特色を現し居り一読の値有之候へど、殊に木乃伊のロマンスは君にすゝめたく候。三冊のうちにて僕の最愛するはこれに候。短かけれどモーゼの埃及《エジプト》を去るに関係ある愛すべき LOVE-STORY に候。西鶴は持つて参つてもとりに御出下さつてもよろしく候。今日

*YEATS の *SECRET ROSE を買つてまゐり一日を CELTIC LEGEND のうす明りに費し候。

秋になり候。

額椽のすゝびし金もそことなくほのかに青む秋のつめたさ
秋たてば硝子のひゞのほの青く心に来るかなしみのあり
「秋」はいま泣きじやくりつゝほの白き素足にひとり町をあゆむや
銀座通馬車の金具のひゞきよりいつしか秋はたちそめにけむ
埃及の青き陶器の百合模様つめたく秋はひかりそめける
秋風は中華名産甘栗とかきたる紅き提灯にふく
秋風よユダヤうまれの年老いし宝石商もなみだするらむ
鳶色の牝鶏に似るペツツオルド夫人の帽を秋の風ふく
わくら葉の黄より焦茶にうつりゆくうらさびしさに堪へぬ心か
そことなく秋たちしより蓼科の山むらさきにくれむとするらむ
みすゞかる科野《シナヌ》に入りぬつかのまもこのさびしさのわすれましさに

（上二首信濃なる人に）

原がまゐり候。明日露西亜女帝号にて渡米、コロンビア大学に三年その後二年を欧大陸に費す由に候。仕立おろしの背広か何かにて半日絵の話や音楽の話をしてかへり候。紐育で*ゴーガンのタヒチの女の復製があつたら早速送る由申居り難有お受けを致置候へど余りあてにはならざる可く候。西洋へゆきたくなり候。誰か金でも出してくれないかなと思ひ候。

一高へはいつた人から手紙をもらひ候。三年間の追憶がなつかしくない事もなく候。もう一度岩本《(ママ)》さんに叱られてみたい様な気にもなり候。

　禿頭の*ユンケルこそはおかしけれわが歌をみてWAS?ととひける
　教科書のかげにかくれてうたつくるこの天才をさはなとがめそ
　首まげてもの云ふときは*シイモアもあかき鸚鵡のこゝちこそすれ
　昔がなつかしいやうにやがて今をなつかしむ時がくるのかと思ふとさびしく候
　そことなくさうびの香こそかよひくれうらわかき日のもののかなしみ

十七日夜　　ANTONIO

DON JUAN の息子へ

22　10月17日　井川 恭

京都市吉田京都帝国大学寄宿舎内　井川恭へ
新宿から

エレクトラ[*]をみに行った。

第一、マクベスの舞台稽古。第二、茶をつくる家。第三、エレクトラ。第四、女がたと順で。第一はモオリスベアリングの翻訳、第二は松居松葉氏の新作、第四は鷗外先生の喜劇だ。

「マクベスの舞台稽古」を序幕に据えたのは、甚不都合な話で劇場内の気分を統一するために日本の芝居ではお目見えのだんまりをやるが(モンナヴンナに室内が先立ったのも)、マクベスの舞台稽古はこの点から見てどうしても故意に看客の気分を擾乱する為に選ばれたものとしか思うことは出来ない。このPLAYはDEMUNITIVE DRAMAS(いつか寮へもって行っていた事があるから君はみたろう)からとったのだが、あの中にあるPLAYの中でこれが一番騒々しい。何しろ舞台稽古に役者が皆我儘をならべたり、喧嘩をしたり、沙翁が怒ったり、大夫元が怒鳴ったりするのをかいたんだから、これ以上に騒々しい芝居があまりあるものではない。大詰にでもはねを惜む心をまぎらすには、こんな喜劇もよいかもしれないが、エレクトラを演ずるにさきだってこんな乱雑なものをやるのは言語道断である。

「茶をつくる家」をみたら猶いやになった。舞台のデザインは中々うまく行っていたが、作そのものは〝完く駄目だ〟。第一これでみると松居さんの頭も余程怪しいものじゃあないかと思う。筋は宇治の春日井と云う茶屋が零落してとうとう老主人が保険金をとる為に自分で放火をする迄になる。そこで一旦東京の新橋で文学芸者と云われたその家の娘のお花が足を洗ってうちへかえって来ていたが、また身をうって二千円の金をこしらえ、音信不通になっていた兄から送ってくれたと云う事にして自分は東京へかえる。父や兄は娘の心をしらずに義理しらずと云ってお花を罵ると云うのだ。第一どこに我々のすんでいる時代が見えるのだろう。保険金をとろうとして放火する位の事は気のきいた活動写真にでも仕くまれている。且《かつ》家運の微禄を救うのに娘が身をうると云うのは壮士芝居所か古くはお軽勘平の昔からある。お軽が文学芸者に変ったからと云ってそれが何でSOCIAL DRAMAと云えよう。何で婦人問題に解決を与えたと云えよう(作者は解決を与えたと自称しているのだからおどろく)。

さてエレクトラになった。灰色の石の壁、石の柱、赤瓦の屋根、同じ灰色の石の井戸、その傍に僅な一叢の緑、SCENEは大へんよかった。水甕をもった女が四、五人出て来て

水をくむのから事件が発展しはじめる。始めは退屈だった。訳文が恐しくぎごちないのである。一例を示すと、

おまえはどんなにあれがわれわれを見ていたか見たか山猫のように凄かった

そして……

と云ったような調子である。いくらギリシアだってあんまりスパルタンすぎる。クリテムネストラが出てて話すときもそんなに面白くなかった。之も訳文が祟をなしているのである。唯クリテムネストラは緋の袍に宝石の首かざりをして金の腕環を二つと金の冠とをかがやかせ、BARE ARMS に長い SCEPTRE をとった姿が如何にも淫婦らしかった。第一、この役者は顔が大へん淫蕩らしい顔に出来上っているのだから八割方得である。残念な事に声は驢馬に似ていた。

オレステスの死んだと云う報知がくる。クリテムネストラが勝誇って手にセプタアをあげながら戸の中に走り入る。かわいいクリソテミスがエレクトラにオレステスが馬から落ちて死んだとつげる。エレクトラが独り〔に〕なってから右の手をあげて「ああとうとうひとりになってしまった」と叫ぶ。その時沈痛な声の中に海のような悲哀をつたえるエレクトラがはじめて生きた。河合でないエレクトラが自分たちの前に立っている。

その上に幕が急に下りた。

前よりも以上の期待をもって二幕目をみる。幕があくと下手の石の柱に紫の袍をきた若いオレステスが腕ぐみをしてよりかかりながら立っている。上手の戸口――青銅の戸をとざした戸口の前には黒いやぶれた衣に縄の帯をしたエレクトラが後むきにうずくまっている。エジステスが父のアガメンノンを弑した斧の地に埋まっているのを掘っているのである。二人の上にはほの青い月の光がさす。舞台は絵の様に美しい。オレステスとエレクトラと姉弟の名のりをする。オレステスの養父が来る。事件は息もつけない緊密なPLOTに従って進んでゆく。静な部屋のうちから叫声を起《(ママ)》る。クリテムネストラが殺されたのである。エレ〔ク〕トク《(ママ)》は「オレステス、オレステス、うてうて」と叫ぶかと思うと地に匍伏して獣のようにうなる。エジステスが来る。エレクトラに欺かれて部屋のうちへはいる。再「人殺し人殺し」と云う叫声が起る。窓から刺されて仆れるエジステスの姿が見える。静な舞台には急に松明の火が幾十となくはせちがう。剣と剣と相うつ音がする。人々の叫び罵る声がする。オレステスの敵とオレステスの味方と争うのである。その叫喚の中にエレクトラは又獣の如く唸って地に匍伏する。松明の光は多きを加える。人々は叫びながら部屋のうちに乱れ入る。剣の音、怒号の声は益高くなる。

エレクトラは酔ったようによろめきながら立上る。そうして手をあげて足をあげてひた狂いに狂うのである。遠い紀元前から今日まで幾十代の人間の心の底を音もなく流れる大潮流のひびきは、この時エレクトラの踊る手足の運動に形をかえた。やぶれた黒衣をいやが上にやぶれよと青白い顔も火のように熱してうめきにうめき、踊りに踊るエレクトラは日本の俳優が扮した西洋の男女の中でその最も生動したものの一であった。クリソテミスがひとり来て復仇の始末をつげる。エレクトラは耳にもかけず踊る。つかれては仆れ仆れては又踊る。クリソテミスはなくなく青銅の扉をたたいて「オレステス、オレステス」と叫ぶ。誰も答えない。幕はこの時、泣きくづれるクリソテミスと狂い舞うエレクトラとの上に下りる。自分は何時か涙をながしていた。

女がたは地方興行へ出ている俳優が、ある温泉宿で富豪に部屋を占領される業腹さに、女がたが女にばけてその富豪の好色なのにつけこんで一ぱいくわせると云う下らないものである。唯出る人間が皆普通の人間である。一人も馬鹿馬鹿しい奴はいない。悉我々と同じ飯をくって同じ空気を呼吸している人間である。ここに鷗外先生の面目が見えない事もない。

兎に角エレクトラはよかった。エレクトラ、エレクトラと思いながら、その晩電車にゆられて新宿へかえった。今でも時々エレクトラの踊を思い出す。

芝居の話はもうきり上げる事にする。牛込の家はあの翌日外から大体みに行った。場所は非常にいいんだが、うちが古いのとあの途中の急な阪とでおやじは二の足をふんだ。所へ大塚の方から地所とうちがあるのをしらせてくれた人がある。そのうちの方は去年建てたと云う新しいので恐しい凝り方をした普請(天井なんぞは神代杉でね)なんだが狭いので落第(割合に価は安いんだが)、地所は貸地だが高燥なのと静なのと地代が安いのとで八割方及第した。多分二百坪ばかり借りてうちを建てる事になるだろうと思う。大塚の豊島岡御陵墓のうしろにあたる所で狩野治《(マヽ)》五郎の塾に近い。緩慢な坂が一つあるだけで電車へ五町と云うのがとしよりには誘惑なのだろう。本郷迄電車で二十分だからそんなに便利も悪くない。

学校は不相変つまらない。*シンヂはよみ完った。*DEIDRE OF SORROWS と云うのが大へんよかった。文はむずかしい。関係代名詞を主格でも目的格でも無暗にぬく。独乙語流に from the house out とやる。大分面倒だ。*Forerunner をよみだした。大へん面白い。長崎君が本をもっていたと思う。あれでよんでみたまえ。割合にやさしくっていい。

大学の椽はすっかり落葉した。プランターンも黄色くなった。朝夕は手足のさきがつめたい。夕方散歩に出ると靄の下りた明地に草の枯れてゆくにおいがする。文展があしたから始まる。毎日同じような講義をきいて毎日同じような生活をしてゆくのはさびしい。

ゆゑしらずたゞにかなしくひとり小笛を
かはたれのうすらあかりにほうぼうと銀の小笛を
しみじみとかすかにふけばほの青きはたおり虫か
しくしくとすゝ（マヽ）なきするわが心
ゆえしらずたゞにかなしく

京都も秋がふかくなったろう。寄宿舎の画はがきにうつっている木も黄葉したかもしれない。

われは織る
鳶色の絹

うすれゆくヴィオラのひゞき
うす黄なるOrange模様……
われは織る　われは織る
十月の、秋の、Lieder.

十月幾日だかわすれた。
水曜日なのはたしかだ。

竜

恭　君

23　11月1日　原善一郎　新宿から

十一月一日午前　大学図書館にて

原君、カナヂアンロッキイの写真やバンフからの御手紙は確に落手致しました。難有く御礼を申しあげます。

もう今頃は紐育《ニューヨーク》で黄色くなったプランターンの葉の落ちるのを見て御出の事と存じ

ます。東京もめっきり寒くなりました。並木も秋の早い橡やすずかけは皆黄色く乾いてうすい鳶色の天鵞絨の様に枯れた土手の草の上に柔なひわ色の羽をした小鳥が鳴いているのを見ますと、ワイルドの「黄色のシムフォニイ」とか云う短い詩を思い出します。

角帽をかぶってからもう三月目です。講義はあまり面白くありません。英文学の主任は*ローレンスというおじいさんで頭のまん中に西洋の紙鳶の様な形をした桃色の禿があります。人の好い親切な人でよく物のわかった人ですけれども、残念な事に文学はあまりよくわかっていない様です。いつでも鼠色のモーニングコートを着てズボンの下へカーキ色のゲートルをはいています。何故ゲートルなんぞを年中ズボンの下へはいているのだか、それは未に判然しません。今このおじいさんの「Humour in English Literature from Goldsmith to Bernard Shaw」「Plots & Characters in Shakespeare's later plays」「English Pronounciation」をきいています。三番目のは Philological な講義でつまらないものです。

*文展がはじまりました。吉例によって少し妄評をかきます。日本画の第一科は期待以上に振いませんでした。小坂芝田氏や小室翠雲氏のさえ大した出来とは思われません。望月青鳳氏の猿の毛描きがうまいと云ってほめる人もいます。そうした事をほめれば成

程ほめる事がないでもありません。それは文晁*の模倣が巧妙に出来上っている事です。文晁の悪い作より遥かにすぐれたものがあると云う事です。しかし之を自慢にするほど日本画家は芸術的良心に欠陥はないでしょうし、又なからむ事を望みたいと思います。津端道彦氏の「真如」と云う仏画の前へは東京観光の田舎のおばあさんやおじいさんが立っておがんでいます。あんな手のゆがんだ片輪の仏さまをおがむ人たちはかわいそうです。要するにここへ出品する人たちは見るも気の毒な程貧弱な内生活をしている人とより外は思われません。芸術にどれほどの理解と情熱があるかわかったものではないと思います。

第二科では私の興味を引いた作品が二あります。一は牛田雞村氏の「町三趣」で、一は土田麦僊*氏の「海女」です「町三趣」はあまり遠近法を無視し過ぎた嫌がありますが、私は之を今度の日本画の中で最傑出した作だと思っています。「三趣」は朝と昼と宵とで朝の静な町に漸く炊烟がほのめいて、石をのせた屋根には鳥の群がなきかわし、人通のない往来を紅い着物をきた小児が母親らしい女に手をひかれてあるいてゆくのも、昼すぎの時雨に並蔵の水におちる影もみえずぬれにぬれた柳の間うす白い川の面を筏の流れるのも、それぞれ興をひきますけれど、宵の町の軒行燈のほの赤くともる頃を二人づれの梵論子が坂つづきの町の軒づたいに尺八をふきながら下りてゆくなつかしさは、この作家のゆたかな芸術的気分を感じさせずにはおきません。

「海女」はこの頃またよみかえしたゴーガンの「ノアノア」*の為に一層興味を感じたのかもしれません。土田氏は私の嫌な作家の一人です。昨年の「島の女」も私の嫌な作品の一でした。しかし「海女」のすぐれているのはどうしても認めなければならない事実です。六曲の屏風一双へ砂山と海とをバックにして、今海から出た海女と、砂の上に坐ったり寝ころんだりしている海女とを描いたものです。泥のような灰色の中に黄色い月見草もさいています。赫土の乾いたような色の船もひきあげてあります。砂山の向うにひろがっているウルトラマリンの海は不讃同ですけれども、ねころんでいる海女の肩から腰に及ぶ曲線や、後むきになった海女の背から腕に重みを託している所や、海草を運んでくる海女や小供の手足のリズミカルな運動は、大へんによくかいてあります。デッサンも「島の女」より遥に統一を持っています。概して一双の中で右の半双海の出ている方はあまり感心しませんが、左の半双は確に成功しています。唯、誰もこの絵をほめる人のないのが悲観です。私の友だちは皆悪く云います。先生にはまだ御目にかかりませんが、多分悪く云われるだろうと思います。私の知ってる限りでは、この絵をほめたのは松本亦太郎氏だけです。大観氏は矢張たしかなものでした(昨年ほど人気はありませんけれど)。広業氏の「千紫万紅」はどうも感心しません。栖鳳氏の「絵になる最初」は思いきって俗なものです。山本春挙氏の「春夏秋冬」の四幅も月並です。桜谷氏の「駅路の春」は「勝者敗者」以来の作かもしれませんけれど、私は一向心を動かされませんでした。

玉堂氏の「夕月夜」と「雑木山」とも太平なものです。「*汐くみ」では多少なりとも何かつかもうとした努力がみえますけれど、今年はまた元の銀灰色の霧と柔婉な細い木立との中にかえってしまいました。何と云う安価なあきらめでしょう。

彫刻にも目ぼしいものは見当りませんでした。又私には彫刻はまだよくわかりません。世間の人も大抵はよくわかっていない様な気がします。内藤伸氏の気のきいた木彫が欲しいと思いました。藤井浩祐氏の「坑内の女」や「若者」も評判の悪い割に私にはよく思われました。

洋画では石井柏亭氏が頭角を現わしています。この人の心はとぎすました鏡のように冷に澄んで居るのでしょう。その心の上に落ちる木の影、石の影は、寸毫も誤らない訓練を経た手でカンヴァスなり、ワットマンなりの上にうつされるのでしょう。この人の作品をみていると、私はきっと森鷗外先生の短篇を思い出します。今度の作品の中で船着きと云うテンペラはその殊にすぐれたものだろうと思います。「並び蔵」と云う水彩「N氏の一家」と云う油絵もよく出来ていました。

南薫造氏*は「瓦焼き」のような作品をもう見せてはくれませんけれど、それでも「春さき」はなつかしい作でした。土は皆春を呼吸している、丘と丘との間に僅にみえる紫がかった海も春を呼吸している、低い木の芽うす白い桃の花、「春」は今MOTHER EARTHにKISSをしているのです。唯私は「瓦焼き」以来の南氏の作品をたどって、ひそかに同氏の芸術的雰囲気が比較的薄くなりつつありはしないかと思われない事もありません。今から切にその杞憂に終らん事を祈ります。

こう上げてくると勢藤島武二氏の「うつつ」と斎藤豊作氏の「夕映の流」をも数えなければなりません。「うつつ」はTOUCHは実に達者なものです。「夕映の流」は私にこんな気分になる事の出来る作者を羨しく思わせました。その他不折は例の如く角のはえた「神農」と称する老人の裸体をかいていますし、吉田博氏は十年一日の如くあの菫色を使った「play of colors」に余念のないように見うけられます。要するに多くの画家はのんきです。すべての気分の和をその気分の数の和で割った商を描いているんです。ある特殊の木なる概念をある時間の概念のうちに置いてかいているのです。彼等には天然色写真の発明は恐しい競走者の出現を意味するに違いありません。

*Verdi の百年祭で音楽学校と帝国ホテルとで演奏会がありました。両方行ってみましたが、あとの方で TROVATORE の PRELUDE と MISERERE とのマンドリンをききました。ザルコリがひくギターの太い渋い音が銀のようなマンドリンの声を縫ってゆくのがうれしゅう御座いました。

鳶色のギタラの絹をぬふ針かマンドリーヌのトレモロの銀

同じ日に*芸術座が有楽座で音楽会をやりました。新興芸術の為に気を吐く試みなんだそうですが、ショルツのひいたドビュッシーや何かの外はあんまり感心したものはなかったそうです。前にかき落しましたが、帝国ホテルでは*RIGOLETTO の QUARTETTO がありました。Soprano: Mrs. Dobrovolsky, Mezzo Soprano: Miss Nakajima, Tenor: Mr. Sarcoli, Baritone: Mr. Tham と云う順でしたが、あの泣き仏と綽名した中島さんには大へん御気の毒な話しですけれど、西洋人が三人で日本人一人をいじめてるようできいてあんまりいい気がしませんでした。

自由劇場は帝劇で*ゴルキイの夜の宿をやりました。作夜行ってみましたが、日本で演ぜられたこの種類の芝居の中では一番成功したもののように見うけます。役者の伎倆なり舞台の装置なりに始めて割引のない批判的の眼をむける事が出来、且その結果それらの寧成功したのを認める事の出来たのは甚愉快です。小山内さんはもっと愉快でしょう。サロメはみましたか。

鐘がなりました。之からSWIFT*と云う名前から早そうな西洋人の早い書取の授業をうけに行かなければなりません。大急ぎで歌を二つ三つかいてやめます。

秋風よゆだやうまれの年老いし宝石商も涙するらむ
秋たてばガラスのひゞのほの青く心に来るかなしみのあり
額縁のすゝびし金もそことなくほのかに青む秋のつめたさ
鳶色の牝鶏に似るペッツオルド夫人の帽に秋の風ふく
『秋』はいますゝりなきつゝほの白き素足に独り町をあゆむや

芥川生

追伸　これは講義をききながらかいているのです。今テニソンの「アサーの死」をやっています。「ここのLはサイレントで発音はサッダアです。サッダアはTO TAKE APARTの意です」とか何とかSWIFTさんが云っています。この人は私の見た西洋人の中で一番ジョンブルらしい西洋人です。その癖あめりか人でジョンブルではないのですが。

講義をききながらかいた歌を御覧に入れます

CONCERT にて

ドヴロボルスキイ夫人も秋の夜はさびしと思ふことありや灯を

ポンプの如く立ちてうたふもそことなくさびしかりけり SIGNOR THAM は

秋の夜のホテルの廊を画家南薫造のゆくにあひにけるかな

バァナァドリーチとかたる黒服の女は梟によく似たるかな

シニョーリナ中島のきる紫の羽織もさむき夜となりにけり

FREE THEATRE にて GORKY の〝夜の宿〟

赤シャツのすりのワシカも夕されば ふさぎの虫がつのるなりけり

のんだくれの役者のうたふ小唄より秋はランプにしのびよりけむ

わが友のかげにかくれて歌つくるこの天才をさはなとがめそ

肘つきてもの云ふときは SWIFT も白き牡牛の心ちこそすれ

之から READING の稽古がはじまるからやめます。さようなら。

大正三（一九一四）年

24　1月21日　井川 恭

京都市吉田京都帝国大学寄宿舎内　井川恭へ
新宿から

自分には善と悪とが相反的にならず、相関的になっているような気がす。性癖と教育との為なるべし。ロジカルに考えられない程脳力の弱き為にてもあるべし。兎に角矛盾せる二つのものが、自分にとりて同じ誘惑力を有する也。善を愛せばこそ悪も愛し得るような気がする也。ボードレールの散文詩をよんで最なつかしきは悪の讃美にあらず。彼の善に対する憧憬なり。遠慮なく云えば、善悪一如のものを自分は見ているような気がする也（気がすると云うは謙辞なるやもしれず）。これが現前せずば芸術を語る資格なき人のような気がするなり。同じ故郷より来りし二人の名を善悪と云うなり。名づけしはその故郷を知らざる人々なり。

何にてもよけれどしかつめらしくロゴスと云わむ乎。宇宙にロゴスあり。万人にロゴスあり。大なるロゴスに従って星辰は運行す。小なるロゴスに従って各人は行動す。ロゴスに従わざるものは亡ぶ。ロゴスに従わざる行動のみもし名づくべくんば悪と名づくべし。ロゴスは情にあらず、知にあらず、意にあらず。強いて云えば大なる知なり。所謂善悪はロゴスに従う行動を浅薄なる功利的の立場より漠然と別ちたる曖昧なる概念なり。

自分は時に血管の中を血が星と共にめぐっているような気がする事あり。星占術を創めし人はこんな感じを更につよく有せしなるべし。

このものにふれずんば駄目也。かくもかかざるもこの物にふれずんば駄目也。

芸術はこれに関係して始めて意義あり。今にして君の「WESEN*を感得せしむるアートを最高也」と云いしを思う。君は三足も四足も僕に先んじたり。しいて神の信仰を求むる必要なし。信仰を窮屈なる神の形式にあてはむればこそ有無の論もおこれ。自分は「このもの」の信仰あり。こは「芸術」の信仰なり。この信仰の下に感ずる法悦が他の信仰の与うる法悦に劣れりとも思われず。すべてのものは信仰とならずんば駄目也。ひとり宗教に於てのみならず、ひとり芸術に於てのみならず、すべて信仰となりてはじめて命あらむ。

芸術を実用新案を工夫する職人の如くとり扱うものは幸福なり。

自己を主張すと云う。しかも軽々しく主張すと云う。自分は引込思案のせいかしらねどまず主張せんとする自己を観たしと思う。顧みて空虚なる自己をみるは不快なり。自ら眼をおおいたき位いやなり。されどせん方なし。樽の空しきか否かを見し上ならでは之に酒をみたす事は難かるべし。兎に角いやなり苦しいものなり。

みにくき自己を主張してやまざるものをみるときには嫌悪と共に圧迫を感ず。少しなれど圧迫を感ず。

自分はさびし。時々今から考えると一高にいた時分に君はさぞさびしかったろうと思う事あり。かく云えばとて君と今の僕と同じと云うにはあらず。君の云ってる事が僕にわからなかったからなり。何時でもわからないのかもしれねど。

自分は『*新思潮』同人の一人となれり。発表したきものあるにあらず。発表する為の準備をする為也。表現と人とは一なりとは真なりと思う。自分は紘きれたる胡弓をもつはいやなり。これより紘をつながむと思う。

*アナトオル　フランスの短篇を訳して今更わが文のものにならざるにあきれたり。同人中最文の下手なるは僕なり。甚しく不快なり。

*同人とは云え皆歩調は別なり。早晩分離せむ乎。

この二、三ケ月煮え切らざる日を送れり。胃の具合少し悪きにいろいろな考に頭をつかいし為なり。その為に年賀状の外どこへも手紙をかかず。君にも失礼した訣なり。堪忍したまえ。海苔は少し大袈裟なり。胃病で死んでも海苔を食うはやめじと誓いたり。忙しいだろうが時々手紙をくれたまえ。僕もせいぜい勉強してかく。今日の手紙は大抵日記よりのぬき書きなり。幼きを嗤わざらむ事をのぞむ。

歌も殆つくらず。つくる暇もなし。唯三首。

ともかくむしやうに淋し夕空の一つ星のやうにむしやうに淋し

こんなうれしき事はなしこんなうれしき事はなきに星をみてあれば涙ながるゝかな

木と草との中にわれは生くるなり日を仰ぎてわれは生くるなり木と草との如くに

25　1月29日　山本喜誉司　新宿から（年月推定）

あれからどうしました。実は可成便りのあるのを待っていたのです。写真ももう出来たでしょう。

バルタサアルは訳して出すことにしました。まずいので悲観です。「蛇の舌」*の二月号へ同じ翻訳の出るのは更に悲観です。文が《(ママ)》かかないでいるとかけなくなるにも驚きました。之からお手習いのつもりで少しずつかきます。雑誌は是非買って下さいと云いたいけれど、それも云い得ない程僕の翻訳はまずいのです。之から翻訳はやめです。原作者にも自分にも気の毒ですから。

*久米の戯曲と豊島の小説はいいでしょう。*佐野の論文も今度のは空疎なものです。*山宮の象徴論の方がいいかもしれません。*表紙は大抵失敗するでしょう。うぃりやむ　ぶれいくの版画を入れるんだそうですが、僕は表紙の写真版と云う事に始めから不賛成なんです。次号から*木下杢太郎氏の画にでもなるでしょう。

可成忙しい思いをしています。仕事が一つ多くなったんですから。ろおれんすの試験はうけない事にしました。なまけものになりました。

本郷座も見ました。*小山内さんの所へも行きました。*芸術座の山の夫人のような海の夫人も見ました。小山内さんに、*にじんすきいの踊やもすこうの芸術座の舞台面を沢山みせて貰いました。雪の残っている狭い路とカセドラルの金の十字架とが曇り勝ちな空の下につづくと云うモスコーがなつかしくなりました。

三中で一高の会があった時にも君が行かないのであうつもりで行ったものは失望しました。測量が忙しかったのだそうですけれど。いやみではないのです。ほんとうに失望したのです。今年は一部志望者四名、二部無数です。河合君*が三時間もに亘る演説をやりました。

この頃印度の女詩人サロヂニナイドの詩をよんでいます。ナイドに限らず短い抒情詩がすきになりました。ヘリックをよんだら、黄水仙の詩にうなだれてダフォヂルのさいているのを見ると自分もその前にうなだれて死にたいと云うのがありました。

暇があったら来ませんか。夜がいいのです(土曜にでも)。それからせめてこの位長い手紙を一つかいて下さい。何をかいてもいいのです。唯来る前か後にとどくようにしてあればいいのです。お忙しければ土曜でなくってもようございます。

廿九日夜　竜

JOY さま

26　3月19日　井川　恭　京都市吉田京都帝国大学寄宿舎　井川恭へ　新宿から

〔前欠〕

『新思潮』の二号を送った。井出*と云うのは土屋、松井*と云うのは成瀬だ。六号*にある記事は皆久米のちゃらっぽこだから信用してはいけない。僕一人の考えでは大分下等のような気がして不平がないでもない。三号*へは山本勇造氏が大へん長い drama をかいたので、久米*が俑《よう》を造ったのを悔いている、この頃も不相変不愉快だ。新思潮社の同人とも水と油程でなく共、石油と種油位はちがっている。併しどう考えてもあるがままの己が最尊いような気がする(人の einfluss をうけやすい人間だけに余計こんな気がするのかもしれないが)。ひとりで本をよんだり散歩したりするのは少しさびしい。

胃病が又少し起った。休みはどうしようかと思っている。成瀬や佐藤君は、一高の応援隊を利用して汽車賃割引で京都へゆくと云っている。

石田君が大へん勉強している。来年はきっと特待になると云う評判である。前より少し青白くなったような気もする。僕は顔をみると不愉快になるからなる可くあわないようにしている。独乙語の時間には仕方がないからあう。未来*の山田*アーベントで久保正にあった。久米がいたもんだから傍へやって来ていろんな話しをしてよわった。あいつの笑い方は含蜜の笑だと思う。やに甘ったるくって胸の悪くなる所は甘草の笑の方がいいかもしれない。

佐藤君はフロオベールとドストエフスキーをよんでいる。谷森君とは毎日大抵一緒にかえる。相不変堅実に勉強している。谷森*君のおとうさんは貴族院の海軍*予算修正案賛成派の一人だそうだ。尤も内閣の形勢が悪くなる前は*権兵ヱをほめていたが、風向がかわると急に薩閥攻撃にかわったんだから少しあてにならない賛成家らしい。

時々山宮さんと話しをする。*アイアランド文学を研究している。ひとりで僕をシング(小山内さんにきいたらシングがほんとだと云った)の研究家にきめていろんな事をきくのでこまる。アイアランド文学号を出すについても*グレゴリーの事をかく人がなくってこまっている。著書が多いから仕末が悪いのだろう。

*畔柳さんの会は相変らずやっている。今度はダンヌンチョだそうだ。前には遠慮をしてしゃべらなかったが、僕もこの頃は大分しゃべる。鈴木君と石田君とが一番退屈な事を長くしゃべる。その度に畔柳さんにコーヒーと菓子の御馳走になる。何でもその外に畔柳さんは、三並さんや速水さんや三浦さんと一緒に観潮何とかと云う会をつくって、一高の生徒を聴衆に月に一回ずつ講演をしているそうだ。

芝の僕のうちの井戸の水が、赤っちゃけていて妙にべとべとする。昔から何かある井戸だと云っていたが、この頃衛生試験所へ試験を願ったら、わざわざ出張してしらべてくれた。試験の結果によるとラヂウム エマナチオンがあって、麻布にあるラヂウム泉と同じ位の強さだと云う。芝のうちのものは、皆毎日湯をわかしてはいっている。今にこの井戸が十万円位にうれたら僕を洋行させてくれるそうだ。

うちの二階からみると、枯草の土手の下にもう青い草が一列につづいている。欅の枝のさきにもうす赤い芽が小さくふいて来た。春の呼吸がすべての上をおおい出したのだと思う。雨にぬれた土壌からめぐむ草のように、心の底の暖みから生まれるともなく生まれる「煙」のようなものに出来るなら形を与えたい。僕はこの頃になってよんでいるツァラトストラのアレゴリーに限りない興味を感ぜずにはいられない。

時々自分のすべての思想すべての感情は悉《ことごと》くとうの昔に他人が云いつくしてしまったような気がする。云いつくしてしまったと云うよりその他人の思想感情をしらずしらず自分のもののように思っているのだろう。ほんとうに自分のものと称しうる思想感情はどの位あるだろうと思うと心細い。オリギナリテートのある人ならこんな心細さはしらずにすむかもしれない。

時々又自分は一つも思った事が出来た事のないような気もする。いくら何をしようと思っても、「偶然」の方が遥に大きな力でぐいぐい外の方へつれ行ってしまう。全体自分の意志にどれだけ力があるものか疑わしい。成程手や足をうごかすのは意志だがその意志の上の意志が、自分の意志に働きかけている以上、自分の意志は殆意志の名のつけられない程貧弱なものになる。その上己の意志以上の意志が国家の意志とか社会の意志とか云うものより更に大きな意志らしい気がする。何故ならば国家の意志なり社会の意志なりを屈竟の意志とすれば、その上に与らるる制限の理由を見出す事が出来ない（それがベシュチムメンせらるる理由を見出す事が出来ない）からだ。事によると自由と云うものは絶対の「他力」によらないと得られないものかもしれない。

この頃別様の興味を以てメーテルリンクの戯曲がよめるようになった。空気のように透明な戯曲だ。全体の統一を破らない為には注意と云う注意を悉《ことごと》く払ってある戯曲だ。美と云うものに対して最注意ぶかい最敏感な作者のかいた戯曲だ。それでいておそろしい程ＥＦＦＥＣＴがある。僕はその上にあの「ランプのそばの老人」の比喩を哂ったアーチャーを哂いたいとさえ思う事がある。

独乙語の試験の準備をするからやめる。あさって試験。

竜

27　**5月19日**　**井川　恭**　京都市吉田京都大学寄宿舎　井川恭へ　新宿から

僕の心には時々恋が生れる。あてのない夢のような恋だ。どこかに僕の思う通りな人がいるような気のする恋だ。けれども実際的には至って安全である。何となれば現実に之を求むべく一に女性はあまりに自惚がつよいからである。二に世間はあまりに類推を好むからである。

要するにひとりでいるより外に仕方がないのだが、時々はまったくさびしくってやり切れなくなる。

それでもどうかすると大へん愉快になる事がある。それは自分の心臓の音と一緒に、風がふいたり雲がうごいたりしているような気がする時だ(笑うかもしれないが)。勿論妄想だろうけれど、ほんとにそんな気がして少しこわくなる事がある。

序にもう一つ妄想をかくと、何かが僕をまっているような気がする。何かが僕を導いてくれるような気がする。小供の時はその何かにもっと可愛がられていたが、この頃は少し小言を云われるような気がする。平たく云うと幸福になるポッシビリチーが、かなりつよく自分に根ざしているような気がする。それも仕事によって幸福になるような気がするのだから可笑しい。幸福な夢想家だと君は笑うだろう。

無智をゆるす勿れ。己の無智をゆるす為に他人の無智をゆるすのは最卑怯な自己防禦だ。無智なるものを軽蔑せよ(ある日大へん景気がよかった時)。

オックスフォードの何とか云う学者が「ラムをよんで感心しないものには英文の妙がわからない。ESSAY・ON・ELIAは文学的本能の試金石だ」と云った有名な話があるそうだ。上田さんのラム推奨の理由の一として御しらせする。

試験が近いんだと思うとがっかりする。試験官は防疫官に似ている。何となれば常に吐瀉物を検査するからだ。真に営養物となったものを測るべき医学者が来ない以上、試験は永久に愚劣に止るにちがいない。ノートをつみ上げてみるとほんとうにがっかりする。

キャラバンは何処に行ける
みやれば唯平沙のみ見ゆ
何処に行ける

行きてかへらざるキャラバンあり
スフインクスも見ずに
砂にうづもれにけむ

われは光の涙を流さゞる星ぞ
地獄の箴言をかゝざるブレークぞ*

わが前を多くの騎士はすぎゆくなり
われも行かむと時に思へる

メムノンはもだして立てり
黎明は未来らず
暗し――暗し

何時の日か日の薔薇さく
ほのぼのと
何時の日かさくとさゝやく声あり

象牙の塔をめぐりて
たそがるゝはうすあかり
せんすべなさにまどろまんとする

竜

28　9月28日　井川　恭

京都市吉田京都帝国大学寄宿舎内　井川恭へ
新宿から

井川君に

ミラノの画工

ミラノの画工アントニオは
今日もぼんやり頰杖をついて
夕方の鐘の音をきいてゐる

鐘の音は遠い僧院からも
近くの尼寺からも
雨のやうにふつて来る

するとその鐘の音のやうに
ぼんやりしてゐるアントニオの心に
おちてくるものがある

かなしみかもしれない
よろこびかもしれない
唯アントニオはそれを味はつてゐる

〝先生のレオナルドがゐなくなつてから
ミラノの画工はみな迷つてゐる〟
かうアントニオは思ふ

〝葡萄酒をのむ外に
用のない人間が大ぜいゐる

それが皆　画工だと云つてゐる

〃レオナルドのまねをして
解剖図のやうな画を
得意になつてかく奴もゐる

〃モザイクの壁のやうな
色を行儀よくならべた画を
根気よくかいてゐる奴もゐる

〃僧人のやうな生活をして
聖母と基督とを
同じやうにかいてゐる奴もゐる

〃けれども皆画工だ

少くも世間で画工だと云ふ
少くも自分で画工だと思つてゐる

〝自分にはそんな事は出来ない
自分は自分の画と信ずる物を
かくより外の事は何も出来ない

〝しかしそれをかく事が又中々出来ない
何度も木炭をとつてみる
何度も絵の具をといてみる

〝いつも出来上るのは醜い画にすぎない
けれども画は画だ
いつか美しい画がかける時がくる

〃かう思ふそばから
何時迄たつてもそんな時来ないと
誰かが云ふやうな気がする

〃更になさけないのは
醜い画が画でない物に
外の人のかくやうな物になつてゐる事だ

〃己はもう画筆をすてやうか
どうせ己には何も出来ないのだ
かう思ふよりさびしい事はない

〃同じレオナルドの弟子だつた
ガブリエレはあの僧院の壁に
ダビデの像をかいたが

〝同じレオナルドの弟子の
サラリノはあの尼寺の壁に
マリアの顔をかいたが

〝己はいつ迄も木炭を削つてゐる
いつ迄も油絵具をとかしてゐる
しかし己はあせらない

〝己はダビデよりマリアより
すぐれた絵をかき得る人間だ
少くもあんな絵はかけぬ人間だ

〝たゞ絵の出来ぬうちに
己が死んでしまふかもしれぬ

己の心が凋んでしまふかもしれぬ

〝たゞ画をかく
之より外に己のする事はない
之ばかりを己はぢつと見つめてゐる

〝この企てが空しければ
己のすべての生活が空しいのだ
己の生きてゐる資格がなくなるのだ〟

アントニオはかう思ふ
かう思ふと涙がいつとなく
頬をつたはつて流れてくる

アントニオは今日もぼり(ママ)やりと

夕月の出た空をながめながら
　鐘の音をきいてゐる

君にあって話したいような気がする。この頃は格別不愉快な事が多い。

竜

追伸　出来るに従ってかく。唯今ひま。
あざれたる本郷通り白らませて秋の日そゝぐ午後三時はも
紅茶の色に露西亜の男の頬を思ふ露西亜の麻の畑を思ふ
秋風は南瞻部洲《せんぶ》のかなたなる寂光土よりかふき出でにけむ
黄埃にけむる入り日はまどらかにいま南蛮寺の塔に入るなり
秋風は走り走りて鶏の風見まはすとえせ笑ひすも
ゼ*ムの広告秋の入日に顔しかむその顔みよとふける秋風
おちこちの家根うす白く光るあり秋や滅金をかけそめにけむ
ごみごみと湯島の町の屋根黒くつゞける上に返り咲く桜
遠き木の梢の銀に曇りたる空は刺されてうち黙すかも

あはたゞしく町をあゆむを常とする人の一人に我もあり秋
かにかくにこちたきツエラアの書《ふみ》をよむこちごちしさよ図書館の秋
日の光「秋」のふるひにふるはれて白くこまかくおち来十月
木乃伊つくると香料あまたおひてゆく男にふきぬ秋の夕風
秋風の快さよな佇みて即身成仏するはよろしも

竜

29　11月14日　原善一郎　田端四三五番地から

原君　大へん長い間御無沙汰をしました。

いろんな面倒な事や忙しい事があったので時々頂くはがきの返事がのびのびになってしまいました。相不変御壮健の事と思いますがのすたるじあも起りませんか。この十月の末に僕は田端*へ越しました。小野のうちから七町ばかり離れた静かな所です。その内に先生も丁度小野のうちと僕のうちとの中間位な所へ越してお出になる筈です。

学校へは相不変出ていますが講義のつまらないのには閉口です。この頃は文科の講義をそっちのけにして波多野さんの希臘哲学の講義を休まずきいています。大塚さんと波多野さんは僕の一番尊敬している先生です。白樺ではブレークの展覧会をやるそうです。日本ではブレークがはやっているんです。尤も詩の方も抒情詩人のブレークだけでミスチックとしてのブレークは本がないので誰もやらないようです。僕の友だちの一人も卒業論文をブレークにするつもりだったのですがブレークの Complete Works を取寄せようとしたら絶版で一冊85円になっているのでとうとうお流れになりました。

戦争が始まってから独乙の本が来ないので少しこまります。現に学校では KANT の講義をするのに本がなくってよわっている位です。本と云う点では戦争と云う気もしますが、その外の点では僕などは全《まったく》戦争があるような気がしません。それに独乙に可成同情があります。この夏一の宮にいた時分はアメリカと戦争が始まると云うような風説がありましたが今では完く太平な気がします。戦争の記事をよんでしみじみそう思うのは英国の弱い事です。今度の戦争に勝っても英国はきっとバルカン問題でロシアに甘くみられるでしょう。少し可哀そうな気もします。尤もアメリカと英国文明の継承者がある以上はもう亡びてもいいんですが。戦争があったので日本へ来る筈のオイケンが来なくなりました。年よりですから早く来ないと死にやしないかと思って心配です。何にしても戦争はよくないものです。

アメリカのセイゾンは面白ござんしょう。僕もどっかアメリカの大学の日本文学の教授の助手か何かになって行きたいと思います。尤も之はそう思うだけでそんな甘い口のないのはわかっているんですが。アメリカの詩人で日本で今はやっているのは*ホイットマンです。ホイットマンばりの散文のような詩が沢山出ます。その癖日本の詩人はLeaves of the Grass も碌によめない位英語が出来ないんですが。もうそろそろ冬が来ます。冬になると日本人はよけいきたならしくなります。自分もそのきたならしい仲間だと思うと少しがっかりします。どうも冬は西洋人にかぎるようです。毛皮の外套の襟にうずめるには黄色い顋じゃあ幅がききません。

いつぞや頂いたPoor の本は面白く拝読しました(大分むずかしい本でしたけれども)。けれどもあの著者のように*立体派や未来派に賛成する事は僕には出来ません。それは理論は認めます。しかし芸術は認められません(*ピカソなぞは全くわからない絵が沢山あります)。画かきでは矢張*マチスがすきです。僕のみた少数な絵で判断して差支えないならほんとうに偉大な芸術家だと思います、僕の求めているのはああ云う芸術です。日をうけてどんどん空の方へのびてゆく草のような生活力の溢れている芸術です。その意味で芸術の為の芸術には不賛成です。この間まで*僕のかいていた感傷的な文章や歌にはもう永久にさようならです、同じ理由で大抵の作者の作には不賛成至極です、鼻息が荒いなんてひやかしちゃあいけません。ほんとうにそう思っているんです。この頃はロマン・ロオランの「ジャン・クリストフ」*と云う本を愛読しています。
昨日逗子の海岸からかえって来ました。その処ででたらめに作った歌を御らんに入れます。創作と主張とはうまく一致しないものなんですからまずくっても笑っちゃいけません。

烏羽玉の烏かなしく金の日のしづくにぬれて潮あみにけり
眠《ね》まくほしみ睫毛のひまにきらめける海と棕櫚とをまもりけるかも
きらめくは海ぞも棕櫚の葉の下に目路のかぎりを鍍金するぞも

竜

大正四(一九一五)年

30　2月28日　井川　恭

京都市京都帝国大学寄宿舎内南乙一八　井川恭へ
田端から

*ある女を昔から知っていた。その女がある男と約婚をした。僕はその時になってはじめて僕がその女を愛している事を知った。しかし僕はその約婚した相手がどんな人だかまるで知らなかった。それからその女の僕に対する感情もある程度の推測以上に何事も知らなかった。その内にそれらの事が少しずつ知れて来た。最後にその約婚も極大体の話が運んだのにすぎない事を知った。僕は求婚しようと思った。そしてその意志を女に問う為にある所で会う約束をした。所が女から僕へよこした手紙が郵便局の手ぬかりで外へ配達された為に時が遅れてそれは出来なかった。しかし手紙だけからでも僕の決心を促すだけの力は与えられた。家のものにその話をもち出した。そして烈しい反対をうけた。伯母が夜通しないた。僕も夜通し泣いた。あくる朝むずかしい顔をしながら僕が思切ると云った。それから不愉快な気まずい日が何日もつづいた。その中に僕は一度女

の所へ手紙を書いた。返事は来なかった。一週間程たってある家のある会合の席でその女にあった。僕と二、三度世間並な談話を交換した。何かの拍子で女の眼と僕の眼とがあった時、僕は女の口角の筋肉が急に不随意筋になったような表情を見た。女は誰よりもさきにかえった。あとでその処の主人や細君やその阿母さんと話している中に女の話が出た。細君が女の母の事を「あなたの伯母さま」と云った。女は僕と従兄妹同志だと云っていたのである。空虚な心の一角を抱いてそこから帰って来た。それから学校も少しやすんだ。よみかけた「イヴンイリイッチ」もよまなかった。それは丁度ロランに導かれてトルストイの大いなる水平線が僕の前にひらけつつある時であった。大へんにさびしかった。五、六日たって前の家へ招かれた礼に行った。その時女が＊ヒポコンデリックになっていると云う事をきいた。不眠症で二時間位しかねむられないと云うのである。その時そこの細君に贈った古版の錦絵の一枚にその女に似た顔があった。細君はその顔をいい顔だ〔と〕云った。そして誰かに眼が似ているが思出せないと云った。僕は笑ったけれどもさびしかった。二週間程たって女から手紙が来た。唯幸福を祈っていると云うのである。その後その女にもその女の母にもあわない。約婚がどうなったかそれも知らない。芝の叔父の所へよばれて叱られた時にその女に関する悪評を少しきいた。

不性な日を重ねて今日になった。返事を出さないでしまった手紙が沢山たまった。之はその事があってから始めてかく手紙である。平俗な小説をよむような反感を持たずによんで貰えれば幸福だと思う。東京ではすべての上に春がいきづいている。平静なるしかも常に休止しない力が悠久なる空に雲雀の声を生まれさせるのも程ない事であろう。すべてが流れてゆく。そしてすべてが必止るべき所に止る。学校へも通いはじめた。「イヴンイリイッチ」もよみはじめた。唯かぎりなくさびしい。

二月廿八日　　　　　　　　　　　　　　　　竜

恭　君　梧下

31　3月9日　井川　恭　京都市吉田京都帝国大学寄宿舎内　井川恭へ
田端から

イゴイズムをはなれた愛があるかどうか。イゴイズムのある愛には人と人との間の障壁をわたる事は出来ない。人の上に落ちてくる生存苦の寂莫を癒す事は出来ない。イゴイズムのない愛がないとすれば人の一生程苦しいものはない。周囲は醜い。自己も醜い。そしてそれを目のあたりに見て生きるのは苦しい。しかも人はそのままに生きる事を強いられる。一切を神の仕業とすれば神の仕業は悪むべき嘲弄だ。僕はイゴイズムをはなれた愛の存在を疑う(僕自身にも)。僕は時々やりきれないと思う事がある。何故こんなにして迄も生存をつづける必要があるのだろうと思う事がある。そして最後に神に対する復讐は自己の生存を失う事だと思う事がある。僕はどうすればいいのだかわからない。君はおちついて画をかいているかもしれない。そして僕の云う事を浅墓な誇張だと思うかもしれない(そう思われても仕方がないが)。しかし僕にはこのまま回避せずにすむべく強いるものがある。そのものは僕に周囲と自己とのすべての醜さを見よと命ずる。僕は勿論亡びる事を恐れる。しかも僕は亡びると云う予感をもちながらもこのものの声に耳をかたむけずにはいられない。毎日不愉快な事が必起る。人と喧嘩しそうでいけない。当分は誰ともうっかり話せない。そのくせさびしくって仕方がない。馬鹿馬鹿しい程センチメンタルになる事もある。どこかへ旅行でもしようかと思う。何だか皆とあえなくなりそうな気もする。大へんさびしい。

三月九日　　竜

井川君

32　3月9日　藤岡蔵六　田端から

わが心ますらをさびね一すぢにいきの命の路をたどりね
かばかりに苦しきものと今か知る「涙の谷」をふみまどふこと
ほこらかに恒河砂びとをなみしたるあれにはあれどわれにやはあらぬ
かなしさに涙もたれずひたぶるにわが目守《まもる》なるわが命はも
罌粟よりも小《ち》さくいやしきわが身ぞと知るうれしさはかなしさに似る
われとわが心を蔑《なみ》しつくしたるそのあかつきはほがらかなりな
いやしみしわが心よりほのほのと朝明《あさあけ》の光もれ出でにけり
わが友はおほらかなりやかくばかり思ひ上がれる我をとがめず
いたましくわがたましひのなやめるを知りねわが友汝《な》は友なれば
やすらかにもの語る可き日もあらむ天つ日影を仰ぐ日もあらむ
あかときかはたたそがれかわかねどもうすら明りのわれに来たれる
わが心やゝなごみたるのちにして詩篇をよむは涙ぐましも

少しおちついている。今日にも君の所へ行こうかと思うがもう少しまつ事にする。自分がもがいている時に人が落ちついているのを見るのは苦しいから。

33　3月12日　井川　恭

京都市京都帝国大学寄宿舎内　井川恭へ
田端から

十二日夜十二時

井川君。

僕は愛の形をして hunger を恐れた。それから結婚の云ふ事に至るまでの間（可成長い、少くとも三年はある）の相互の精神的肉体的の変化を恐れた。最後に最卑むべき射倖心として更に僕の愛を動かす事の多い物の来る事を恐れた。しかし時は僕にこの三つの杞憂を破ってくれた。僕は大体に於て常にジンリッヒ*なる何物をも含まない愛を抱く事が出来るようになった。僕はひとりで朝眼をさました時にノスタルジアのようなかなしさを以て人を思った事を忘れない。そして何人にも知らるる事のない何人にもよまるる事のない手紙をかいてひとりでよんでひとりでやぶったの事（ママ）も忘れない。

僕は今静に周囲と自分とをながめている。外面的な事件は何事もなく平穏に完《おわ》ってしまった。僕とその人とは恐らく永久に行路の人となるのであろう。機会がそうでないようにするとしても僕は出来得る限りそうする事につとめる事であろう。唯恐れるのは或一つの機会である。しかしそれは唯運命に任せるより外はない。僕は霧をひらいて新しいものを見たような気がする。しかし不幸にしてその新しい国には醜い物ばかりであった。僕はその醜い物を祝福する。その醜さの故に僕は僕の持っている、そして人の持っている美しい物を更によく知る事が出来たからである。しかも又僕の持っている、そして人の持っている醜い物を更にまたよく知る事が出来〔た〕からである。僕はありのままに大きくなりたい。ありのままに強くなりたい。僕を苦しませるヴァニチーと性慾とイゴイズムとを僕のヂャスチファイし得べきものに向上させたい。そして愛する事によって愛せらるる事なくとも生存苦をなぐさめたい。

この二、三日漸《ようやく》chaosをはなれたようなしずかなそのわりに心細い状態が来た。僕はあらゆる愚にして滑稽な虚名を笑いたい。しかし笑うよりも先《ま》同《ず》情がしたくなる。恐らくすべては泣き笑いで見るべきものかもしれない。僕は僕を愛し僕を憎むすべてのSTRANGERSと共に大学を出て飯を食う口をさがしてそして死んでしまう。しかしそれはかなしくもうれしくもない。しかし死ぬまでゆめをみていてはたまらない。そして又人間らしい火をもやす事がなくては猶《なお》たまらない。ただあく迄《まで》もHUMANな大きさを持ちたい。

かいた事は大へんきれぎれだ。この頃僕は僕自身の上に明な変化を認める事が出来る。そして偏狭な心の一角が愈《いよいよ》 sharp になってゆくのを感じる。毎日学校へゆくのも砂漠へゆくような気がしてさびしい。さびしいけれど僕はまだ中々傲慢である。　竜

34　5月2日　山本喜誉司

牛込区赤城元町竹内様方　山本喜誉司へ
田端から

この頃は少しおちついています。しかし、やっぱり淋しくって仕方がありません。何時この淋しさがわすれられるか、誰がこの淋しさを忘れさせてくれるか、それは僕にとって全く「鎖されたる書物」です。

僕は社会に対してエゴイストです（愛国心と云うようなものも僕にはエゴの拡大としてのみ意味があると思われます）。そしてその主張の中に強みも弱みもあると思っています。その弱みと云うのは個人の孤立（イゴイズムから来る必然の帰結とし〔て〕ではないのですが）と云う事で強みと云うのは個人の自由と云う事です。僕はこの弱みを――孤立の落莫をみたしてくれるものは愛の外にないと思っています。すべての属性を（位爵、金力、学力等の一切）離れた霊魂そのものを愛する愛の外にないと思っています。この愛の焔を通過してはじめて二つの霊魂は全き融和を得る事が出来るのではないでし

ょうか。この愛の焔に燃されてはじめて個人の隔壁は消滅する事が出来るのではないでしょうか。僕が「饑え渇く如く」求めているのはこの愛です。しかし果してこう云う愛がこの世で得られるでしょうか。相互の完き理解――しかも理知を超越した不可思議な理解が女の人の手から求める事が出来るでしょうか――不幸にも僕はネガチフにしか答えられません。しかし僕は心からこのネガチフがアッファマチブになる事を望んでいます。そうする事の出来る事実が現れる事を望んでいます。この愛がなくして生きるのにはあまりに若い「自分」です。この愛以外の愛に安んじて生きるのに余りに年をとった「自分」です。僕は心からこの愛を求めています。この愛を求めるさびしさがわかりますか。世間と隔離した個性の国に「自分」と「芸術」とのみを見て捗どらない修業道を歩いてゆくさびしさがわかりますか。所詮僕は幸福にはなれない人間なのかもしれません。この意味で、偉大な先輩の中には不幸な生涯を送った人が沢山あります。殊にゴッホ――しかし僕は幸福になる事を求めます。この愛の浄罪界へはいる事を求めます。

紀念祭の時はあえないでがっかりしました。あの時しみじみ日本のSEXは外光の下にみるべきものではないと思いました。あさましい程おしろいのはげた知っている人の顔をみた時にはたまらなく下等な気がしました。僕のすきな人が一人あるんです。名前も所もしらない人なんですがもうどこかの奥さんなんでしょう。少しはいからな会では時々あいます。昨夜も人道会の慈善演芸会であいました。大へんにSeelenhaftig*な顔をしています。そうして大へんにじみななりをしています。尤も昨夜は異人とうまく話をしているのをみて少しいやになりましたが、この頃は大抵な人が嫌です(自分もきらい)。電車へのると右のすみから左のすみまでいやな奴ばっかりです。馬鹿男と馬鹿女が日本中に充満しているような気がします。大学は生徒も先生も低能児ばかり。

文ちゃんは勿論僕の所へ来る人ではないでしょう。しかしその理由は君の云う正反対です。僕の方が無資格です。僕は身分のひくい教育のあまりない僕だけを愛してくれる、そして貧しい暮しになれた女がいる事を夢みます(そのくせその結局夢なのもよく知っているんですが)。それほど僕は女の人から理解は望めないと云う事を信じるようになっているんです。云いかえると唯愛だけ——普通の愛だけで満足しなくてはならないと思っているんです(そう思うとほんとうにひとりぼっちでさみしくなります)。そうしてその愛を求める資格が又《また》大抵な人に対して僕には欠けているのです。文ちゃんの場合もその通り。ただ淋しいので僕のゆめにみている人の名を時時文ちゃんにして見るだけ。

その外に何にもありません。しかし文ちゃんは嫌な方じゃありません。ゆめにみている人の名につけてみる位ですから。目下の僕には従って文ちゃんを理解する必要もありません。しかしイマヂナリイにある位置へ自分を置いて考えると少しはさびしさを忘れるので高輪へはゆくかもしれません(極稀に)。但僕のうちでは僕の持っている興味の三倍位の興味を文ちゃんに持っています。

これでおしまい。Yの事は一日一日と忘れてゆきます。正直に云えば僕は反省的な理性に煩される事なしに——云わば最も純に愛する事が出来たのは君を愛した時だけだったと云う気がしています。夜はいつでもいます(来週の土曜は例外)。ひまがあったらいらっしゃい。

一日夜　　竜

喜誉司様　梧下

35　5月23日　井川　恭　京都市吉田京都帝国大学寄宿舎内　井川恭へ　田端から

井川君。

五月廿三日の午後

病気は殆いい、尤もまだ医者へは通っているが。何しろ試験が近いので弱る。Dickens のビブリオグラフィーを覚えるだけでも年号や何かがたくさんあって大へんだ。そこへゆくとシェリダンとかフッドとか云う奴のビブリオグラフィは遥にたちがいい。しかし何にしてもビブリオグラフィはいけない。愚劣極まる。それから語の使い方を覚える必要がある「his が my の意味で使われる事を知っているか。そしてそう云う用法をシェークスピアが何度何と云う芝居の何幕目で使ったか知っているか」と云うような問題に答えるのだからやりきれない。とにかく災なるかなだ。

この頃ルイズ*の The Monk と云う小説をよんだ。1798年に初版が出たきり殆《ほとんど》完全な再版の出た事のない本だそうだ。それほど時代に遅れてそれほど古色を帯びている所が面白かった。魔法、幽霊、決闘、暴動、ルシファアなんどが出て来る。舞台はスペインで大部分は僧院内の出来事だ。しまいに宗教裁判所の牢をやぶってアムブロジオと云う坊主がルシファアと一しょに空をとんでにげ出す。そうして結局ルシファアに殺されて霊魂が無窮の亡びにおちる。そのあとに「ladies よ、人の罪をゆるす事寛なるはわが罪をせめる事厳なるが如く善事なり」と云うような作者の御説教がついている。ラドクリフは暫く措く。このルイズからマテイユリンやメリイ シェリイを経てポオを生んだと云う事は興味ある事実である。僕は今メリイ・シェリイのフランケンスタンをよんでいる。この頃は*Everyman's Library の愛読者になった。ねている間もあれでバルザックをよんで大へん感心した。リイドの「僧院と竈と」をよんで少し感心した。

こないだ内自分で肺病じゃないかと思っていた頃は往来をあるく人間が悉く結核患者らしく見えた。そして何故早く皆診察してもらわないんだろうと思った。だから往来へ痰をはく奴なぞは大逆無道な動物のような気がした。それが今では又皆健康な人間らしく見えている。そして僕自身も時々往来へ痰を吐いている。

*相馬御風が一高の弁論部へ招待された。屈辱至極だ。紀念祭の晩にせと校長が何とか云う先輩の役人をよんで来て演説させた。生徒がみんなやじったんで校長もその先輩を怒《（ママ）》ってしまった。委員がそこでやじった連中を外へつまみだした。久米正雄はその時つまみ出された中の一人である。成瀬は「己が一番えらくなりそうな気がする」と云って得意でいる。*石田三治君は社会学の連中の会で「トルストイの宗教観」と云う演説をやる。その前に「天津橋上杜鵑之声」と云う演題があるが僕は薩摩琵琶かと思ったらそれは文学士中村孝也氏の演題だそうである。杜鵑とトルストイとどっちが喝采されるかはまだわからない。あとは皆健在なんだろうと思う。学校へも minimum にしか出ないからよくしらない。病気はなおったが inability がまだつきまとってよわる。ウイッ

チの画が見たいがこんどあう時迄待つより外はなかろう。気分が悪かった時だからこの前の手紙は大へんありがたかった。もうやめる。さようなら。

36　6月　山本喜誉司　田端から（年月推定）

ひたぶるに文かきつゞけ憂き事を忘れむとするわが身かなしも
ひたぶるにかくは何文鶏《なにぶみくだかけ》のなくをもしらずかくは何文
文かけどかなしさ去らず灰皿のチユリツプの花見守《みも》りけるはや
夜もすがら露西亜煙草をすひすひてあが泣き居れば口腫れにけり
ものなべてわれにつらかり消えのこる雪の光もわれにつらかり
かくばかり思ひなやむを誰か知るあが恋ふ人の目見しほりすと
ありし日の印度更紗の帯もなほあが眼にありに（ママ）つげやらましを
あぶらびの光ほそけみあが見守《みも》る写真も今はせんなきものを
すべしらにあが恋ひ居ればしぬのめの光ひそかにふるへそめけり
ほのぼのといきづく春の水光《みずびかり》あが思ふ子ははろかなるかも
あさあけの麦の畑にほそぼそと鳥はなけどもなぐさめられず

どうにでもなれどうにでもなれとつぶやきて柳の花をむしりけるかも
ねころびてあが思《も》ひ居ればみだらなる女《おみな》のにほひしぬび来にけり
眼つぶれど肌のぬくもりかなしくもあにこそ通へいらがなしくも
ひとりゆく韮畑《かみらばたけ》の夕あかり韮《かみら》かなしもあがひとりゆく
烏羽玉の夜さりくればかなしげに額《ぬか》をふせつゝ下泣ける子も
あが友は賢《さか》しかるかもわれを見てますらさびねと云ひにけるかも
垂乳根の母はいとしもあが恋を知らなくたゞに「な泣きそ」と云ふ
夜をこめてわがかく文の拙さにあが下泣けば鶏《くだかけ》もなく
わするべきたどきも知らず夜をこめてひそかに啜るベルモツトはや
せんすべもなければ君ゆおくり来《こ》し写真をみつゝ時かぞへけり
この写真かはゆかるかも木の下に童女童《わらべめわらべ》笑みつどひけり
「夏なれば木の下の人一やうに団扇をもてり」とつぶやきしかも
忘れましさにこの女童《めわらべ》を恋ひむとぞいく度ひとりつぶやきにけむ
みづからの頭《こうべ》をうちていらゝかに「しつかりしろ」と云ひにけらずや
折ふしは「世間しらず*」をよみさしてさしぐむ我となりにけるはや

しかはあれどトルストイをよむ折ふしは涙はらひてますらをさぶれ
かにかくに心荒びぬあたゝかくこの心にもふりね春雨
この心よみがへるべきすべもがなあを恋ひぬべき清《すが》し女《め》もがな
翠鳥《そにどり》のあをき帯してあに来けむ少女《おとめ》かなしもかなし少女も

いい加減にずんずんかいた歌ばかり。この次の水曜にドイツ語の試験、あとはやすみ。この手紙よみ次第やぶく事。

竜

37　10月6日　谷森饒男　牛込区弁天町　谷森饒男へ　田端から（葉書）

1　平安朝にて無位無官の人間が佩*きたる太刀はどんなものに候や。矢張後鞘などかけたるものに候や。柄は葛巻か鮫か又は柄糸にてまきしものに候や。

2　無位無官の人間のかぶりもの*はどんな物に候や。普通の折烏帽子に候や。

3　同上の人間のはき物はどんなのか。普通に候や。藺の履などは少し上等すぎまじくや。

右三件、国史*大辞典にては埒あかず候間御尋ね申上候。何とぞ御教示下され度願上候。匆匆。

五日

田端四三五　芥川竜之介

38　11月16日　久米正雄　田端から

僕は一切の遠慮をすてて云う。僕はすべての他の人間を軽蔑するだけそれだけ君を尊敬する。僕と君とはニューアンスがちがっている。僕にとって君のニューアンスは確に時としてエーゲルハフトである。しかし人間の大きさは(勿論芸術的と云う語に包括される精神活動から見て)ニューアンスを超越する。僕はその大きさの為に不可抗に君にアンツィーエンされるのを感じている。そうして僕の為に君の前に頭を下げる時の来ないように祈っている。僕は之を書く時に一種の不安を感じない事もなかった。それは僕をして之を書かしめるものは嘗君が僕を認めているような口吻を洩したと云う事ではないかと思ったからである。しかしそれでもいいと思ったから之を書いた。

松岡*や成瀬は事によると僕が君を甘やかしていると思うかもしれない。僕が調子のいい賞讃の辞をならべて君を煽り立てていると思うかもしれない。或は現に思いつつあるかもしれない(或は君自身さえそう思う事があるかもしれない)。僕はさっき松岡の手紙の中で「君たち」と云う語をよんだ時には神経過敏にそう云う考えを松岡や成瀬に予想せざるを得なかった。尤も彼等に何等の悪感も感じなかった事丈は断っておく必要がある。僕はそう云う意味で所謂南寮*のGruppeに僕の立入る事がGruppeの交情を破る事になるのを惧れる。そうして僕の為にこの僕の感じが極端な邪推である事を祈る。松岡の手紙の中に「僕たちを驚かさないような物を書いている中に誰も驚かさないような物を書くほど堕落する」と云うような意味の事があった。僕は簡単に云う。僕もその所謂堕落に陥る事があるかもしれない。しかしその堕落は僕から云わせれば彼等にすら理解されないプロダクションを出すと云う事だ。まして一般人には当然理解されないプロダクションを出すと云う事だ。これはそれほど重大に考えずとも趣味上の問題で僕は「僕たちを驚かさない物」を書きつづける事がありそうな気がするから、それで余計こう云う誇張したうぬぼれを書きたくなったかもしれない。僕は松岡からも成瀬からも好意を持たれていると思っている。僕もそれに相当する好意を持っていると信じている。しかしつきつめた所までゆくとそれがどの位心と心とをつなぐ力があるか疑われる。この疑は君に対しても全然ない訣ではない。しかしその場合には僕の反抗心が働いてそうなるような気がする。僕はさびしい。唯君のみから或圧迫をうける。そうしてその圧迫によってのみ或興奮を感じさせられる。所詮僕は君を尊敬し同時に君を恐れる。もし君を軽蔑すると云うような矛盾した行為に出るとすれば(将来に於いてだが)、それはこの恐れからすると思うより外にない。僕は僕の為にくりかえしてそう云う時の来ない事を祈る。事実が僕をして僕の劣等を意識せしめもしくはせしめんとする時の来ない事を祈る。そうして僕たちの間が今の僕と僕の友だちとの間のように荒ぶ時の来ない事を祈る。云う迄もないが僕の尊敬は *Leistung の上からのみの尊敬ではない。

あるセンティメンタルな感動の為にこの手紙をかいた。僕はその感動の去った時にこの手紙をみるのを恐れている。同時に君がこの手紙のセンティメンタリズムを哂《わら》う事を恐れている。僕は僕自身今感じつつある感情が人生意気に感ずと云う中学程度の感情に近い事を知っているからである。これを封じて宛名をかいてそれから寝る。

三　小説家〈芥川〉の誕生

1915年，「羅生門」執筆の頃

大正四(一九一五)年

39　12月3日　井川　恭

京都市吉田京都帝国大学寄宿舎内　井川恭へ
田端から

井川君。

この手紙をかくのが大へんおくれた。それはさ*しせまった仕事があったからだ。仕事と云っても論文ではない。論*文は一月の一日から手をつけて三月の末までに拵えて四月一杯で清書する予定になっている。まだ Text の来ないのがあって弱っている。胃病はあまりよくない。体の調子は概していいが。

京*都で文展がひらかれたのを二、三日前の新聞でみた。文展には碌な画もない。西洋画も日本画も悉く駄目だ。油画でたった一つよいのに「叡山の雪」だ。この画は文展がひらかれた当時から僕がほめていた。友だちは皆大して感心しなかった。僕ひとりでほめているのを哂った人もいた。矢*代なんぞは中村つねの肖像をほめて叡山の雪は画と云うより色の集合だと云った。なるほどコバルトがかった色で安価に雪や山や空やの或

effect を出そうとした所はあるがそんな所は大した欠点でない。あの力づよい前景の木と灌木の緑と地面とごみごみした人家の屋根とを見ていると、霜を持った空気のぴりぴりした感じが感ぜられる。しまいに小宮さんや何かがあの画をほめ出した。そうしたらその尾について色々な批評があの画をほめた。それで少し批評家を軽蔑する事をさしひかえたがそれでも褒状さえ出し惜んだ審査員にはやりきれない。長原の屛風の油絵や彫刻の怒濤はなる程ある感じは可成完全に impress しているかもしれない。しかしその感じは何だ。怒濤の感じなんぞは中学生が海水浴へ行ったって持つ感じにすぎない。あれですぐれた芸術品の気でいる作家には困る。見物にも困る。尤も文展として賞をやったのは仕方がないだろうが。彫刻では堀進二氏と云う人の「若き女の胸像」と「老婆の胸像」との二つが肉附けに新味があった。あとはがらくた、一番馬鹿げているのは北村四海の橘姫と何とか云う奴の長袖善舞と云うたまらない木彫。日本画はこっちのレベルをすこしさげると峡江の六月や大原女がめにつく。浦島はたまらない。何とか云う無名の作家の「風」と云う屛風に大した事はないがいい所があった。あとは何とか云う資格さえない。広業なんぞの画もいい気なものだ。一番愚なのは尼が文をたいている絵(説明つき)、一番醜いのは上村松園の狂女。

それからみると*二科の方がよっぽどよかった。*坂本さんのは皆よかった。タッチはメカニカルないやな所があるがあの人の色調は大へんいい。夕日の中に白い牛が三、四匹ねている絵なんぞはセガンチニを思い出させるようなクリムソンの地面に金色の日の光がおちていた。殊に砂浜にある家の絵は芭蕉の俳句でもよむような渾然とした所があって柔い草のみどりも柔い砂の灰色もその上にある柔い影の紫もみんなうつくしい諧調をつくっていた。殊に*安井曾太郎の絵は今まで西洋からかえった人の展覧会の中で一番纏っている一番しっかりしたものだったと思う。裸の髪の黒い女が仰向きにねている絵には、女の皮膚から来る弾力さえ感じる事が出来た。下に布いてある布の糊のこわささえ感じる事が出来た。児島喜久雄君が博物館で買って永久に保存してもいいと云ったのには同感する。石井柏亭はだめ。有島さんは少し気の毒なようだ。

*美術館はがらくたばかり。観山の弱法師を除いてたら悉く駄目だからやりきれない。今村紫紅なんぞは殊にひどい。才子*青田青邨の朝鮮の絵巻が評判になるようじゃあ仕方がない。大観も ready mind な内容きりつかもうとしないようだ。殊にここの洋画と彫刻はひどい。出たらめばかり、出たらめばかり。岸田劉生や木村荘八の*現代の美術の展覧会もたまらない。みんな妙な模倣ばかりしている。荘八のやつは殊にやり切れない。

劉生一人流石にしっかりした所がある。*ツァイヒヌングにもどこかつかんだと思うのがあった。若い人は椿貞雄一人きり、あとはジオット、ヴェロッキオ、ボッティチェリ、ベリニ、それからブレークの模倣ばかり、和訳した模倣ばかり。

この頃毎日「戦争と平和」をよんでいる。あんまり大きいので作としての見通しは殆まるでつかない。部分(それも可成長くに亘ってだが)には感心し得る限りの感心をしている。人物ではプリンス アンドレエが大好きだ。アンドレエのお父さんも妹もよく書いてある。アンドレエが死んだと思っているとかえって来る。その途端にアンドレエの夫人が産で死ぬ。あすこは実にうまい。アウステリッツでアンドレエが仆れて空をみる所もいいがあすこの方が更にいい。こんなものを書いた奴がいるのだと思うとやりきれない。日本なんぞまだまだだ。夏目さんにしてもまだまだだ。

藤岡君がカントを論文にかく。カントの Zeit* の見方はベルグソンの Zeit の見方と共に誤りだと云う事を *beweisen するのだそうだ。外の人のはしらない。英文では久米が Study of Hamlet with special references on its stage-performance、根本が Study of Hardy、成瀬が Creative Criticism。

ロシアの作家なぞは「戦争と平和」のような作物が前にあると云う事によって悲観し

ないでいられるのだろうか。「戦争と平和」ばかりではない。「カラマゾフ兄弟」にしても、「罪と罰」にしても、乃至「アンナカレニナ」にしても。僕はその一つでも日本にあったらまいりそうな気がする。

之から来年の試験がすむまではのべつにいそがしいだろうと思う。Jedermann* はとてもよんでいられまい。君が売らずに持っていてくれたらいい。オリヂンになったモラリティをよんだがあんまり面白くなかった。

兎に角いろんな事がしたいのでよわる。論文をかく為によむ本ばかりでも可成ある(テキストは別にしても)。題は W. M. as poet と云うような事にして Poems の中に Morris の全精神生活を辿って行こうと云うのだが何だかうまく行きそうもない。僕はすべての Personal study はその Gegenstand* になる人格の行為とか言辞とかを思想とか感情とかに reduce する事によって始まると思う。云わば外面的事象の内面化だ。その上でそれにある統一を作って個々の事実を或纏った有機体的なものにむすびつける。その統一を何によってつくるかがさし当りの問題だが。

この頃時々松江*を思い出す。平な湖の水面とその上に広い空とを思い出す。空にはいつも鼠色の雲が蔓っている。今その空の下にその湖を横ってゆく小さな汽船は古浦へゆく船であろう。その時僕の心の上にはかすかなかなしさが落ちて来る。同時にある平和が生れて来る。僕は静に眼をその空と湖とに向ける。そうしてそこに営まれている生活を祝福する。

田端はどこへ云っても黄色い木の葉ばかりだ。夜とおると秋の匂がする。

樹木は秋をいだきて
明るき寂莫にいざなふ
「黄」は日の光にまどろみ
樹木はかすかなる呼吸を
日の光にとかさむとす
その時人は樹木と共に
秋の前にうなだれ
その中にかよへる
やさしき「死」をよろこぶ

子規の墓のある大竜寺*にも銀杏の黄色くなったのがある。生垣の要もち、それから杉、それだけが暗い緑をしている。あとは黄いろばかり。その路を大根をつんだ車がとおる。籠の中へ黄菊の花ばかり掬んだのを入れた車が通る。車の輪の音、子供の赤蜻蛉をつる歌(気をつけてきいてみると歌の語はちがうが節は出雲の何とか云ぅ妙な歌「あぶらやおこんにまけてにげるははぢぢやないかいな」と同じだ)、百舌の声(こいつは時によると馬鹿にたくさん来る)——あとは静だ。時々王子へ散歩にゆく。小川、漆紅葉、家鴨、そうして柿をかって来る。

定福寺へはまだ手紙を出さずにいる。中々詩を拵える気にならない。「定」の字はこの前の君の手紙で注意されたが又わすれてしまった。「定」らしいから「定」とかく。それとも「常」かな「浄」ではなさそうだ。自分でつくる気になってつくる詩はある。今日でたらめにつくったのを書く。

叢桂花開落
画欄煙雨寒
琴書幽事足
睡起煮竜団

どうも出来上った時の心もちが日本の詩よりいい。日本の詩も一つ今日つくったのを書く。何だかさびしい気がした時かいた詩だから。

夕はほのかなる暗をうみ
暗はものおもふ汝をうむ
汝のかみは黒く
かざしたる花も
いろなく青ざめたれど
何ものかその中にいきづく
かすかに
されどやすみなく――
夕はほのかなる暗をうみ
暗はものおもふ汝をうむ

もう一度真山《しんやま》へのぼっておべんとうをたべたい。さるとりいばらにも実がなってそうして落ちた時分だろう。山もすっかり黄色くなったろう。赤い土や松はかわらずにいるだろうが。おべんとうの玉子やきはまったくうまかった。あめ蝦もたべたい。僕はくいしん坊のせいか食べものを可成思い出す。

入日空みたる男は土黒埴土《にぐろはに》こねがてにしてゐたりけるかも
かなしかる面輪に似ねとわが捏ぬる埴土もつめたく秋づきにけり

こんないたずらをして半日をすごした事もある。油土は弟のを使った。弟はこの頃彫刻家になると自称している。そうして不思可《（マヽ）》儀な動物（人間だか豚だかわからない）の形を拈出している。完く語通り拈出しているのだら《（マヽ）》可笑しい。

白菊の花なりしかも厨戸にわぎもはひとり花切りしかも
白菊の花を活けつゝあを招《ま》ぐとサモワル守《も》りてありぬわぎもは
うつゝなくあが見守りしも一とせのむかしさびけりあはれ白菊
菊みればかなしみふかしそのかみの菊もわぎももなしもわぎもも

白い菊をみんな誰かどこかへもって行ってしまうといい。あれは人をセンチメンタルにしていけない。実際いけない。

ある単純な感情の中でさえ variety は無限にある。まして復雑な情緒をや。固定した名の下に固定した情緒を予想するものはブルヂョアにすぎない。人間の性格と周囲とその他百般の事象に modify される或瞬間と或不可思議な感情よ。情緒よ。それを知る事は学問にも芸術にも出来ない。唯「生活」するだけだ。唯体験するだけだ。

　殆この手紙をかき出した時には予期しなかったある感激に動かれてこの手紙を完る。大きな風のようなそれでいてある形のある光の箭のようのものが頭の中を通りぬけたような気がする。今まで何だか人が恋しいようなそれでいて独りでいたいような心もちにひたされながら何かしろ何かしろと云う声がたえずどこでしていると思っていた。それが今は皆どこかへ行ってしまった。このままで何十年何百年でもじっとして「たえず変化すれども静止し、流転すれども恒久なる」一切をみていたいような気がする。何故だかしらない。唯僕の意識の中にはある暗い眼が浮んでいる。何度もそれが泣くのを見た眼である。僕はこの心もちを失うのを恐れる。この眼を失うのを恐れる。かなしいような気もする。

　平和にそうして健康に暮し給え。

竜

40　12月13日　山本喜誉司

牛込区赤城元町竹内様方　山本喜誉司へ
田端から

文ちゃんはマダモアゼユの中からマダムのような所のある顔をしている。typeとしてはすきな顔だ。

大へんすましていたから嘸《さぞ》窮屈で退屈だったろうと思う。少し気の毒な気もする。もっと平気ではしゃいでいればいいのに。

こないだ電車(品川ゆきの)の中で丁度文ちゃん位の人にあった。事によったら文ちゃんかと思った。僕ははっきりした顔の記憶がなかったから。その顔には僕のきらいなfeatureがあった。だからもしかこれがほんとうに文ちゃんだったら少し困ると思った。今それが文ちゃんでない事を確め得たのは幸福である。

もし前にかいた事が逆に行って実際少し困るような事になったとしたら僕はこの手紙をどうかくだろう。自分の感じている事を平気で皆かくだけの勇気が出るだろうかどうか――こう考えて来ると僕文ちゃんの心もちと云うような事を確めた上にも確めないといけないと思った。何故と云えば僕にしてももし文ちゃんが嫌いになったとしたらすぐに嫌いだと云い得る勇気があるかどうか覚束ないのに女の人は猶そう云い切れないだろうと思うからだ。こう云うように既に出来上っている判断を表白するのがむずかしい上に文ちゃんはこの判断をつくるべく余りに若くすぎているかもしれないと思う。そうすると事は愈《いよいよ》曖昧になって来る。僕はこの曖昧な事実を明瞭にすべき任務を全部君に委任する。君がその為に用いる手段及それに要する時間は全然君の自由にして頂きたい。要するに問題は文ちゃんの意志だ。僕自身僕の行為(この場合は結婚)に責任をもつように文ちゃん自身もその行為に責任をもち得る程意志を自覚してほしい。遠慮はこの際すべてを誤るものだ。

公にする前に他に文ちゃんの結婚問題が起るとしたら勿論僕にとってそれを detain する権利はない。当然それは君の方の自由にすべきものだと思う。僕は僕の意志を尊重する。その故に他人の意志を尊重する。徹頭徹尾問題は意志にあると思う。

最後にもう一度明白に書き加える。オイセルリッヒ*に僕は文ちゃんがすきである。インネルリッヒ*にはまだわからない。そうしてそのインネルリッヒの問題を解決するものは半分以上文ちゃんの意志(乃至そのインテンジテート)にあると思う。

之でやめる。コロッケイで胃を悪くした。

十二日夜　　　　竜

喜誉司様

41　月日不明　山本喜誉司　田端から（年推定）

今夜静な心でこの手紙をかく事が出来るのはうれしい。「あきらめ」*はまだよまない。「夏姿」*はあのかえりに電車の中で皆よんでしまった。ある点までは感心したが、ある点——それは今の僕にとってすべての芸術のケルン*だと信じている点で——で不満だった。いつ僕のゆめみているような芸術を僕自身うみ出す事が出来るか。考えると心細くなる。すべての偉大な芸術には名状する事の出来ない力がある。その力の前には何人もつよい威圧をうける。そしてその力は如何なる時如何なる処にうまれた如何なる芸術作品にも共通して備わっている。美の評価は時代によって異ってもこの力は異らない。僕はこの力をすべての芸術のエセンスだと思う。そしてこの力こそ人生を貫流する大なる精神生活の発現だと思う。この力に交渉を持たない限り芸術品は区々なる骨董と選ぶ所はない。日本の作品にこの力を感じるようなものがあるだろうか。日本の芸術家にこの力をのぞんで精進してやまない者がいるだろうか(僅少な例外は措いて)。もしないとするならば彼等は悉《ことごと》くブルヂョオであって芸術家の資格はない。この意味で夏目先生の作品は大きい。武者小路氏の作品は愛すべきものがある。

そして志賀氏の作品は光っている。僕はさびしい。始終さびしい。誰かに愛され誰かを愛さなければ生きる事の出来ない人間のような気がする。

正直な所時々文子女史の事を考える。この頃Yからはなれる必要がある時は特に意識して考える。そうして一のIMAGEのかげに一のIMAGEを無理にかくそうとする。それは文子女史の事を考えるときに小供の時から知っているせいか清浄な無邪気な愛を感じる事が出来るからだ。ややともするとSINNLICHになりやすいYの事を考える上にいいANTIDOTEになるからだ。まだほんとうに愛する事が出来るかどうかはわからない。その上愛すると云う事を（少くとも）発表する丈の資格が僕にあるかどうかもわからない。唯僕は前から八洲さんたちの上に祝福したいような気を始終に持っている。そうしてそれが同時に自分の祝福になるような気がして仕方がない。何しろ僕には何もわからないと云うのが一番正しいらしい。僕はいろんな機会でこの頃妻と云う事を考えさせられた。そうして世間の妻君を見る眼が少しずつあいて来た。僕は醜いものの至る所にあるのに驚く。愛をはなれた性慾の至る所に力をふるっているのに驚く。僕は夫婦関係を高い尊いものにしたい。その間の愛からあらゆる大なる物を生みうる関係にしたい。そうしてその関係の価値をその間の愛の価値にしたい。僕はすべてを解釈するのは愛だと信じている。この結論は昔から云いふるされている。しかしこの結論にたどりついた僕の経験は新しい。兎に角大へんにさびしい。今かきつつある小説を君によんでもらう時分には少しさびしくなくなれるかもしれない。

僕はYの事からすっかりうちの信用を失ってしまった。中学の時の友だちを除いては皆友だちがうちのものから猜疑の眼を以て見られているような気もする。僕は之を尤な事だと思う。そうして自分の信条とそれに基く自分の芸術との為にはこんな苦しい目にもっと幾度もあわなければならないのだと思う。しかも僕の生活の方針はまだ確にきまっていない。時々僕はかぎりない落莫を感じる。この頃ロマン・ロランのトルストイをよんで非常に感激した。一寸のすきもなく自分の弱点を攻めて行ったトルストイの事を考えると便々とくらしているのが勿体ないような気さえする。トルストイはたえず自分を襲う悪徳として賭博癖、色慾、虚栄心の三つをあげているが、その三つを教った時に彼は現にその各々に耽溺していたのである。すべての悪が彼の手では善に生かされる。そしてすべての苦痛が彼の心では幸福に生かされる。僕はこの頃しみじみトルストイの大いさを思う。

「ただ苦まなければならない。すべてをすてて苦まなければならない。通り一ぺんの苦痛は苦痛と感じない程に苦まなければならない。それが神の意志だ。この意志に従ってはじめて人間は出来上る」。

こうして苦んでゆく上に僕を慰めるものは何だろう。僕の信仰をより力づよくより大にするものは何だろう。僕はそう云う事をし得るものが三つあると思う。一は父母(もしくはその記憶)一は友人(同上)三は妻もしくは愛人(同上)そうして僕はその何れをも持つ事が出来なそうな気がする。僕は今年中にすっきりした*Liebes-geschichteをかいて君にささげたいが大分覚束ない気もする。お伽噺(創作でも翻訳でも)を*八洲さんへささげたいような気もするが之も少し危い。何しろしたい事は沢山あるが時と力とがたりない。自分でも歯痒くなる。そのくせずいぶん人の事は軽蔑しているが。いつか本郷のうちでうち中みんなの写真(君がうつしたの)を見た事がある。あれを一枚僕にくれないか。僕はいま家庭的のあたたかみに饑えている。大へんにさびしい。なる可く都合してくれるといいと思う。おばあさんやねえさんには内しょで。ほんとうにひとりぼっちだ。

出たらめの歌を思いつくままにかく。

　閻浮提に一人の人を恋ひてしばいきの命のおしけくもなし

　夕よどむ空もほのかに瓦斯の灯のともるを見れば恋まさりける

ゆきくれてもの思《も》ひをればはつはつに月しろしけり涙ぐましも

二伸　そのうちに稲荷祭を見せて貰いにゆくかもしれない。

大正五（一九一六）年

42　1月23日　山本喜誉司　田端から

Mr・K・

僕のうちでは時々文子さんの噂が出る。僕が貰うと丁度いいと云うのである。僕は全然とり合わない。何時でもいい加減な冗談にしてしまう。始めはほんとうにとり合わないでいられた。今はそうではない。僕は文子さんに可成の興味と愛とを持つ事が出来る。しかし僕は今でも冗談のようにしている。今でもごま化して取合わない風をしている。何故かと云うと僕は或予感がある。そして僕の Vanity はこの予感を利用して僕にお前の感情を露《あらわ》すなと云う。その予感と云うのは文子さんを貰う事は不可能だと云う予感である。第一文子さんが不承知それから君の姉さんが不承知それから君が不承知それから色んな人が皆不承知と云う予感である。予感の外にまだある。それはよしこの予感が中らなくっても僕の良心がゆるさないかもしれないと云う事である。まして少しでも予感が中れば猶《なお》良心が許さないと云う事である。僕は自分の幸福の為に他人の――殊に自分の愛する他人の幸福を害したくないと思っている。

だから僕の想像に従うと何年かの後に文子さんの結婚を君と一しょに祝する時が来るだろうと思う。そして事によったらその人が僕の友だちで僕はその為に嫉妬を感じる事があるだろうと思う。しかし僕の感情は君を除いて誰も知らないだろうと思う。僕は又それに満足している。ロマンチックな性情は自分の不幸さえ翫賞する傾がある。僕はさびしい中にも或満足を以て微笑を洩し得る余裕のある事を確信する。僕は文子さんの話が出ると冗談にしてしまう。この後もそうするだろう。そして僕のうちの者が君の所へ何とか云ってゆくのを出来得る限り阻止するだろう。或はその後に思いもよらない所から思いもよらない豚のような女を貰って一生をカリカチュアにして哂ってしまうかもしれない。しかし僕の感情は君の外に誰も知ってはならないのである。君も亦《また》恐らくは誰にも知らせはしないだろうと思う。誰もそれを知らない限り僕は安んじて君のおばあさんにも君の姉さんにも話しが出来る。知られたらもう二度とは行かないだろう。

僕は時々人生を貫流し芸術を貫流する力の前に立つ事がある（立ったと思うとすぐ又その力を見失ってしまうが）。そしてその力を見失った瞬間に僕は僕の周囲にある大きな暗黒と寂寥とに畏怖の念を禁ずる事が出来ない。僕が僕以外の人間の愛を欲するのはこう云う時である。その時僕は個性の障壁にすべてと絶縁された僕自身を見る。悠久なる時の流の上に恒河砂の一粒よりも小なる僕自身を見る。僕はこう云う時心から愛を求める。そして又こう云う時が僕には度々ある。僕はさびしい。しかし僕は立っている者の歩まなくてはならないのを知っている。たとえそれが薔薇の路でも涙の谷でも一様に歩まなければならないのを知っている。だから僕は歩む。歩んでそして死ぬ。僕はさびしい。

43　2月15日　井川　恭

京都市京都帝国大学寄宿舎内　井川恭へ
田端から

かるたは最近に塚本でとった。その時僕はそこにいるうまい人たちの中の一人であった。何にしてもかるたと云うものはあまり一生けんめいにとる気にはなれないものだ。もう来年のお正月までとらないだろう。この頃はある easiness を以てある量の仕事のかたがつくので割に愉快にくらしている。ほんやくもすませた。文ちゃんは多分もらうだろう。こないだうちの伯母と芝の伯母と二人でみに行った。二人とも good opinion を持ってかえって来たらしい。尤も僕の前では遠慮して悪口を云わないのかもしれないが。

僕自身も前より good opinion を持つようになった。

*雑誌が出たから送る。僕は同人諸君のどの原稿にも感心しない。僕のにだけ好意を持っている。寒さがめっきりつよくなった。昨日市村座へ行ったら国太郎の玉織姫が*ふじちゃんによく似ていた。吉右ェ門の熊谷が菊五郎の敦盛と玉織姫との屍骸をうす紅に小桜をちらした母布《ほろ》と古代紫の母布とにつつんで、楯へのせて海へ流す時に殊にそう思った。

田端にてうたへる

なげきつゝわがゆく夜半の韮畑廿日の月のしづまんとす見ゆ
韮畑韮のにほひの夜をこめてかよふなげきをわれもするかな
シグナルの灯は遠けれど韮畑駅夫めきつもわがひとりゆく
ぬばたまの夜空の下に韮畑廿日の月を仰ぎぞわがする
ぬばたまのどろぼう猫は韮の香にむせびむせびて啼けり夜すがら
韮畑韮をふみゆく黒猫のあのととばかりきゆるなげきか

東京にてうたへる

刀屋の店にならべし刀よりしろくつめたく空晴れにけり

冬の日のかげろふ中に三越の旗紅に身を細らする
日本橋橋の麒麟の埃よりかすかに人を恋ひにけらしな
二伸　今日これから文房堂*へゆく。神田はよくゆくから今後も買うものがあったら遠慮なく云ってよこしてくれ給え。
雑誌を牛込*へ送ろうかと思ったが遠慮した。

竜

井川恭様

44　3月11日　井川　恭

京都市吉田町京都帝国大学寄宿舎内　井川恭へ
田端から（同日付の絵葉書、二通）

（第一）　論文と原稿とが忙しかったので大へん御ぶさたした。これと一しょに寮歌集も送る。それから御願が一つある。荒川重之助（?）の事蹟を知る事は出来なかろうか。酒のみで天才だと云う事だけは君からきいた。あれとヘルン氏とを材料にして出雲小説を一つかきたい。松江の印象のうすれない内に。是非たのむ。

閃かす鳥一羽砂丘海は秋なれど

今は俳句気分になっていない。
（第二）「鼻」は二つのベグリッフ*スインハルトを持っている。一つは肉体的欠陥に対するヴァニテの苦痛(ハウプト)一つは傍観者の利己主義(ネエベン)――それ以上に何もずるい企をした覚はない、君がずるい企の意味を明にしなかったのを遺憾に思う。傍観者の利己主義は二つの*ベディングングを加えて全体の自然さを破らないようにした。一つは内供の神経質(性格上)一つは鼻の短くなってから又長くなる迄の期間の短い事(事件上)だ。それが徹底していなかったと云えばそれ迄だが。次の号は四月一日発行にした。僕は小品をかいた。出来たら送る。

45　3月24日　井川　恭

京都市吉田町京都帝国大学寄宿舎内　井川恭へ
田端から

荒川の事はちょいとした小品にかこうと思っていた。わざわざしらべて貰うほど大したものではない。何かあの人の事をかいた本はないかな。ヘルンが石地蔵を見た話は知っている。かこうと云う気にはその話からなったのだ。

「鼻」の曲折が natural でないと云う非難は当っている。それは綿抜瓢一郎も指適《(ママ)》してくれた。重々尤に思っている。

それから*夏目先生が大へん「鼻」をほめて、わざわざ長い手紙をくれた。大へん恐縮した。*成瀬は「夏目さんがあれをそんなにほめるかなあ」と云って不思議儀がっている。

あれをほめて以来成瀬の眼には夏目先生が前よりもえらくなく見えるらしい。成瀬は自分の「骨ざらし」が第一の作で松岡の「鴦崛摩《おうくつま》」がそれに次ぐ名作だと確信している。

僕はモオパッサンをよんで感心した。この人の恐るべき天才は自然派の作家の中で匹儔のない鋭さを持っていると思う。すべての天才は自分に都合のいいように物を見ない。いつでも不可抗的に欺く可らざる真を見る。モオパッサンに於ては殊にその感じが深い。しかしモオパッサンは事象をありのままに見るのみではない。ありのままに観じ得た人間を憎む可きは憎み、愛す可きは愛している。この点で万人に不関心な冷然たる先生のフロオベエルとは大分ちがう。une vie の中の女なぞにはあふるるばかりの愛が注いである。僕は存外モオパッサンがモラリスティクなのに驚いた位だ。

この頃コンスタンタン　ギュイの画をみて感心した。あれの素描は日本人にも非常によくわかる性質を持っているらしい。墨の濃淡なぞも莫迦に日本画的な所がある。大きなディルネの素描は殊に感心した。それからドラクロア――ダンテの舟一枚でも立派なものだ。ティントオレットオとドラクロアはいい複製のないので有名だが、その悪い複製でも随分感心させあら《(ママ)》れる。あの男の画は恐しくダイナミックだ。オフェリアの画なんぞを見ると殊にそう思う。

論文で大多忙。

ロオレンスが死んだ。可愛そうだった。おともらいに行った。そうしてこの老教師の魂の為に祈った。ロオレンス自身には何の恩怨もない。下等なのはその周囲の日本人だ。ロオレンスの死顔は蠟のように白かった。そしてその底にクリムソンの澱《おり》がたまっていた。百合の花環、黒天鵞絨の柩、すべてがクエエカアらしく質素で、且清浄だった。僕はロオレンスが死んだ為に反ていろんな制度が厄介になりはしないかと思っている。ロオレンスが《(ママ)》死が喜ばしたのは成瀬位だろう。成瀬は*あの朝方々へ*ル・ディアブル・エ・モオルと云う句にボン・クラアジュと云う！を加えたはがきを出した。

春は東京にも来た

しくしくに雨しふれれば立つとなく木の芽も春はいまか立つらむ
夕づけは木の芽も春のいぶきすと空はほのかによどむならじか
夕よどむ空もほのかにうす月は木の芽も春のといきすらしも
水光りつめたけれどもしかれども根白川楊《かわやぎ》花をこそふるへ

雑誌の金なんか心配しなくってもいい。よこしてもうけとらないぜ。書く事は毎号書く。ことしの夏休みが楽しみだ。

僕はいまセ*ルマ　ラアゲレフをよんでいる。ゲスタ・ベエリングと云う小説だ。電車の中でだけだから一向捗どらない。君は福間さんの事をかいた森*さんの小説をよんだかね。あの中にはあの今戸の寺で演説をした妙な坊さんの話も出ている。福間さんは森さんのうちの前の下宿にいてそこにいた女学生と関係したのだそうた。それがあの奥さんだったと思うと一寸面白い。

牛込は皆健在かね。牛込の Vater は僕のおやじのように脳溢血か何かになる惧がありそうな気がする。縁起でもないが。

ふみ子を貰う事については猶多少の曲折があるかもしれない。そうして事によると君に相談しなければならないような事が起るかもしれない。僕はつよくなっている。それだけ余計に曲折をつくる周囲の人間を憫んでいる。僕が折れる事はないのだから。まだはっきりした事はわからない。

本をよむ事とかく事とが(論文も)一日の大部分をしめている。ねてもそんな夢ばかり見る。何だかあぶないようなそうして愉快なような気がする。いやな事は一つもしない。散歩にふらふらと出て遠くまで行く事がよくある。今日まで三日ばかり逗子の養神亭へ行って来た。湘南は麦が五寸ものびている。菜はまだあまりさかない。梅は遅いが桃が少しさいている。ある日の夕がた秋谷の方へ行ったかえりに長者ケ崎の少し先の海の岸に白いものが靄の中でうすく光っているから何かと思ったら桃だった。山はまだ枯木ばかり唯まんさくの黄いろい花が雪解の水にのぞんでさいている事がよくある。鳥はひよ、山しぎ、時によると雉、論文をかきあげたらどこかへ行きたい。それまでは駄目。逗子葉山の海には海雀が多い。銀のように日に光る胸を持ったかわいい鳥だ。かいつぶりに似た声で啼く。鴨、鷗、あいさも多い。

東京へかえったら又切迫した心もちになった。来るものをして来らしめよと云う気がする。

竜

46　5月13日　山本喜誉司　田端から

今日又、文ちゃんに対するLibe《（ママ）》を新にした。それだけ余計にさびしかった。僕が文ちゃんを愛していると云う事を少しでも文ちゃんに知って貰えたらと思った。知っていると云う事が少しでも僕にわかっていたらと思った。一つはそれでさびしかった。文ちゃんの僕に対する心もちが少しでも僕にわかっていたらと思った。たとえそれがNegativeな心もちにしても幾分か僕にわかっていたらと思った。もう一つはそれでさびしかった。片恋の不幸を歎く人でもその人はその恋人に自分の愛を語り得る点に於て、僕よりもさびしくはない筈だと思う。そうして又、その恋人の答をNegativeにでも得る事が出来る点に於て矢張り僕よりさびしくはない筈だと思う。僕はさびしい。君もこのさびしさはわかってくれる事と思う。そうして君のみが幾分でもこのさびしさをエリミネエトし得ると云う事も知っている事と思う。一切をあげて僕は君にまかせる。僕は限りなくさびしい。こう言う事をかくのは君に、義務を背負せるような気がして心苦しい。心苦しい事を押切ってさせるのは、僕のイゴイズムか或は一般にLibeが人に与えるイゴイズムか、どちらかだろうと思う。このイゴイズムを軽蔑しないでくれ給え。僕は一切を君にまかせる。そうして待っている。

十三日　　　　　　　　　　　　竜

喜誉司様

47　7月25日　井川　恭　島根県松江市南殿町　井川恭へ　田端から

大へん返事が遅れてすまない。

『新思潮』は同人が少ないので万障をくり合せて原稿をかく必要がある。その為月の上半分は忙しい。その上ものを書くのが忙しいと妙に手紙を書くのが臆劫になる。同じような活動だから原稿を書けば手紙を書く頭も同時にみたされるのだろうと思う。

僕は*来月十日頃までは東京を離れられない。だからとても隠岐へは行かれないと思う。第一今年は雑用があって金を大分使った。松江へゆくのさえ少々覚束ない。もう今頃は牛込の御夫婦が見えられている事だと思う。皆さんの健康を可成純な心もちで祈る。雅ちゃんやふじちゃんは来ないのか。もし来るのだったらその健康も祈りたいと思う。

東京は毎日あついので非観《(ママ)》だ。*卒業式の時は方々に立っている氷の柱を皆でぶっかいて食った。洋服をはだかで著て行ったのは勿論である。式がすむと皆で卒業証書を持ったまま銭湯に行った。卒業と云えば卒業に関しては大分祝辞をもらったので非観した。朝日や万朝に優等卒業生として85点以上の学生の名を出した中に僕のがはいっていたので勘ちがえをした人が銀時計を貰うのだと思って「恩賜の時計云々」とかいて来るのには中でも一番閉口させられた。世間の人には僕がいい小説を一つかくよりも85点以上の優等卒業生になった方がおめでたく思えるらしい。村田さんが Thou art superior in thy school-career とか何とか妙な英詩をくれたのなぞは、その中の白眉だろう。ふるっているのは、僕にお祝だと云って狸の腹へ時計の嵌っている置物をくれた人がある。高いものだろうがウンエステティッシュ*で机の上へおく訣にもゆかない。卒業と云う小説が書ける程材料はたくさんある。

長崎君にあって結婚問題の話をきいた。何だか長崎君の頭の不明瞭さを証拠立てるような話なので気の毒で追窮する気にはとてもなれなかった。あんなでたらめに結婚する気になれたのは僕にとっては新しい驚異だ。あれで結婚琴瑟相和したら、更に又一つの驚異だ。僕はこの驚異が実現されそうな気もしないではない。長崎君のように駘蕩としていられるのは羨しい。

僕の生活は依然として変らない。芸者なぞの生活は極度 artificial な為に反て natural になっている。――あれと同じような意味で僕のアノオマルなだらしいのない生活もノオマルになっている。僕たち(僕と藤岡君)の事を長崎君が頻に衰えていると云ったが僕たちに云わせれば長崎君の方が余程衰えている。肉体の生活の過剰なのは実際衰えているのと同じ感じを与えるものだ。何だか長崎君にあったら情なくなった。誰でも人間は顔が中心になって体がそれに接続しているような気がするものだが長崎君を見ると体が中心になって顔は体の一部にすぎないような気がする。あれはいけない。八木が結婚するそうだ。前に一しょにすいていた人とかどうかしらない。石原は教育学研究室の助手になる。藤森君の結婚した事は既報の通り、卒業式の日には形容枯槁して出て来た。醜悪な気がした。あとは変りなし。

僕は来月の『新小説』へ「芋粥」と云う小説を書く。世評の悪いのは今から期待している。「偸盗」*と云う長篇をかきかけたが間にあいそうもないのでやめた。書きたい事が沢山ある。材料に窮すると云う事はうそだと思う。どんどん書かなければ材料だって出てきはしない。持っている中に醱酵期を通り越すと腐ってしまう。又書いて材料に窮するような作家なら創作をしてもしかたがない。

長安句稿　一

花　火

明眸の見るもの沖の遠花火
遠花火皓歯を君の涼しうす
花火やんで細腰二人楼を下る
君が俥暗きをゆけば花火かな
水暗し花火やむ夜の幌俥

七月廿五日　　　　竜

48　8月9日　松岡　譲　田端から（月推定）

大工と蚊とに煩されている君の現状をそいつはいい気味だなと云う眼で僕は見ている。実際あのはがきをよんだ時は失笑した。*越後の大工や蚊は中々話せると思う。

僕は「芋粥」を書いている。今までの所は大過なく来ているような気がするが、よみ直さないから覚束ない。十二枚*でやっと「一」がすんだ。「鼻」位にはゆくかと思っている。

僕の友だちのうちへ*久保万が来て「いつか手前共へ芥川さんがお出になった時に『新小説』をごらんになって「何時これへかけるようになるか」なんて仰有いましたが今度はいよいよお書きになるそうで手前も雀躍にたえません」と云ったそうだ。莫迦にしてやがる。君が成瀬に顔をほめられた方がよっぽど気が利いてると思った。なんぼなんでも空空しさが甚しい。僕は友だちに「久保田さんにあなたの雀おどりが拝見したいと云ってくれ」と云ってやった。*赤木が読売の「遊蕩文学撲滅論」で盛に久保田、吉井、*長田幹をやっつけてる。後藤と近松の愚劣を極めているのは言をまたないから問題外におくのだそうだ。しかしあの議論を見ると遊蕩を主材とする小説を否定するのでなくて長田や何かの小説のような観照の態度なり表現の技巧なりを非難しているらしい。そうするとそれは遊蕩文学と云うよりもっと外包のひろいものになって来はしないか。赤木の議論をよむとそう云う態度や技巧が遊蕩生活以外の材料をとりあつかった場合にも非難さる可きかどうかわからない。僕はあんな事を云うより文壇の情話的傾向の跋扈を非難した方がいいと思う。赤木の意もそこにあるのだろうがあの議論はピントが少しはずれている。だから逆に非情話的傾向による遊蕩小説は存在の資格を十分持っている。その上赤木が永井や小山内を遊蕩小説家の中に数えないのは議論の行きがかり上確に不公平だと思う。また書く。

九日朝　　　　　　　　　　　　竜

譲　様　梧下

49　8月9日　秦　豊吉　田端から（年月推定）

久米去り松岡去り成瀬去って孤影独り都門にある。恰も賓雁《ひんがん》の件を失せるが如し。八百八の巷陌《こうはく》既に秋風を動かせば偶々紅燈の下に半宵の情を娯ましむと雖も孑然《けつぜん》たる一身長安空しきの憾《うらみ》を如何せんや。是に於て机に凴《よ》り筆を呵して綺語を綴らむとすればこれ亦性来の魯鈍累を成して稿未完らざるに〆切の日徒《いたずら》に近く焦慮千端茫々として自失するに止るのみ。寄語す故人健在なりや否や。

頃日漫に想い恣に書して『新演芸』募集する所の懸賞脚本の梗概を得たり。女主人公は淀君にして歌右衛之に扮すべく副主人公は大野道犬大野主理にして段四羽左之に扮すべし。契機は大野父子の同じく淀君に通ぜし結果としてこの両副主人公の間に醸されたる嫉妬憎悪及その他父子の感情を描くにあり。最後は大阪落城の日にして主理遂に父道犬を殺し淀君を斬らんとして得ず遂に自刃して死し淀君亦烈々たる高楼の猛火の中に嫣然一番男子の愚を哂って焚死するに完る。結構雄大落想清新憾《うらむ》らくはこれを完成すべき時間と労苦とを虧《か》く事を。

赤桁平読売に遊蕩文学の撲滅を論ずるや精論旨稍《やや》粗なる憾ありと雖も聊《いささか》以て滔々たる梅花紅綃帳裡の作家を覚醒せしむるに足るものあり。桁平は材を柳暗花明の天地に取るを斥く事は寧非を作家の態度に難ぜんとす。且桁平の遊蕩小説家を枚挙するや永荷風小薫等を逸して顧ず。赤家の豎子一目を眇すと云うも豈過言ならむや。

予昨日再永荷風の「名花」*を読み忽然として一種の芸術的感興を得たり。桁平亦之を感ず。以て荷風を例外視せんとする乎。「名花」は実に材を蘭燈金釵の境に取るもよく好箇の芸術作品を得べき好例なり。「名花」の荷風はかの庸俗哂う可き「隅田川」の荷風にあらず。その筆を駆るや纖細清楚その想を行るや《や》軽妙辛辣以て泰西名家の作に比肩すべしと云うも敢て過褒にあらず。是に於ても見るべし。現代遊蕩文学の弊は作家の態度にあって取材にあらざる事を。予亦《また》桁平と共に現代に於ける情話的傾向を唾棄せんとす。しかも遂に「名花」を以て瑚璉《これん》の一顆《いっか》となさざるを得ず。桁平と異る所以是にあり。目下門を閉じて客を避く。蓋原稿の〆切日に違うを恐るれば也。為に故人を叩いて婉約たる情話を聞くに暇あらず。即この尺素を成せり。故人幸に魚雁《ぎょがん》相酬ゆる事あらば幸甚也。十五日以後に於て拝眉の期あらむ乎。

忙中匆々草筆乱毫不恭不恭。

九日　　　　　　　　　残夜水明楼主人

秦　君　梧下

50　8月17日　井川　恭

島根県隠岐島菱浦竹中旅館内　井川恭へ
田端から

Fragment de la vie

I

夜をあさみかなしかる子はおち方の空をながむと花火見にけり
風かよふ明石ちゞみのすゞしさに灯もけさばやと云ふは誰が子ぞ
つとひらくふところ鏡空のむた花火をうつすふところ鏡
ぬばたまの夜空もとほくかつきゆる花火を見るとかなしきものか
とく帯の絽はうすけれどこの情うすしとばかり思ひたまひそ
夏ながら翡翠もさむしさりなげに眉ひそめつつ鬢をかくとき
つりしのぶ二上りなしてふる雨の中にいささか青めるあはれ
きこゆるは人の歔欷《さぐり》か夜をこめて秋づくままになけるみみずか
かざす袖の絽こそうすけれ空のむたちりちり落つる花火透き見ゆ
わが恋もかかれを見守《みも》る遠花火しかすがかなし暗にちるとき
きりぎりすなくや夜ふかくものうげにこのたをやめのかごとするとき
口づさむ竹枝の歌のあはれさにみづから泣くと云ひにけらずや
ふためかす蝙蝠の羽のくろぐろと絽の羽織するわれを思ひね
見まじきは蝙蝠安の頬つぺたと夕まつ空にとべる物の怪

うたひやむ新橋《しんきょう》竹枝みづからを吉井勇に擬すと哂ひそ

Ⅱ

みつみつし久米はしなし夏蟬の紗の羽織着てゆきにけるかも
酔ひぬれば節《せつ》を拍《う》ちつつ涙して李白をうたふわれをこそ見め
夏まひる菊池は今かひたすらに虱ひねりて綺語を書くらむ
越の海岸の松ふく浜風の光りを恋ふと行けり松岡
浪枕旅にしあれば成瀬はも思出《もいず》とすらむ日本の女

Ⅲ

蚊をはらひ又蚊をはらひわがペンの音ききすます夜ふかみかも
黄色《おうじき》の灯もこそゆらげ蚊をはらふわが手ゆ出でしいささかの風
夜ふかくひとり起き出てのむ水の音のあはれを知る人もがな
朝づくとあくる雨戸にながれ入る光つめたしわが眼のいたさ

○今日*から一の宮へゆく。九月上旬までいるつもり。
以後は千葉県長生郡一の宮町海岸一宮館へ。

○スケッチブックはすぐ出した。文房堂からとどいたろう。
○君はいつごろ上京する。
○藤岡君が出雲の方へ行った。
○たつ前で忙しい。昨日までは『新小説』の原稿をかいていた。

十七日　　竜

51　8月22日　夏目漱石

東京牛込早稲田南町七　夏目金之助へ
千葉県一ノ宮海岸一宮館から

先生。原稿用紙でごめんを蒙る事にします。

ここへ来てからもう彼是一週間ばかりになりました。午前は勉強して午後は海へはいると云う事にきめては居りますが、午前の日課はひるねをしたり駄弁をふるったりして兎角閑却されがちです。殊に『新思潮』*の原稿を書いてしまってからはまるで解放されたようなのんきな心もちになってしまったので義理にも金儲けの翻訳には手をつける気になれません。勉強と云っても実はこの翻訳が大部分をしめているのです。昨日『新小説』の校正が来ました。校正でだけ見た所では、どうも失敗の作らしいので大にまいってしまって居ります。私はいつでも一月ばかりたった後でないと自分の書いたものがどの位まで行っているのだかわかりません。そうすると今まいっていると云うのが矛盾のようですけれどまだ失敗したのだかどうだかわからない。わからないと思いながらそれでもどうも失敗したらしいのでまいってしまうのです。実際校正しながらも後から後から気になる所が出て来るので何度赤インキの筆を拋り出してねころんでしまったかわかりません。久米がそばから大に鼓舞してくれるのですが、気になるのは人の評価でなくて自分の評価ですから困ります。尤も自分の評価も全然人の評価に左右されない事はなさそうですが。くだらない事を長く書きました。何だかこのまいっている心もちを先生へ訴えたいような気がしたからです。そうでもさして頂かなければ妙に気がめいってやりきれません。

しけだものですから、宿屋は大抵毎日芋ばかり食わせます。小説も芋粥ですから私は芋に祟られているのでしょう。女中にやる祝儀が少かったものと見えてあまり優待されてはいません。或は虐待されていると云った方が適当なのでしょう。朝戸をあけたり床をあげたりするのまで自分でやらせられるのですから。今朝なぞは顔を洗う水を何時まで持って来てくれないので大に弱りました。ここまで書いた時に先生の御手紙がつきました。私たちも如何に閑寂な日を送っているか御しらせする為に久米のスケッチ三枚と私の妙な画とを御送りします。私の詩はとても先生の墨は摩せそうもありませんが、将来に於て私の絵は(先生位私が年をとったら)*先生の達磨に肩随する事が出来るかも知れないと思います。

先生の所の芭蕉はもう葉がさけかかったでしょう。ここの砂浜にある弘法麦も焦茶色の穂をみだすようになりました。「*砂に知る日の衰へや海の秋」これは私の句ですが*久米三汀宗匠の説によると月並だそうです。もう一つ「砂遠し穂蓼の上に海の雲」と云う句もふらふらと出来ました。詩はここに円機活法がないので作れません。作っても御披露する気にはなれないでしょう。詩を頂いた御礼に句と画とを御覧に入れる事にしてこの手紙をおしまいにします。

八月廿二日

芥川竜之介

〔久米正雄の漱石宛書簡を同封〕

52　8月25日　塚本文　一ノ宮から

八月廿五日朝　一の宮町海岸一宮館にて

文ちゃん。

僕はまだこの海岸で、本をよんだり原稿を書いたりして暮しています。何時頃うちへかえるかそれはまだはっきりわかりません。が、うちへ帰ってからは、文ちゃんにこう云う手紙を書く機会がなくなると思いますから、奮発して一つ長いのを書きます。ひるまは仕事をしたり泳いだりしているので、忘れていますが、夕方や夜は東京がこいしくなります。そうして早く又あのあかりの多いにぎやかな通りを歩きたいと思います。しかし東京がこいしくなると云うのは、東京の町がこいしくなるばかりではありません。東京にいる人もこいしくなるのです。そう云う時に僕は時々文ちゃんの事を思い出します。文ちゃんを貰いたいと云う事を、僕が兄さんに話してから何年になるでしょう(こんな事を文ちゃんにあげる手紙に書いていいものかどうか知りません)。貰いたい理由はたった一つあるきりです。そうしてその理由は僕は文ちゃんが好きだと云う事です。勿論昔から好きでした。今でも好きです。その外に何も理由はありません。僕は世間の人のように結婚と云う事と、いろいろな生活上の便宜と云う事とを一つにして考える事の出来ない人間です。ですからこれだけの理由で兄さんに文ちゃんを頂けるなら頂きたいと云いました。そうしてそれは頂くとも頂かないとも文ちゃんの考え一つできまらなければならないと云いました。僕は今でも兄さんに話した時の通りな心もちでいます。

世間では僕の考え方を何と笑ってもかまいません。世間の人間はいい加減な見合いといい加減な身もとしらべとで造作なく結婚しています。僕にはそれが出来ません。その出来ない点で世間より僕の方が、余程高等だとうぬぼれています。

兎に角僕が文ちゃんを貰うか貰わないかと云う事は全く文ちゃん次第できまる事なのです。僕から云えば、勿論承知して頂きたいのには違いありません。しかし一分一厘でも、文ちゃんの考えを無理に動かすような事があっては、文ちゃん自身にも文ちゃんのお母さまや兄さんにも僕がすまない事になります。ですから文ちゃんは完く自由に自分でどっちともきめなければいけません。万一後悔するような事があっては大へんです。

僕のやっている商売は今の日本で一番金にならない商売です。その上、僕自身も碌に金はありません。ですから生活の程度から云えば何時までたっても知れたものです。それから僕はからだもあたまもあまり上等に出来上っていません（あたまの方は、それでもまだ少しは自信があります）。うちには、父、母、伯母と、としよりが三人います。それでよければ来て下さい。僕には文ちゃん自身の口からかざり気のない返事を聞きたいと思っています。繰返して書きますが、理由は一つしかありません。僕は文ちゃんが好きです。それだけでよければ来て下さい。この手紙は、人に見せても見せなくても文ちゃんの自由です。

一の宮はもう秋らしくなりました。木槿《もくげ》の葉がしぼみかかったり弘法麦の穂がこげ茶色になったりしているのを見ると心細い気がします。僕がここにいる間に書く暇と書く気とがあったら、もう一度手紙を書いて下さい。「暇と気とがあったら」です。書かなくってもかまいません。が、書いて頂ければ、尚うれしいだろうと思います。

これでやめます。皆さまによろしく。

芥川竜之介

53　8月28日　夏目漱石

東京牛込区早稲田南町七　夏目金之助へ
一ノ宮から

先生。また手紙を書きます。嘸《さぞ》この頃の暑さに我々の長い手紙をお読になるのは、御迷惑だろうと思いますが、これも我々のような門下生を持った因果と御あきらめ下さい。その代り御返事の御心配には及びません。先生へ手紙を書くと云う事がそれ自身我々の満足なのですから。

今日は我々のボヘミアンライフを少し御紹介致します。今いる所はこの家で別荘と称する十畳と六畳と二間つづきのかけはなれた一棟ですが、女中はじめ我々以外の人間は、飯の時と夜、床をとる時との外はやって来ません。これが先《まず》我々の生活を自由ならしめる第一の条件です。我々はこの別荘の天地に、ねまきもおきまきも一つでごろごろしています。来る時に二人とも時計を忘れたので何時に起きて何時に寝るのだか、我々にはさっぱりわかりません。何しろ太陽の高さで略《ほぼ》見当をつけるんですから。非常に「帳裏日月長」と云う気がします。それから、甚尾籠《びろう》ですが、我々は滅多に後架へはいりません。大抵は前の庭のような所へ、してしまうのです。砂地ですぐしみこんでしまいますから、宿の者に発見される惧などは万々ありません。第一、非常に手軽でしかも爽快です。そう云う始末ですから部屋の中は原稿用紙や本や絵の具や枕やはがきで、我ながらだらしがないと思う程、雑然紛然としています。私は本来久米などより余程きれいずきなのですが、この頃はすっかり悪風に感染してしまいました。夜はそのぞうもつを隅の方へつみかさねて女中に床をとってもらいます。ふとんやかいまきは可成清潔ですが、蚊帳は穴があるようです。ようですと云うのは何時でも中に蚊がはいっているからで、実際穴があるかどうか面倒くさいから、しらべて見た事はありません。その代り、獅嚙火鉢を一つ蚊帳の中へ入れてその中で盛に蚊やり線香をいぶしました。久米の説によると、いぶしすぎた晩は、あくる日頭が痛いそうです。ではよそうかと訊《き》きますと蚊に食われるよりは頭痛のする方がまだいいと云います。そこでやはり毎晩十本位ずつ燃やす事にきめました。頭痛はしないまでも、いぶしすぎると翌日鼻の穴が少しいぶり臭いようです。線香さえなくなればもういい加減にやめてもいいのですが、こてこて買って来たので中々なくなりそうもありません。この頃はそれが少し苦になり出しました。

海へは雨さえふっていなければ何事を措いてもはいります。ここは波の静な時でも外よりは余程大きなのがきますから、少し風がふくと文字通りに波濤洶湧します。一昨日我々がはいっていた時でした。私が少し泳いでそれから背の立つ所へ来て見ると、どうしたのだかいる筈の久米の姿が見えません。多分先へ上ったのだろうと思って砂浜の方へ来て見ますと、果してそこにねころんでいました。が、いやな顔色をして両手で面をおさえながら、うんうん云っているのです。久米は心臓の悪い男ですから、どうかしたのかと思って心配しながら訊《き》いて見ますと、実は無理に遠くまで泳いで行った為にくたびれて帰れなくなった所へ何度も頭から波をかぶったので、大へん苦しんだのだそうです。そうしてあまり鹹《から》い水をのんだので、もうこれは駄目かなと思ったのだそうでは又何故そんなに遠くへ行ったのだと云いますと、女でさえ泳いでいるのに男が泳げなくちゃ外聞がわるいと思って奮発したのだと云う事でした。つまらない見えをしたものです。事によるとこの女なるものが尋常一様の女ではなくって、久米のほれている女だったかもしれません。女と云えば、きれいな女は一人もいませんが、黒の海水着に赤や緑の頭巾をかぶった女の子が水につかっているのはきれいです。彼等は全身が歓喜のように躍ったり跳ねたりしています。そうして蟹が一つ這っていても面白そうにころがって笑います。浜菊のさいている砂丘と海とを背景にして、彼等の一人を*ワットマンへ画こうと云う計画があるんですが、まだ着手しません。画は、新思潮社同人中で久米が一番早くはじめました。何でも大下藤次郎氏か三宅克己氏の弟子か何かになったのかも知れません。とにかく、*セザンヌの孫弟子位にはかけるそうです。同人の中にはまだ松岡も画をかきます。しかし、彼の画は倒にして見ても横にして見ても差支えないと云う特色がある位ですから、まあ私と五十歩百歩でしょう。それでも二人ともピカソ位には行っていると云う自信があります。

いよいよ*九月の一日が近づくのであんまりいい気はしません。先生にあやまって頂くよりは、御礼を云うようになる事を祈っています。今日チェホフの新しく英訳された短篇をよんだのですが、あれは容易に軽蔑出来ません。あの位になるのも一生の仕事なんでしょう。ゾログウブを私が大に軽蔑したように久米は書きましたが、そんなに軽蔑はしていません。ずいぶん頭の下るようなパッセエヂもたくさんあります。唯、ウェルスの短篇だけは軽蔑しました。あんな俗小説家が声名があるのなら、英国の文壇よりも日本の文壇の方が進歩していそうな気がします。我々は海岸で運動をして盛に飯を食っているんですから健康の心配は入りませんが、先生は東京で暑いのに小説をかいてお出になるんですからそうはゆきません。どうかお体を御大事になすって下さい。修善寺*の御病気以来、実際我々は先生がねてお出でになると云うとひやひやします。先生は少くとも我々ライズィングジェネレエションの為に、何時も御丈夫でなければいけません。これでやめます。

廿八日　　芥川竜之介

夏目金之助様　梧下

〔久米正雄の漱石宛書簡を同封〕

54　9月2日　夏目漱石　東京市牛込区早稲田南町七　夏目金之助へ　一ノ宮から

先生。昨日、先生の所へ干物をさしあげました。あんまりうまそうもありませんが召上って下さい。それでも大きな奴は少しうまいだろうと思います。あの中へ入れた句は久米が作りました。おしまいを「秋の風」とやった方がよかろうと僕が提議したのですが「残暑かな」とやらないと干物らしくないと云うのであゝ書いたのです。あれを中へ入れて包んでから久米がこれでは句を見せたいので干物を送るとしか見えないなって悲観していました。あんまり干物の講釈をするようで滑稽ですが、あれは宿へたのんでこしらえて貰ったのです。出来上った所で一体どの位する物だねときいたら十枚三銭五厘とか云いました。すると久米が急に気が大きくなって先生の所へ百枚か二百枚送ろうじゃないかって云うのです（先生の所へ干物をあげると云う事は二人の中のどっちが云い出したか知りませんが、始から殆《ほとんど》脅迫観念の如く僕たちに纏綿していました。今になって考えると何故干物ときめたか滑稽な気がします）。それをやっと五十枚に節約させたのは完く僕の苦心です。いくらうまくっても干物を百枚も二百枚も貰ってはどこのうちにしろ大へんだと思ったからです。所があれを菰へいれて小さく包んだ所を見ると僕は何だか久米の説に従った方がよかったような気がしました。そうして突然ブレエクの*Exuberance is beauty と云う句を思い出していらざる苦心をしたのが少し不快になりました。あとでは妙な行きがかりでブレエクを思出したのがばかばかしくなりましたが。これだけ干物の因縁を書いて次へうつります。

ません。

「創作*」は六号にも書いた通り発表を見合せる気の方が多かった作品です。それでも誤植が気になる程度の愛惜はありますが、妙に高くとまった所が今では気になっていけません。

「猿」はもう少し自信があります。石炭庫の所は書いている時の心もちから云うと後から抱きとめる所までは或充実した感じて書けましたが、信号兵の名をよぶ所からあとはそれが稀薄になるのを感じました。そうしてその稀薄さが出るのを惧れたので二、三度そこだけ書き直して見ました。つまり先生はその稀薄さを看破しておしまいになった事になるのでしょう。僕はそう云う意味であすこに無理な努力があるのを認めます。やはり実感の空疎なのがだめなのだとしみじみ思いました。技巧では僕として出来るだけの事をした気でいるのですが。

「落ち」も少し口惜しいが先生の非難なすった事を認めざるを得ません。「口惜しいが」と云うより「口惜しい程明瞭に一々指摘してあると思った」と云う方が適切です。あれもやはり叙述の簡単が累をなしているよりは主として照応する二者の後にある主観がふわついているからでしょう。書く時はふわつかないつもりで書いているのですが、出来上ったものを見るとふわついているのだから困ります。創作のプロセスに始終リファーしてゆく批評は先生より外に僕たちは求められません(僕たちがえらいから先生以外の人の批評を求めないと云う意味ではありません。外の人たちの批評にそう云う痛切な[僕たちに]所がないのです)。ですからこれからも御遠慮なくして頂きたいと思います。少し位手痛く参らせて下すっても恐れません。反て勇気が出ます。久米がたくさん書いたそうですから、僕はこれで切上げます。

九月二日朝　　芥川竜之介

夏目金之助様　梧下

〔久米正雄の漱石宛書簡を同封〕

55　10月11日　井川　恭

京都市吉田町京都帝国大学寄宿舎内　井川恭へ
田端から（年次推定）

比較的に云えば今の作家で感心する人はあんまりないね。「うまさ」で帽子をぬぐ人には徳田さんや正宗氏がいるがかいている事自身にはやっぱり感心出来ないね。武者にもこの頃ぼくはある気の毒さを感じているよ。やっぱり志賀直哉氏一人ぎりだ。半必要上半興味上現代作家の短篇集を大分読破したが「留女」*ほどいいものは一つもないので少し驚かされたよ。長与はだめ、小泉はだめの又だめ鈴木さんや森田さんは書かないし、書いても駄目だし実際今の文壇はさびしいよ。上司小剣なんぞが幅をきかせてるんだからね。すべてがこれからだ。何か出ればそれはこれからだよ。

西洋もそんなにふるわないようだね。日本にいてわからないせいかこの頃はとても書けないと思うようなものは出ないようじゃあないか(小説では)。何とかフェリエと云うフランスの作家のものをよんだがクウプリンやソログウブの方がよさそうだった。クウプリンやソログウブなら夏目さんの方がえらそうだがね。どこにも沈滞があるらしい。クウプリンなんぞは僕たちと同じような心細い事を云っているよ。トルストイが皆書いちまったって。だが、日本の文壇とはだんがちがう事はちがうね。こないだシュニツラア*の猛者を新劇場で見て、ぬけめのないドラマトゥルギイに驚いた。僕の小説なんかもっとくみ立てに骨を折っていいと思ったよ。全体がいやに正確でしかも自然なんだからね。その時ライゲンをやったっけ。ぼくは西洋の腐敗を移植するようなものだと云って憤慨したよ。シュニツラアに上場させる意志があるなら助平に鈍感な点でシュニツラアはばかだと思うよ。演劇の性質を考えなさすぎるね。「明暗*」はうまい、少しうますぎるくらいだ。ポオルハイゼ*やセルマラアゲレフがノオベル賞金をもらうんなら夏目さんだって貰う価値は十分あるね。日本語は損だ。尤も損だってあんまり差支えはないがね。

美術院*を見てつくづくだめだと思ったよ。小説より日本の絵の方が前途遼遠にゃあちがいない。大観だって観山だって、雪村の足もとに行ってやしないね。況や雪舟をやだ。清画の方が今の日本画よりよっぽどいいようだよ。揚舟の虎ほどの画をかく奴は一人だっていはしない。批評家は大がい莫迦だよ。中では小宮豊隆*が一番利巧だがね。ぼくのこの知識はぼく自身の個人的経験に立脚しているんだから確だ。中村孤月の如きは脳味噌の代りにほんとうの味噌のはいっているような頭を持っている。だが世評は僕にも気になるよ。あんまり莫迦な事を云われると腹が立つからね。ほめるのなら少し位(赤木*位)ばかげていてもまけてやるが悪く云うんじゃあかんにん出来ない。

文壇はいやな所だが作家と云うものは存外皆正直だね。金をほしがるにしても金をとる手段をモオラライズしないのか感心だよ。ぼくは安価な良心を持っているブルヂョアより、かわいい道楽者の方によっぽど同情するようになった。弱いものほどかわいいね。弱いのを知っているものほど謙遜だね。ぼくは追々しかつめらしい交際範囲からは退却する気でいるよ。要するに彼等とは縁のないような気がしてね。地金が見えると莫迦らしくなってしまうから。やすっぽく人類に対する愛を感じたり厳粛になったりしたくないね。ぼくはぼくらしいものを書いてゆけばいいんだ。君はぼくの作品をよむより、ぼくそのものの方がいいような事を云っているがそれは君の買いかぶりだよ。作品に出ているようなぼくの性格の断面を実生活では君が見おとしているからだよ。又実際過去に於てはぼくもその位の偽善は働きかねない人間だったからね。働かないと自分が心細くなる人間だったからね。もう一つ云うと自分の地金にも人の地金にも毫光をとりまかせていた人間だったからね。今はもう少しほん物になったよ。そうして小さければ小さいなりにほん物から出直そうと思っているよ。だからこの頃は大分押がつよくなって来た。君のうちがら《(ママ)》こっちへ来た新聞を二通符箋をつけて京都へ送ったがとどいたろうね。今日又一通出したよ。長崎君にあったらよろしく云ってくれ給え。*今月の『新思潮』は本屋へみんなとられたんでおくれない。僕はかかなかったが。その中に来るだろうね。ぼくは*毎日原稿製造に忙しい。

十月十一日　芥川竜之介

井川　恭様　梧下

二伸　この手紙のはじまりがへんなのは前にかいた所がきにくわないからきったのだ。そのつもりでよんでくれ給え。

四　新進作家として

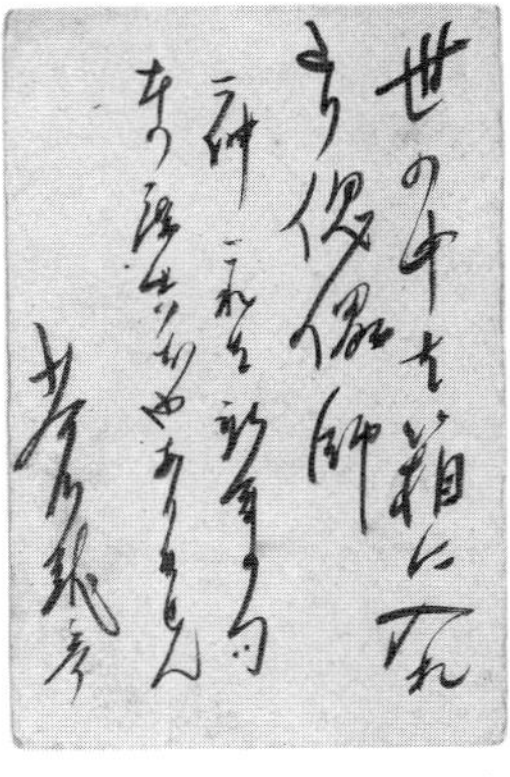

1919年1月4日，薄田泣菫宛
（書簡83，倉敷市蔵）

大正五(一九一六)年

56　12月3日　久米正雄

東京市本郷区五丁目二十一番地新思潮社内　久米正雄へ
鎌倉海岸通　野呂《(ママ)》栄三郎方から（絵葉書）

*全速力で小説を書いている。中々苦しい。第一朝*の早いにはやりきれないぜ、六時におきるんだからな。久しぶりで辞書をひいて訳を考えてると一高時代を思い出す。鎌倉の物価の高いのにはあきれかえる。何でもぼるのにはかなわない。人間もああ虚心平気でぼれるようになるのには余程修行が入るだろう。駄弁慾絶対に不充足。

二伸　赤木君の宿所をしらせてくれ。

鎌倉四首

*斎藤茂吉調(モヅク採り)

宵月は空に小さし海中にうかび声なき漁夫の頭《あたま》

北原白秋調

漁夫の子ＯＮＡＮＩＳＭしてひるふかし潟はつぶつぶ水はきらきら

吉井勇調
夕月夜片眼しひたる長谷寺の燈籠守もなみだするらむ

与謝野晶子調
星月夜鎌倉びとの恋がたり聞かむととべる蚊喰鳥かな

57　12月13日　塚本 文　鎌倉海岸通から

お手紙二通とも拝見しました。難有う。毎日さびしく暮している身になるとこれほど嬉しいものはありません。今東京からかえったばかりです。東京へ行っては二晩つづけて御通夜*をしてそれから御葬式のお手伝いをして来ました。勿論夏目先生のです。僕はまだこんなやりきれなく悲しい目にあった事はありません。今でも思い出すとたまらなくなります。始めて僕の書く物を認めて下すったのが先生なんですから。そうしてそれ以来始終僕を鞭撻して下すったのが先生なん

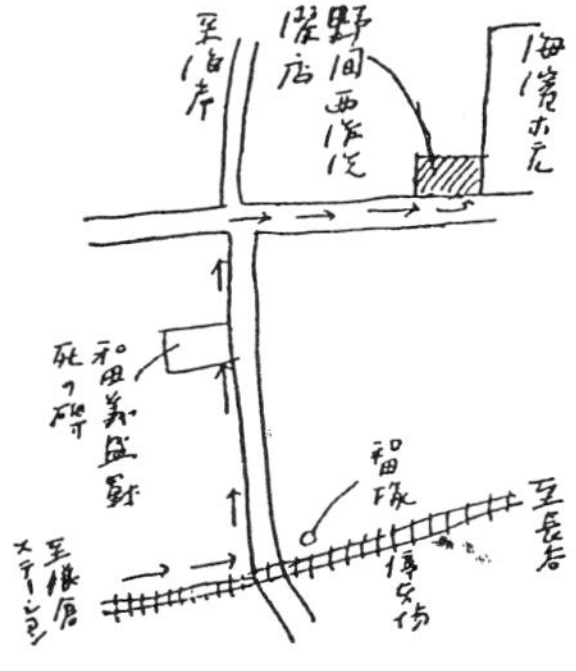

ですから。こうやって手紙を書いていても先生の事ばかり思い出してしまっていけません。逝去されたあくる日に先生のお嬢さんの筆子*さんが学校へ行かれたら、国語の先生の武島羽衣が作文の題に「漱石先生の長逝を悼む」と云うのを出したそうです。そうしてそれを黒板へ書きながら武島さん自身がぽろぽろ涙をこぼすので生徒が皆泣いてしまったそうです。それから又先生の主治医の真鍋さんは医科大学の先生をしているんですが、大学生は皆大山さんの容態なぞは一つもきかずに先生の病状ばかり気にしてきに来たそうです。そうして真鍋*さんが先生を診察する為に学校を休むからと云うと、大学生は皆口を揃えて「自分たちの授業なぞはどうでもいいから早く行って夏目先生の病気をなおして上げて下さい」と云ったそうです。そう皆に大事に思われてもやっぱり寿命は寿命で仕方がなかったのでしょう。実際もう一年でも生かしてあげたかったと思いますが。何だかすべてが荒涼としてしまったような気がします。体の疲労が恢復しきらないせいもあるのでしょう。あした早く起きなければなりませんからこれでやめます。匆々。

十二月十三日夜　芥川竜之介

塚本文子様　粧次

58　12月17日　松岡　譲

東京市本郷区五丁目廿一番地新思潮社内　松岡譲へ
鎌倉海岸通から

　精神的にも肉体的にも疲労したという何だかぽかんとしている。尤も原稿*は書きつつあるが甚遅《はなはだ》々としていて進まない。

　時々菅*さんの所へ行くので少々法帖趣味を解して来た。これから追々あててやる。単に知識のみならず己の字も着々としてうまくなりつつある。この手紙ではわからないが。一体夏目さんは特に己たちの為に少し早く死にすぎたね。この頃痛切にそう思う。

　それから丸薬がなくなったんで悲観しているんだが菊坂の例の医者の所へ行って一週間分貰って何か紙箱へ入れて送ってくれないか。代は廿二日にかえるからその時払う。こいつは大至急やってくれ。一回飲まないとどうも神経で病状がどんどん昂進するような気がして仕方がないから。どうか平にたのむ。

　菅さんと昨日宗演*老漢にあいに行った。舫々によく似ている。小さな唐画をかけた書斎が甚閑静でいい。尤も宗演は金口の煙草を吸ったりチョコレートの銀紙をむいて食ったりするぜ。あれは何だかインコングラスだ。それから夏目さんの為に帰源庵へ行った。今は無住だが修竹老梅二つながら蕭条として非常によかった。今度君が来たら案内する。

薬おねがい申す。以上。

十七日朝　　竜

松岡君

59　月日不明　塚本文　田端から（年次推定）

文ちゃん。

少し見ないうちに又背が高くなりましたね。そうして少し肥りましたね。どんどん大きくおなりなさい。やせたがりなんぞしてはいけません。体はそう大きくなっても心もちはいつでも子供のようでいらっしゃい。自然のままのやさしい心もちでいらっしゃい。世間の人のように小さく利巧になってはいけません。××××のようになってはいけません。あれではいくら利巧でも駄目です。ほんとうの生れたままの正直な所がないからいけません。あれの持っているのはひねくれたこましゃくれた利巧です。あんなになってはいけません。すなおなまっすぐな心を失わずに今のままでどんどんおそだちなさい。それはむずかしい事でも何でもありません。何時までも今のままでいらっしゃいと云う事です。何時までも今のような心もちでいる事が人間として一番名誉な事だと云う事です。私は今のままの文ちゃんがすきなのです。今のままの文ちゃんなら誰にくらべてもまけないと思うのです。

えらい女――小説をかく女や画をかく女や芝居をかく女や婦人会の幹事になっている女や――は大抵にせものです。えらがっている馬鹿です。あんなものにかぶれてはいけません。つくろわずかざらず天然自然のままで正直に生きてゆく人間が人間としては一番上等な人間です。どんな時でもつけやきばはいけません。今のままの文ちゃんは××××を十人一しょにしたよりも立派なものです。何時までもその通りでいらっしゃい。それだけで沢山です。それだけで誰よりもえらございます。少くとも私には誰も外にくらべものがありません。これはおせじではありません。私は文ちゃんに嘘なぞは決してつかないつもりです。世間中の人に嘘をつく必要がある時でも文ちゃんにだけは嘘をつかないつもりです。私の云う事をお信じなさい。私も文ちゃんを信じています。人間は誰でもすべき事をちゃんとして行けばいいのです。文ちゃんもそうしていらっしゃい。学校の事でもうちの事でもする丈をちゃんとしていらっしゃい。しかしそれから何か報酬をのぞむのは卑しいもののする事です。学校の事にしてもいい成績をとるために勉強してはいけません。それはくだらない虚栄心です。唯すべき事をする為に勉強するのがいいのです。それだけで沢山なのです。成績などはどんなでもかまいません。成績は人のきめるものです。人に自分のほんとうの価値は中々わかりません。ですから成績なんぞをあてにするのはつまらない人間のする事です。世間には金と世間の評判のよい事とばかり大事にする人が沢山あります。又実際金持や華族がえばっています。しかし金持のえばれるのは金がえばるのです。その人間に価値があるからではありません。華族がえばるのもその肩書がえばるのです。その人間がえらいからではありません。えばっている華族や金持が卑しいように華族や金持をありがたがる人間も卑しい人間です。そんな人間の真似をしてはいけません。学校の成績も同じ事です。そう云う虚名をあてにしてはいけません。自分のほんとうの価値をあてにするのです。自分の人格をたのみにするのです。すなおな正直な心を持った人間は*浅野総一郎や*大倉喜八郎より神様の眼から見てどの位尊いかわかりません。お互に苦しい目や楽しい目にあいながら出来るだけそう云う尊い人間になる事をつとめましょう。そうして力になりあいましょう。

そのうちに兄さんとでも遊びにいらっしゃい。私は毎日忙しいさびしい日をくらしています。出来るだけたびたび文ちゃんにもあいたいのですが、そう云うわけにも行きません。きっといらっしゃい。待っています。みんなで文展へ一度行きましょうか。これでやめます。

大正六(一九一七)年

60 1月19日 松岡 譲

東京市本郷区五丁目廿一番地新思潮社内　松岡譲へ
鎌倉海岸通から

雑誌の新年号をいろいろよんで見た。その感想を書いて駄弁慾充足の手段にしようと思う。

『太陽』の「乾いた心」と云う白鳥の小説は可成うまい。それっきりのものだけれど整然と書けている。あの位の腕があれば材料次第で恐しいものが書けるのにちがいない。序があったら読んで見給え。その後で「日は輝けり」*をよんだから気の毒になった。むだも不足も余計眼についたからだろう。第一力のラックが不思議だった。あれ程パウアフルなる可き事件を書いているのに。文章もずいぶんまずい。が、全体として「貧しき人人の群」*よりはよくはないかと思う。谷崎*のは二つ共くだらないものだ。詩と云う語が日本ではあまり空疎をかくす四天《よてん》になりすぎる。ひきぬくと必面《つら》あかりでナッシングが宙乗りをするんだからかなわない。「日本武尊」にはいやに大きな所がある。そこが身上だ。新形式とか何とか云うのはこじつけた屁理屈にすぎない、運命観とか何とかと云うのもくだらない批評家のさかしらだ。買ってやれるのは武者の大きなつかみ所にある。大きく自分の感情を生かした所にある。唯日本武尊の女に甘い所は武者の女に甘い所をリフレクトしすぎて少し可笑しくなった。美夜須《みやず》姫との関係を橘姫にはなす所なぞは可成虫がよくって愚劣だと思う。星湖の「お歌さんの幻影」と云うのは僕には謙遜すれば不可解だ、しなければ愚作だ。一体星湖と云う男はほんとうにあれ程頭の悪い男なんだろうか。*田山のは皆駄目だね。『中央公論』の坊主と芸者との話なんか俗悪極る。あいつの自然主義を標榜して自然主義の小説が書けないのは禿頭が髪はえ薬の広告をしているようなものじゃないか。里見の「失はれた原稿」も駄目だ。あれこそ書きなぐりだね。近松の「女難」は恐れてよまない。長田の「海月寺」にはあてられた。何を書いているんだか恐らく当人にもわからないのにちがいない。僕が竹のや主人なら「海月寺ゆえくらげに似て何ともえたいのしれぬものと申すべし」とか何とか云ってやる。徳田さんのはとりつき場がないので未だよまない。水上のは半分で失敬した。そうして失敬した事に満足している。早く『黒潮』と『新公論』とが見たいが送ってくれるといいと思っている。

こうやってずっとよんで見たら何だか心細くなった。あんまり周囲が貧弱だから(僕の中村孤月君に賛成するのは恐らくこの一点だけだろう)。こないだユーゴーが「ノートルダムドパリ」を書く所をよんで感心したっけ。十二月一月の寒さに窓もあけたままつめたいのも何も忘れて書いたんだそうだ。何しろあんな途方もないものを一年たたない中に書いちゃったんだから悲観する。それから何とか云うフランス人の書いたメモアに或日ユーゴーが自分で紙とインキを沢山かって行ったのでどうしたんだろうと思ったら翌日からノートルダムを起稿したと云う所があってやっぱりべらぼうによかった。あんな景気は文壇にも個人個人の作家にもないね。先生*が始めて小説を書き出した時などはそう云う景気だったろう。僕は高等学校にいた時のようにむやみに本をよんでいる。何だか自分にもわからないがむやみによみたいからよむ。今シルレルのロイベルをよんでいるよ。その前にホフマンのへんてこな話をよんで少し怪談が書きたくなったが見合せた。ハウフの話なるものも今度始めて少しよんだ。兎に角名のあるやつは皆相当にうまくっていやに自由に行きたい所へ行ってるんだから叶わない。ちょいと有名な奴でもそうなんだからなあ。

この頃二つ俳句を作ってたから書く。

写生

霜どけに守衛の見る竜舌蘭
日暦の紙赤き支那水仙よ

十八日夜　竜

松岡譲様

61　2月8日　夏目鏡子　鎌倉海岸通から

奥さん。

久米や松岡が泊りに行ったり何かしているのに僕独り安閑と鎌倉にいるのは何だかすまないような気がしますからこの手紙を書きます。

先達は「明暗」や写真を難有うございました。確に久米から頂きました。こないだも東京へかえりましたが原稿の〆切を控えてきゅうきゅう云っていたので上れませんでした。今でもきゅうきゅう云っています。そうして時々先生の事を思い出します。今までよく皆に悪く云われた小説で先生にだけほめて頂いたのがあります。そう云う時には誰がどんな悪口を云っても平気でした。先生にさえ褒められればいいと思いました。小説を書いていると何よりもこの事を思い出します。鎌倉にいると淋しいので閉口します。学校も格別面白くはありません。時々まちがった事を教えて生徒につっこまれます。生徒は皆勇猛な奴ばかりであらゆる悪徳は堂々とやりさえすれば何時でも善になるかの如き信念を持っています(事によるとこの信念は軍人の間に共通な信念かもしれません)。だから私のあげ足をとるのでも私を凹ますのでも堂々とやっつけられます。こんどの*九日会は金曜になりますから出られないでしょう。土曜日は朝授業がありますから。

奥さんは松岡の書いた「*御連枝」と云う小説をよみましたか。暇があったらよんで下さい。傑作ですから。それから久米の「*鉄拳制裁」なるものも彼の道楽記念として読んで下さい。

今飯を食ったばかりです。腹が苦しい程はっています。そうしてこれを書いていると自然に健啖な奥さんの事が思い出されます。以上。

二月八日　　芥川竜之介

夏目鏡子様

62　3月1日　塚本文　鎌倉海岸通から

悪歌十首

人恋ふと山路をゆけばはつはつに木の芽春風かよひ来《く》あはれ
はつはつにさける菜たねの花つめばわが思ふ子ははるかなるかも
はるかなる人を思へと白桃の砂にほのけく咲けるならじか
人とほし木の芽春日《はるび》にうつつなくわが恋ひ居るはかなしきものか
かぎろひの夕さりくれば春もどきめぐしかる子の面輪《おもわ》しぬばゆ
山のべの白玉椿葉がくりに我が人恋ふる白玉椿
めぐし子のほとりゆ吹けばひんがしの風はも春をつたふとすらむ

円覚禅寺

篁《たかむら》にまじれる梅の漢《から》めきてにほふにも猶人をこそ思へ
息《いき》の緒《お》に人恋ひ居れば風をあらみ沖津潮騒《しおざい》とほ白らむ見ゆ
日のまひる入江の水のまかがよふ心にも似て人をこそ恋ふれ

二伸　こないだのあれは僕の原稿料で拵えたのです。金にすれば僅なものですが、その金は僕が文字通り「額に汗して」とったのです。勿体をつけるようでおかしいかも知れませんがそう思って貧弱なのを我慢して下さい。

あの鹿な子《(ママ)》の状袋はきれいですね。そうしてういういしくってよろしい。僕のいる所は本と原稿用紙ばかりですから余計あれがきれいに見えました。又あれへ入れた手紙を下さい。以上。

三月一日　　竜之介

塚本文子様

63　3月15日　松岡　讓　鎌倉海岸通から（葉書）

深夜の愚痴

小説*をわが書きおへずまゐりゐる夜半をはるかに鶏もこそ啼け
中央公論はじまりしよりの駄作にもなりなむとする小説あはれ
手も腰も痛くなりたる苦しさにつところぶせば夜半をなくか鶏
ぼんやりとしたる頭をもちあぐみ聞き入りにけり夜半のくだかけ
今にして思へば久米の「嫌疑*」はも傑作なるかなとかこちぞわがする

64　4月5日　佐藤春夫　鎌倉海岸通から（託便）

拝啓。今日汽車の中で、『星座』*の今月号をよみました、そうしてあなたの六号*をよんで大に恐縮しました。褒めて頂くのが難有い以外に恐縮した理由があるのです。

この手紙はその恐縮した理由を説明したいから書くのです——あなたは僕と共通なものを持っていると書いたでしょう。僕自身もそう思います。或はあなたの小説をよんだと云う事が、僕の小説を書き出したと云う事に影響しているかも知れません。と云う意味は、あなたの小説に感化されたと云う事ではなく、あなたの小説を見て、僕が小説を書くのに幾分か大胆になれたと云う意味です。こう云うものを書く人もあると云う事が、僕をして僕の作品を発表するのに多少気を強からしめたと云う意味です。あなたは、これを僕のお世辞だと思うかも知れません。が、お世辞として役立つ程、僕はこれを確定した事実として、云っているのではないのです。兎に角あなたの小説を読んで、僕が何等かの意味で親しみを感じた事は事実です。さして（ママ）その親しみを「円光」*の昔からあの*犬の話の今日まで持ちつづけている事も、事実です。が、僕が共通なものを持っていると思うのは、それだけではありません。僕もあなたのような完成慾*を持っています。

僕は以前にこの慾の為にディレッタントで一生を定るより外に仕方がないと思った事がありました。そうしてその事に一種の得意をさえ感じた事がありました。勿論その中には、完成慾以外に、リディキュールな位置に身を置きたくないと云う見得も交っていたでしょう。が大部分は確に漢語で云う眼高手低の心もちに祟られていたのです。それがふとした機縁で勇猛心を起す気になったのです。勇猛心と云うと、大に自賛しているようで恐縮ですが、まあ猪突の勇気を出したのです。これも事によると一時の気まぐれで、うっちゃって置けば二、三ケ月で消滅する性質のものだったかも知れません。が友だちとか先輩とかが、それを煽動した為に、とうとう今日までその臆面なさを持ちつづけてしまいました。しかし未に完成慾の祟りを超脱した訳では毛頭ありません。寧何もしなかった昔よりは一層その為に苦しめられています。ですから僕は僕自身の作品に関して、傲慢でもあり謙遜でもあり得るのです。僕の芸術的理想から云えば、僕の今書いているものの如きは実に憐む可き気がしますが、それでも有象無象に何とか云われると腹を立てない訳には行きません――こう云う心もちが僕は存外あなたにもありはしないかと云う気がするのです。そうしてそう云う点でもあなたと僕との間には共通なものがありはしないかと云う気がするのです。どうです、そう思われませんか。もしそう思われないにしても仮にそう思われるとして、先をよんで下さい――するとあなたの僕論なるものは大体に於て僕自身僕の芸術に対して持っている毀誉褒貶（もし幾分の己惚れが許されるなら)と同じ事になる訳です。そう云う議論を活字で拝見すると云う事は、多少僕にとって気味の悪い事にちがい〔あ〕りません。と同時に愉快な事にもちがいありません。そう云う意味で僕はあの六号をよんだ時に大に恐縮した次第です。僕もあなたのように*ヒュマントラヂェディを訳そうと思った事があります。それから*斎藤君の歌にも恐らくあなたと同程度の推服を持っています。唯犬に対してだけは全然あなたと同感が出来ません。僕はストリントベルクと共に犬が大きらいです。

僕はこれだけの事が云いたくてあなたにこの手紙を書きました。そうしてここまで書いた時に始めてあなたにこう云う手紙を上げると云う事が失敬ではないかと云う気がし出しました。これはあなたと僕とがまだ口をきいた事もないのに気がついたからです。しかしその所はあなたが堪忍して下さる事として御免を蒙る事にします。僕の我儘なのを怒らないで下さい。それから我儘序に、もう一つおねがいします。僕を流行児扱いにするのはよして下さい。実際人気なんぞは少しもありません。大抵の人にはイカモノだと思われています。僕はこの頃存外世間には*中村孤月君と説を同じくする人の多いのを知りました。

あなたが犬さえ縛って置いて下さればおたずねする気もあるのですが、この二、三週間は又原稿を書くのに追われそうなので当分はそうも行きません。この調子で書いているとはてしがありそうもありませんから、この辺で切り上げます。以上。

四月五日朝　　芥川竜之介

佐藤春夫様

二伸　Sqq. は Seqq と同じで Sequentibus の略です。辞書に in the following places の事だと出ている筈です。僕は前にしらべた事があるので、差出がましい事ですが御しらせします。

65　4月16日　塚本 文　鎌倉海岸通から

こないだは、よく来てくれましたね。人が来たり何かして、ゆっくりしていられなかったのが、残念です。二人だけで、何時までも話したい気がしますが、そうも行きません。

五、六日前に電車の中で、不良青年がどこかのお嬢さんのあとをつけているのを見ました。そのお嬢さんは何でも学校のかえりらしいのです。不良青年の方は三人いました。みんな下等ないやな奴ばかりです。原町かどこかで、そのお嬢さんが電車を下りたら、みんな一しょに下りました。ひるまでですが、気の毒にもなり心配にもなりました。そうして、もしそんな事が文ちゃんにあったら大へんだと思いました。その時は夏目さんへゆく途中だったのですが、向うへ行って奥さんにその話をしたら夏目さんのお嬢さんたちの所へも支那の留学生があとをつけて来た事があると云うんで、驚きました。あとをつける所じゃない、何時までも門の外に立って、お嬢さんの出るのを待っていたり電話をかけたりするんだそうですから不届きです。その時も少し文ちゃんの事が心配になりました。それから横須賀の学校へ行って、東京の不良青年の話をしたら、横須賀にもそんな連中が五、六人いて、ナイフで羽織を切ったり途中で喧嘩をふきかけたりするんだと云うので、愈《いよいよ》物騒な気がし出しました。世の中には我々善良な人間が考えているよりも遥にそう云う連中が多いのです。よく気をつけて下さい。僕たち二人の為にですから。

来年の今頃にはもう、うちが持てるでしょう。尤も月給が六十円しかないんだから、ずいぶん貧乏ですよ。それでやって行くのは苦しいが、がまんして下さい。苦しい時は二人で一しょに苦しみましょう。その代り楽しい時は、二人で一しょに楽しみましょう。そうすれば又、どうにかなる時が来ます。下等な成金になるより上等な貧乏人になった方がいいでしょう。そう思っていて下さい。僕には僕の仕事があります。それも楽な仕事ではありません。その仕事の為には、ずいぶんつらい目や苦しい目にあう事だろうと思っています。しかしどんな目にあっても、文ちゃんさえ僕と一しょにいてくれれば僕は決して負けないと思っています。これは大げさに云っているのでも何でもありません。ほんとうにそう思っているのです。前からもそう思っていました。文ちゃんの外に僕の一しょにいたいと思う人はありません。文ちゃんさえ、今の儘でいてくれれば、今のように自然で、正直でいてくれれば、そうして僕を愛してさえいてくれれば。何だか気になるからききます。ほんとうに僕を愛してくれますか。

この手紙は文ちゃん一人だけで見て下さい。人に見られると気まりが悪いから。

四月十六日　　　　竜

文子様

66　5月31日　塚本 文　東京市芝区下高輪町東禅寺横町　塚本鈴子・文子へ　鎌倉海岸通から

〔前欠〕ボクは毎日忙しい思をしています。

今日鵠沼の和辻さんのうちへ行ったら松林の中にうちがあって、そのうちの東側に書斎があって、そこにモナ・リサの大きな額をかけて、その額の下で和辻さんが勉強していました。芸者のような奥さんと可愛い女の子が一人いて、みんな大へん愉快らしく見えます。ボクは何だかその静な家庭が羨しくなりました(芸者のような奥さんはちっとも羨しくはありません)。ああやって落着くべき家庭があったら、ボクも勉強が出来るだろうと思ったのです。とにかく下宿生活と云うものはあんまり面白いものじゃありません。

文学なんぞわからなくったって、いいのです。ストリントベルクと云う異人も「女は針仕事をしている時と子供の守りをしている時とが一番美しい」と云っています。ボクもそう思います。手紙もかざってなど書かない方がいいのです。思う事をすらすらそのまま書く方がいいのです。だからいつもの手紙で結構です。少しもまずいともおかしいとも思いません。いつ迄もああ云うすなおな手紙が書けるような心もちでお出でなさい。気取ったり、文章をつくったりするようになってはいけません。

今は夜です。遠くで浪の音がしています。雨も少しふっています。戸をあけたら、何の花だか甘い匂がしました。文ちゃんの事を考えながらこの手紙を書きます。もう今頃はねているでしょう。以上。

五月卅一日午後十一時　　芥川竜之介

塚本文子様　粧次

67　6月16日　江口渙・佐藤春夫

東京市下谷区谷中清水町一江口様方　江口渙・佐藤春夫へ
鎌倉海岸通から

拝復。*羅生門の会は少々恐縮ですがやって下されば難有く思います。文壇の士で本を送ったのは森田、鈴木、小宮、阿部、安倍、和辻、久保田、秦、谷崎、後藤、野上、山宮、日夏、山本の諸君です。

但*廿二日(金曜ですぜ土曜は廿三日でさあ)にかえれません。廿四日の日曜なら徴兵検査の為かえるので甚都合がよろしい。その夜か夕方ではどうですか。場所と時間とはきまり次第田端の方へ御一報下さい。*江口君の新聞も田端へねがいます。以上。

六月十六日　　竜

江口　渙
佐藤春夫　両大人

68　9月4日　塚本文

鎌倉海岸通から

九月四日鎌倉海岸通にて

文ちゃん。

この二、三日伯母が鎌倉にいて、今東京へかえりました。それを送って帰って来たさびしい心もちで、この手紙を書きます。何だかこの手紙を書かなければ、このさびしさがなくならないような気がするから、書くのです。

先日は失礼しました。あの時、文ちゃんが倫理の先生に叱られた話をしたでしょう。あれが大へん嬉しかったのです。何時でもああ云うような心もちでいなければいけません。叱るのは叱る先生の方が間違っているのです。あれで一生通せれば立派なものです。どんな人の前へ出ても恥しい事はありません。何時までもああ云うように正直でお出でなさい。知らないものは知らないでお通しなさい。それがほんとうの人間のする事です。イカモノの令夫人や令嬢には、いくらめかし立てても、ほんとうの人間のする事は出来ません。あの話を聞いた時に、僕は嬉しいと同時に敬服しました。但しほめても、自慢をしちゃいけません。

それからもう一つうれしかったのは、伯母が文ちゃんの正直なのに大へん感心していた事です。あとで文ちゃんから手紙が来た時などには、涙をこぼしてうれしがっていました。正直な人間には正直な人間の心がすぐに通じるのです。不正直な世間がどうする事も出来ないような心が、動かされるのです。僕も伯母と一しょに僕たちの幸福をうれしく思いました。文ちゃんも一しょに、うれしく思って下さい。

最後に八洲さんと三人で停車場へ行く途中で、女の人がすれちがう時に、相手を偸むようにして見る話をしたでしょう。あの時文ちゃんがそうしないと云ったのが又うれしかったのです。これは皆世間の人から見たら、つまらない事をうれしがっていると思うような事かも知れません。しかしそう思うだけ、世間の方が堕落しているのです。人間の価《ね》うちはつまらない事で一番よくわかります。大きな事になると、誰でも考えてやりますから、そう露骨に下等さが見えすきません。しかしつまらない事になると、別に考えを使わずにやります。云いかえると、自然にやります。そこでいくら隠そうとしても、その人の価うちが知らず知らず外へ出てしまうのです。だからその人の価うちがわかると云う点から云えばつまらない事は、反ってつまらない事ではありません。僕は今までにそう云うつまらない事から曝露される男の人や女の人の下等さを、いやになる程見て来ました。そうしてそう云う人間が、鼻につく程しみじみいやになってしまいました。世間には実際そんな人間がうじゃうじゃ集っているのです。お互に利巧ぶらず、えらがらず、静に幸福にくらして行きましょう。そうする事が出来たら、人間としてどの位高等だかわかりません。この頃はいろいろ、持つべき家の事を考えています。どうせ貧乏人だから、碌な暮しは出来ませんよ。よござんすか。

風が吹いて海が鳴っています。松も鳴っています。月夜ですが、雲があるので、光がさしません。電燈には絶えず、虫がとんで来ます。ここまで書いたら、やっと少しさびしくなくなりました。

お母様によろしく、先日の御手紙のお礼をよく申上げて下さい。それから休み中に一度上りたかったのですが、忙しかってそれも出来なかった御詫も序に御伝え下さい。こないだ八洲さんから、絵はがきを頂きました。その字が去年一の宮で頂いた絵はがきの字にくらべると非常にうまくなっていたのに大に感心しました。これは実際大に感心したんですから、文ちゃんからよくそう云って下さい。

この一日に入校式で、僕はフロックでシルクハットをかぶりました。そうしたらフロックは消毒法を施さなかったせいか、チョッキのボタンが黴びていました。

これでやめます。

竜

69 9月5日 塚本 文 鎌倉海岸通から

手紙が行きちがいになりました。今文ちゃんの手紙を見ましたから、又之を書きます。*夏目さんの話は誤解の起り易い話だから、僕は誰にも話した事がありません。唯兄さんにだけは前から何も彼も話し合っている仲なので、その話をしました。そうしてその話は誰にも(勿論お母さんや文ちゃんにも)黙っていろと云いました。そんな事を僕が得意になっているように思われるが嫌だったからです。それを話してしまったのは、兄さんが悪いのです。今度あったら小言を云ってやります。約束を守らないのは甚いけません。夏目さんの方は向うでこっちを何とも思っていない如く、こっちも向うを何とも思っていません〔以下削除〕

僕は文ちゃんと約束があったから、夏目さんのを断るとか何とか云うのではありません。約束がなくっても、断るのです。

文ちゃん以外の人と幸福に暮す事が出来ようなぞとは、元より夢にも思ってはいません。僕に力を与え、僕の生活を愉快にする人があるとすれば、それは唯文ちゃんだけです。だから僕には文ちゃんが大事です。昔の妻争いのように、文ちゃんを得る為に戦わなければならないとし〔た〕ら、僕は誰とでも戦うでしょう。そうして勝つまではやめないでしょう。それ程に僕は文ちゃんを思っています。僕はこの事だけなら神様の前へ出ても恥しくはありません。僕は文ちゃんを愛しています。文ちゃんも僕を愛して下さい。愛するものは何事をも征服します。死さえも愛の前にはかないません。僕が文ちゃんを何よりも愛していると云う事を忘れないで下さい。そうして時々は僕の事を思い出して下さい。僕は今みじめな下宿生活をしています。しかし文ちゃんと一しょになれたら、僕は僕に新しい力の生まれる事を信じています。そうすれば僕は何も怖いものがありません。唯僕は文ちゃんが僕の所へ来たら、文ちゃんのお母様が嘸《さぞ》さびしくおなりだろうと思います。そうしてそれがお気の毒です。文ちゃんもそう思うでしょう。僕はそれがほんとうにお気の毒です。

それから「安井夫人」*が文ちゃんに幾分でも面白かったのは何よりです。旦那様の安井仲平と云うのは徳川時代の末にいた大学者の安井息軒先生です。息軒先生のお子さん*は今一高の漢文の先生をしていられます(四十五、六でしょう)。安井夫人はえらいですね。僕はああ云う人の方が、今の女学者よりどの位えらいか知れないと思います。又長くなったからこれでやめます。ひまがあったら手紙を書いて下さい。

九月五日午後　　　　　　　　　　芥川竜之介

塚本文子様

70　9月19日　塚本 文　横須賀市汐入五八〇尾鷲梅吉方から

拝啓。手紙を難有う。一昨日東京でよみました。何だか催促をしたのが、少しすまないような気がしています。学校と小説と両方一しょじゃ、実際少し仕事が多すぎます。だから将来は一つにする気もありますもありますじゃない、気が大にあるのです。勿論一つにすれば小説ですね。教えると云う事は一体あまり私の性分には合っていないのです。希望を云えば若隠居をして、本をよんだり小説を書いたりばかりしていたいんですが、そうも行きません。が、いつか行かそうと思っています。

文ちゃんは何にも出来なくっていいのですよ。今のまんまでいいのですよ。そんなに何でも出来るえらいお嬢さんになってしまってはいけません。そんな人は世間に多すぎる位います。赤ん坊のようでお出でなさい。それが何よりいいのです。僕も赤ん坊のようになろうと思うのですが、中々なれません。もし文ちゃんのおかげでそうなれたら、二人の赤ん坊のように生きて行きましょう。こんどの家は、お婆さんと女中と二人しかいない家です。横須賀では可成な財産家だそうです。僕の借りているのは二階の八畳で家は古くても、落着いた感じのする所です。お婆さんは大分耳が遠いので、話をすると必とんちんかんになります。今朝も僕が「もう七時でしょう」と云ったら「ええ、じきこの先にございます」と云いました。七時を何と間違えたんだか、いくら考えて見てもわかりません。

横須賀の方が学校には便利ですが、どうも所があまりよくありません。だから家は鎌倉にある方がいいだろうと思うのですが、どうでしょう。横須賀にいると、いろんなおつきあいや何かがうるさいですよ。どうもおつきあいと赤ん坊生活とは両立しそうもありません。僕はつきあい下手《べた》ですからね。今日朝の十時に、僕の学校の本間と云う武官教官がなくなりました。四日ばかり寝て死んでしまったのです。それが体のいい丈夫な人なので、余計驚きました。病気は敗血症だそうです。僕はこれから、その御葬式の時に校長がよむ弔辞を作らなければなりません。大分厄介です。以上。

芥川竜之介

塚本文子様　粧次

二伸　返事は書かなくってもいいんです。

三伸　転居先　横須賀市汐入五百八十尾鷲梅吉方。

71　9月28日　塚本 文　横須賀から

文ちゃん。

もう十一時すぎだが、奮発してこの手紙を書きます。第一にクリスマス・カロルの作者ですね。あれはCharles Dickensと云う人です、チャアレス・ディッケンスですね。近代の英国で一番えらい小説家です。クリスマス・カロルの外にもああ云うクリスマスを題材にした話を二つ三つ書いていますが、あれが一番傑作だったのです。原文は中々むずかしいから、文ちゃんの英語じゃ少しよみかねるでしょう。八洲さんにもどうかと思います。中学の五年の読本よりはむずかしい位ですから。ディッケンスはこれでおしまい。

七時は成程質屋ですね。僕も質をおきそうに見られたと思うと、心細い。一体無精なので、身なりがへんだから時々いろんなものに間違えられます。こないだ学校の教官をたずねたら、女中に市役所の収税吏だと思われました。学校ばかりやって、小説をやめたら、三年たたない中に死んでしまいますね。教える事は大きらいです。生徒の顔を見ると、うんざりするんだから仕方がありません。その代り原稿用紙と本とペンとインクといい煙草とあれば、それで僕は成仏します。勿論その外に文ちゃんがいなくっちゃ駄目ですよ。この頃僕の所へいろんな人が訪問します。それも初対面の人がですね。殊に昨日は、工廠の活版工をして小説を書いている人と、小説家志望のへんな女学生とがやって来ました。それから僕は意見をしてやりましたね。「小説なんぞ書くもんじゃない。況やそれを職業にするもんじゃない」と云うような事を云って。彼等は唯世間で騒がれたさに小説を書くんです。そんな量見で書いて何がかけるものですか。量見そのものが駄目なんですからね。あんな連中に僕の小説がよまれるんだと思うと実際悲観してしまいます。僕はもう少し高等な人間の高等な精神的要求を充す為に書いているんですがね。もう十年か二十年したら、そうしてこの調子でずっと進んで行けたら、最後にそうなる事を神がゆるしたら僕にも不朽の大作の一つ位は書けるかも知れません(が、又書けないかも知れません。何事もなるようにしかならないのですから)。そう思うと、体の隅々までに、恍惚たる悲壮の感激を感じます。世界を相手にして、一人で戦おうとするような勇気を感じます。況やそう云う時には、天下の成金なんぞ何百人一しょになって来たって、びくともしやしません。そう云う時が僕にとって一番幸福な時ですね。

僕が高輪へ行くよりも文ちゃんの方で田端へいらっしゃい。月曜日の午後学校のかえりに来るんですね。そうすると僕が横須賀へ帰りかたがた、ちゃんと高輪まで送ってあげます。これは僕が発明したのだが、中々うまい計画でしょう。それから僕の所へ来たからって、むずかしい事も何もありゃしませんよ。あたりまえの事をあたりまえにしていさえすればいいんです。だから文ちゃんなら、大丈夫ですよ、安心なさい。いや寧文ちゃんでなければうまく行かない事が沢山あるのです。大抵の事は文ちゃんのすなおさと正直さで立派に治ります。それは僕が保証します。世の中の事が万事利巧だけでうまく行くと思うと大まちがいですよ。それより人間です、ほんとうに人間らしい正直な人間です。それが一番強いのです。この簡単な事実が、今の女の人には通じないのです。殊に金のある女と利巧な女とには通じないのです。だから彼等には、幸福な生活が営めません。そんな連中にかぶれない事が何よりも必要です。僕もほしいものが沢山あるのでこまります。とれる金を皆本にしても、まだよみたい本や買いたい本があるのですからね。が、これは何時まで行っても際限がなさそうです。一しょになったらお互に欲しいものを我慢し合って、両方少しずつ使うのですね。競争で買っちゃすぐ身代限りをしてしまいます。

時々思い出して下さい。そうしないと怒ります。頓首。

九月廿八日　芥川竜之介

塚本文子様

72　11月17日　塚本 文　横須賀から

拝啓。旅行中度々手紙を難有う。十日の朝は五時や五時半ではまだ寝むくって大船を通ったのも知らずに寝ていはしませんでしたか。ボクはちゃんと眼をさまして文ちゃんの事を考えました。そうして「くたびれたでしょう」と云いました。それでも文ちゃんは返事をしないで、ボクのいる所を通りこしてしまったような気がします。丁度久米が来てとまっていたので、ボクは彼を起さないように、そうっと起きて顔を洗いに行きました。黄いろくなりかかった山の上にうすい青空が見えて、少しさびしい気がしました。そうしてもう文ちゃんは横浜位へ行っているだろうと思いました。その時分はもう文ちゃんも眼がさめていたのにちがいありません。ボクが「お早う」と云ってからかったら、ボクをにらめたような気がしましたから。

こんどお母さんがお出での時ぜひ一しょにいらっしゃい。その時ゆっくり話しましょう。二人きりでいつまでもいつまでも話していたい気がします。そうしてkissしてもいいでしょう。いやならばよします。この頃ボクは文ちゃんがお菓子なら頭から食べてしまいたい位可愛いい気がします。嘘じゃありません。文ちゃんがボクを愛してくれるよりか二倍も三倍もボクの方が愛しているような気がします。何よりも早く一しょになって仲よく暮しましょう。そうしてそれを楽しみに力強く生きましょう。これでやめます。以上。

十一月十七日　　竜

文子様

大正七(一九一八)年

73　1月19日　井川 恭

京都市下加茂松原中ノ町八田方裏　井川恭へ
田端から

女の名は
加茂江《カモエ》(下加茂を紀念するならこれにし給え)
紫乃《シノ》(子)
さざれ(昔の物語にあり復活していい名と思う)
茉莉《まり》(子)
糸井《イトイ》(僕の友人の細君の名　珍しい名だが感じがいいから)
これで女の名は種ぎれ男の名は
治安
楼蘭(二つとも徳川時代のジャン、ロオランの翻訳　一寸興味があるから書いた)
哲《テツ》。　士朗(この俳人の名はすきだ)

俊《シュン》。山彦(原始的詩歌情調があるぜ)
真澄《マスミ》(男女共用出来そうだ)

そんなものだね。書けと云うから書いたがなる可くはその中にない名をつけて欲しい。この中の名をつけられると何だかその子供の運命に僕が交渉を持つような気がして空恐しいから。

僕は来月*に結婚する。結婚前とは思えない平静な気でいる。何だか結婚と云う事が一のビズネスのような気がして仕方がない。僕は子供が生れたら記念すべき人の名をつける。僕は伯母に負っている所が多いから女だったら富貴子、男だったら富貴彦とか何とかつけるつもりだ。或は伯母彦もいいと思っている。そのあとはいい加減にやっつけて行く。夏目さんが中年に生まれた第六子に伸六とつけたのは大に我意を得ている。実は伯母彦と云う名が今からつけたくって仕方がないんだ。

この頃は原稿を皆断ってのんきに本をよんでいる。英国の二流所の作者の名を大分覚えた。

爪とらむその鋏かせ宵の春
ひきとむる素袍の袖や春の夜

灯台の油ぬるむや夜半の春
葛を練る箸のあがきや宵の春
春の夜の人参湯や吹いて飲む
この間運座で作った句を五つ録してやめる。

井川君　　　　　　竜

二伸　奥*さんによろしく。産月は何時だい。今月かね。

74　1月22日　松岡　譲
東京市牛込区早稲田南町七夏目様方　松岡譲へ
横須賀から

手紙見た。久*米はうっちゃって置くがいい。僕の結婚はいずれ通知する。公務の関係と家事の関係で日どりはまだはっきりしない。大体きまっているがまぎわへ来て変るかも知れない。とにかく来月である事は事実だ。但これも久米始め誰にも公表してない。僕の細君と学校との関係上結婚の完る前に公にしたくないからだ。何しろくだらない用が多くってうるさくって仕方がない。その中で小説を書くんだからやり切れないよ。こいつ一つ書いちまえばあとは書いても書かなくってもいいんだと思ってそれを楽しみに書いている。

久米には実際こまったものだと思うよ。この頃あいつの創作上の問題に関係してしみじみそう思った。結局匙をなげるのかなとも思う。とにかく悪い所を愈《いよいよ》悪く出して来た事は確だ。もう何と云っても仕方がない。以上。

芥川竜之介

松岡　譲様

二伸　金をうけとってくれ。この中へ封入したから。

75　1月23日　塚本　文　横須賀から

だんだん二月二日が近づいて来ます。来方が遅いような気も早いような気もします。もう正味二週間だと思うと驚かずにはいられません。文ちゃんはどんな気がします。僕は当日の事をいろいろ想像しています。そうして少し不安な気もしています。何だかまだ身仕度も出来ないうちに真剣勝負の場所へひっぱり出されたような気がしない事もありません。しかしそれよりも嬉しい気がします。文ちゃんは御婚礼の荷物と一しょに忘れずに持って来なければならないものがあります。それは僕の手紙です。僕も文ちゃんの手紙を一束にして持っています。あれを二つ一しょにして、何かに入れて何時までも二人で大事にして置きましょう。だから忘れずに持っていらっしゃい。

何だかこれを書いているのが間だるっこいような気がし出しました。早く文ちゃんの顔が見たい。早く文ちゃんの手をとりたい。そう思うと二週間が眼に見えない岩の壁のような気がします。今、これを書きながら小さな声で「文ちゃん」と云って見ました。学校の教官室で大ぜい外の先生がいるのですが、小さな声だからわかりません。それから又小さな声で「文子」と云って見ました。文ちゃんを貰ったら、そう云って呼ぼうと思っているのです。今度も誰にも聞えません。隣のワイティングと云う米国人なぞは本をよみながら居睡りをしています。そうしたら急にもっと大きな声で文ちゃんの名を呼んで見たくなりました。尤も見たくなった丈で実際は呼ばないから大丈夫です。安心していらっしゃい。唯すぐにも文ちゃんの顔が見たい気がします。ちょいとでいいから見たい気がします。それでそれが出来ないからいやになってしまいます。

当日品川から田端まで車で来るのは大へんですね。ずいぶん長い訳でしょう。尤も車の外に仕方がありません。自働車は動阪から先へ来られないから。僕なら途中の車の中で居睡りをしちまいそうです。*自笑軒へ行ってからはずいぶん極《きま》りが悪るそうで、これには少し閉口しています。文ちゃんは平気ですか。しかし一生に一度だから極りの悪い位は我慢しなければなりませんね。兎に角それが皆二週間たつと来るのです。当日お天気がいいといいですね。何だかいろんな事が気になります。暇があったら返事を書いて下さい。頓首。

一月廿三日　芥川竜之介

塚本文子様

二伸　学校へはまだ行っているの？

76　2月5日　松岡譲　東京市牛込区早稲田南町七夏目様方　松岡譲へ　田端から

僕は今日ユーディット*をよんだ。いや今もよみつつある。そうして恐しい感激に打たれつつある。この壮大な力はどうだ。僕は何とも云う事は出来ないあの基督教と異教との峻辣を極めた対立の中に粛々として動いている恐しい運命を見せつけられる時一たまりもなく僕は掃蕩されてしまう。我々の書いたもの我々の仲間の書いているものは余りに見すぼらしい。余りに何でもなさすぎる。神の霊感によって兄を打ち殺せと叫ぶダニエル一人を描いてさえ我々の仲間の作品に何十倍する価値のあるものが生まれるか知れないのだ。それをここにはホロフェルネスがある。そうして更に「自然苦」の如きユーディットがある。何と云う段ちがいだ。この如く捕えこの如く描いてこそ真の悲劇は誕生する。誰かこれを書くものはないか。いや或は吾々の中の誰かがこれを書かなければならないのではないか。僕は恐しい気がする。あらしの海を前にしてそれへ舟を出せと云いつけられたような気がする。出せと云いつけられたものは無数にいる。僕もその一人だ。君もその一人だ。しかしあらしは澎湃とした波を煽っている。する事はやり切れなく恐しい事だ。僕はいい加減な情調や哲学が一時に頭から吹きとばされてしまったような気がする。君はよんだ事があるか。ないなら是非よんでくれ。あるのでも昔だったらもう一度よんでくれ。すべてが今のままでは駄目だ。自分も駄目だ。日本の文壇も駄目だ。これは学校で書いた。興奮しているから後でよみかえしたら変な事が書いてあるかも知れない。しかし変な事でも書かないではいられない僕の心もちも知っていてくれ。紙がなかったからこんなものへ書いた。何だか一時も早く頭の中に持っている「*阿《あ》闍《じゃ》世王」を書きたくなった。それにはまだいろんなものを読まなくってはならない。それが待ち遠い気もする。いら立たしい気もする。がどうしてもやらなければ駄目だ。僕はこれから貧乏しても勉強にさしつかえない丈の金を拵える。僕は『新思潮』創刊当時の情熱が又かえって来たような気がする。一しょにやろうや。こないだ谷崎にあった。あいつも恐しい勢で勉強しているよ。当分は仏教のコスモロギイをやると云っていたっけ。

倶舎をよむのを楽しみにしているんだ。僕は今うちから通っている。近々鎌倉*へ移るつもりだ。新婚当時の癖に生活より芸術の方がどの位つよく僕をグラスプするかわからない。ひまがあったら遊びに来てくれ。久米があんなになって見ると僕は君の外に道づれがない。これでやめる。又ユーディットをよむ。さようなら。

77　2月13日　薄田泣菫　横須賀から

拝復　朶雲奉誦。問題の性質上学校の首席教官とも一寸相談して見ましたが、大体差支えあるまいという事ですから条件第一で社友*にして下さい。齟齬するといけないから念の為その条件を下へ書きます。

一、雑誌に小説を発表する事は自由の事。
二、新聞へは大毎(東日)外一切執筆しない事。
三、右二、を大毎(東日)紙上で発表して差支えない事。但その文中「公務の余暇」なる字を入れる事(勿論社友と云う事でなく執筆を新聞では大毎に限ると云う事を発表するのです)。
四、報酬*月額五十円。

五、小説の原稿料は従前通り。

これでよかったらその旨田端四三五私宛返事して下さい。いけない場合も同様田端宛御一報願います。又目下読売*の依頼で七枚ばかりの小品を一つ同社の為に書きましたが、これは契約前のものとお見なし下さい。多分今度の日曜附録にのる筈です。小説は私の結婚でちょいと中断されました。もう四、五日待って下さい。早速送ります。以上当用のみ。末ながら色々御尽力の御礼を申上げます。頓首。

二月十三日　　芥川竜之介

薄田淳介様

78　3月11日　久米正雄

東京市本郷区本郷五丁目二十一荒井様方　久米正雄へ
田端から（葉書）

君の「受験生の手記*」を読んだ。君も確信のある作だろうから褒める方は省略するが、兄貴が弟の手紙を見る時に少しも struggle のないのが僕には不服だった。そう云う点が外でもまだ少しある。そのせいかどうもあの兄貴には僕はあまり同情がない。精神的に何だか病者のような気がする。ああ云う love affair を書くんならもっと実感を露骨にどんどん出して行けばいいのに。併し今月中の創作で一番いい事は確だよ。以上。

79　6月18日　小島政二郎

東京市下谷区下谷町一　小島政二郎へ
鎌倉町大町辻から（同日付の葉書、三通）

(1)　小島さん。

三田文*で褒めて下すったのはあなただと云うから申し上げます。あの作品はあなたのような具眼者に褒められる性質のものじゃありません。この間よみ返して大分冷汗を流しました。

それから説明*と云う事に就いて私の文章上の説明癖なるものはそれが鑑賞上邪魔になるとあなたが云う範囲では so far 私も抗議を申し込む資格はありません。然し「あの小説の中の説明」になると私にも云い分があります。と云うのはあのナレエションでは二つの説明が互にからみ合っていて、それが表と裏になっ〔て〕

(2)　いるのです。その一つは日向の説明でそれはあなたが例に挙げた中の多くです。もう一つは陰の説明でそれは大殿と良秀の娘との間の関係を恋愛ではないと否定して行く（その実それを肯定してゆく）説明です。この二つの説明はあのナレエションを組み上げる上に於てお互にアクテュエエトし合う性質のものだからどっちも差し抜きがつきません。それで諄々しいがああ云う事になったのです。勿論そこには新聞小説たらしめる条件も多少は働いていたでしょう。これは不純と云われれば不純ですがこの方は大して重大な問題にはならないでしょう。

最後に三田文*は八月（九月でもよろしい）にして頂けないでしょうか。昨*日帰ったばかりでまだ一向落着きません。
（3）その為『新小説』も『新時代』も前約に背いて御免を蒙りました。大分前から引き受けたので大に恐縮ですがよろしく御取計い下さい。書くものはきまっています。「竜の口」と云う怪しげなものです。今日鈴木*さんの御伽噺の雑誌を見ました。どれをよんでも私のよりうまいような気がします。皆私より年をとっていて小供があるからそれで小供の心もちがうまくのみこめているのだろうと思います。失礼ですがあなたはもう奥さんがおありですか。
もう少し私の旅行時期が早いと大阪ででも落ち合えたのですね。以上。
芥川竜之介

80　8月27日　小島政二郎　鎌倉大町辻から

拝啓。この間は失礼。あのあとで皆で電車通りへ出たら十一時頃なのにも不関《かかわらず》まだ電車があったんだから驚きました。この頃は料理屋の帳場さえ信用に関る嘘を平気でつく世の中と見えます。

運座の結果ははっきり覚えていませんが、君のだと思われる句が二句ばかり抜けたようでした。点は君も菊池も忠雄*さんもいないのでとうとうとらずじまい。あの節一寸御話したようにもし僕が東京へ舞い戻れる機会があったら然る可く僕の為に運動して下さい。目下愈《いよいよ》と地方の小都会気風がいやになっている所ですから。

運座の節作った僕の句を書きます。但皆出たらめですよ。

浅草の雨夜明りや雁の棹

雁啼くや廓裏畠粟熟れて

雁の棹傾く空や昼花火

藩札の藍の手ずれや雁の秋

その外久米の句に

米一揆がんがら雁の雲の下

新小判青くも錆びぬ月の秋

江口の句に

明眸は君に如くなし月の秋

これは*勢以子女史に献じたんだそうですから、大に色気のある句なんでしょう。君の句を書いて送りませんか。今度東京でもう一ぺんあんな顔ぶれで運座をしたいと思います。南部さんは句作しませんか。頓首。

八月廿七日　　芥川竜之介

小島政二郎様　梧下

二伸　往復はがきの件早速南部さんの方へ返事しました。いろいろ御手数難有う。

81　9月22日　小島政二郎

東京市下谷区下谷町一ノ五　小島政二郎へ
鎌倉町大町辻から

拝啓。あした一日休みがあるから御伽噺をやって見ます。どうせ好い加減ですよ。それでようござんすか。

「*奉教人の死」の「二」はね、*内田魯庵氏が手紙をくれたのは久米から御聞きでしょう。所が今日東京にいると東洋精芸株式会社とかの社長さんが二百円か三百円で譲ってくれって来たには驚きました。随分気の早い人がいるものですね。出たらめだってったら呆れて帰りました。

慶応*の件、来年から海軍拡張で生徒が殖え従って時間も増すのと戦争の危険も略《ほぼ》となさそうなのとで急に毎日の横須賀通いが嫌になったのです。来年の四月頃からでも東京へ舞戻れれば大慶この上なし。それときまれば今年末位にこっちをやめて三ケ月位遊ぼうかと思っています。そう云う次第だからよろしく御取り計らい下さい。もし必要なら上京の節沢木氏に御目にかかってもいいと思います。何しろ横須賀はもう全くいやになった。以上。

黒き熟るる実に露霜やだまり鳥

これはこの間虚子の御褒めに預ったから御らんに入れます。

九月廿二日　　芥川竜之介

小島政二郎様　梧下

82　10月21日　小島政二郎　横須賀から

拝復。昨日東京から帰ってあなたの手紙を見ました。学校の件いろいろ難有う。俸給は勿論東京へ行ける事が目的なんだから少し位少くっても差支えありません。休日二日とれなくば一日でもよろしい（僕の方来年の四月位から休日は日曜ぎりになりそうな形勢なり)。時間は今持っているのが一週五時間その前は十二時間、この十一月から十二月頃までは六時間その先は三月まで八時間と云う風に一定していないけれど、まあ一週八時間と云う所が通常です。尤《もっと》も僕の方は御役所式で朝八時から午後三時まで時間の有無に関らず縛られているのだから、それが一番苦になるのです。今なぞはまるで授業のない日が二日もあるがやはり汽車へ乗って横須賀まで出かけなければならない右様の次第で、十時間以上の授業時間があるにしても授業がない時帰れればその方が僕には難有いのです。その辺の事情も御都合で沢木さんまで云って下すってもよろしい。何しろ四月から先になると海軍拡張が始まりそうなので弱っているのです。どう考えても僕の機関学校へ就職した理由と海軍拡張とは根本に於て相容れそうもない。俗用を長々と書いたら肩が張っていやな気になりました。これから少し泰平な事を書きます。

今度の日曜は上京するから遊びに来ませんか。龔半千の外に大雅*と蕪村との「十便十宜」があります。これもちょいと敬服に価するものだからその節御らん下さい。謝春星*先生もえらいがやっぱり頭の下るのは九霞山樵*ですな。実際大雅と云う男は画聖の名を辱めない人間です。僕は雪舟にすら院画らしい鋭さを嗅ぎつけますが、大雅に至っては渾然としていて更にそう云う所が見当りません。東洋の画の難有味を味得しようと思ったら大雅を見るのに限ります。　僕の小説は久米*が急に完ったので大急ぎで今日一回書いて送りました。久米は「芥川をおどかしてやるんだ」と称して完にしたんだそうです。怪しからん次第だがこうなって見るとやむを得ないからこれから昼夜兼行で書き飛ばします。勿論社の方の注文は早い事と或きまった長さ(三十回乃至四十回)とを要求しているのですから、その範囲でうまいものが出来るかどうか覚束ない次第です。菊池に聞くと時事の「安楽椅子*」で僕が褒められたり退治されたりしているんだそうですが、神奈川版にはあれがのらないから非常に長閑でよろしい。新聞小説も月評子の舌頭に転ぜられないのが僕には何よりも結構です。
　いくら書いても際限ないからやめます。以上。

十月廿一日　　　　　　　　学校にて　　芥川竜之介

小島様　梧下

大正八（一九一九）年

83　1月4日　薄田泣菫

摂津国武庫郡西宮町川尻　薄田淳介へ（葉書）
田端から

世の中は箱に入れたり傀儡師*

二伸　これは新年の句本の広告じゃありません。

84　1月12日　薄田泣菫

摂津武庫郡西宮町川尻　薄田淳介へ
鎌倉町大町辻から

拝啓　突然こんな事を申上げるのは少々恐縮ですが、私は《（ママ）》あなたの方の社の社*員にしてはくれませんか。私は今の儘の私の生活を持続して行く限り、とても碌な事は出来そうもない気がするのです。碌な仕事が出来ないばかりではない。あなたの方の社から月々五十円の金を貰っていながら一向あなたの方の社の為になる仕事が出来ないだろうと思うのです。今の私はあなたの方の社から来る金と学校の報酬とで先ず生活だけは保証されている訳です。がいくら飯を食う心配がなくっても自分のしたいと思う仕事も出来ずしなければ義理のすまぬ仕事も出来ないと云う事は決して愉快な事じゃありません。そこでいろいろ考えた末にこの手紙をあなたへ書く気になったのです。社員にしてくれませんかと云う意味は唯それ丈の外に私の知己としてあなたに相談する心算も含んでいるのです。あなたはこの問題をどう片づく可きものだと思いますか。社員になれるなれないの問題より先にこれに関して腹蔵のないあなたの意見を聞かしてくれませんか。

その為に私の社員になると云う事の意味を説明します。私が社員になると云うのはあなたの方の社へ出勤する義務だけは負わずに年に何回かの小説を何度か書く事を条件として報酬を貰うと云う事です。勿論そうすれば学校はやめてしまって純粋の作家生活にはいるのです。つまり私とあなたの方の社との今の関係を一部分改造して小説の原稿料を貰わない代りに小説を書く回数を条件に加えて報酬を一家の糊口に資する丈増して貰うと云う事になるのです。それが出来たら私も少しは仕事らしい仕事に取りかかれはしないかと思うのです。こんな事を考えるのは或は大に虫が好すぎるかも知れません。しかし今の私はその虫の好さを承知の上であなたに相談しなければならない程作家生活の上の問題に行き悩んでいるのです。前にも書いた通り甚《はなはだ》突然で恐縮だとは思いますが、一応私の為に考えて見てはくれませんか。実はこの事を考えた時大阪へ行ってあなたに会ってその上で御相談申そうかと思ったのですが、差当って原稿を書かなければならない為に手紙で間に合わせる事にしました。私の考えが手紙では十分徹しない憾《うらみ》があるのですが、その辺はよろしく御諒察を願うより外はありません。当用のみ。頓首。

一月十二日

芥川竜之介

薄田淳介様

85　2月4日　南部修太郎　鎌倉町大町辻から

拝啓　正*月に描いた二つの作品が私の今までの傾向と多少異っているのは事実です。里見弴君はそれを或身動きを示すものだと云いました。が、その身動きは今までの私のフィイルドを全然捨てる為の身動きじゃありません。それ程まだ私は或「真」のカルトに雷同する勇気はないのです。私は唯私の今までのフィイルドを広くしたいのです。この間人と話した時に私は冗談に出来るなら僕は名刺へナテュラリスト、ロマンティシスト、シムボリスト etc. と云う風にありとあらゆるイストの名を書いてふり撒きたいと云いました。と云う意味は題材の上でも観照の上でも私は今までより――或は今までの誰よりも自由でありたいのです。又そうしなければ嘘だと信じているのです。今日『三*田文学』の六号を読んでふとあなたに是だけの弁解を書く気になりました。批評家としてよりは寧友人として私はあなたにこう云う心もちを了解して貰いたいからです。頓首。

二月四日　　芥川竜之介

南部修太郎様

86　2月12日　薄田泣菫

大阪市東区大川町大阪毎日新聞社内　薄田淳介へ
鎌倉町大町辻から

芳墨拝誦。いろいろ御手数をかけ難有うございます。念の為左記の事をはっきり伺いたいのですが、如何ですか。

一、僕も時折外の雑誌へ書いてよいかどうか。これを前以て申し上げて置こうと思って忘れたのですが、もしいけないとなると所謂文壇なるものと余り縁が切れすぎて、作家としての僕の為のみならず社員としての僕にも損ではないかと思うのです。だから社の仕事を怠けない限りに於て随意して頂ければ非常に有難いのです(尤も一年百二、三十回の短篇を書く以上余力があるかどうか疑問ですが)。それではいけませんか。

二、その一年百二、三十回なるものも、厳密に小説*を百二、三十回書く可き《(ママ)》のですか。時には随筆(二、三回のものでなく夏目さんの「硝子戸の中*」のように数十回つづくもの）もその百二、三十回の中へ勘定して貰うと甚難有いのですがそれではいけませんか。

三、菊池＊と二人で月評をかくと云う件につき、東日と大毎とに同時に文芸欄を作る事は出来ませんか。

もし大阪のあなたと東京の我々とが連絡をとって東西の文芸欄を維持して行けば、今の日本の文壇のオオソリティになれると思うのですが如何ですか。この件は細目に亘っていろいろ御相談する必要があると思いますが、先《まず》、文芸欄を作れるか否かを先決問題として伺います。勿論そうなれば菊池も僕も時々東日の社へ出たり寄稿を依頼に行ったりしてもよろしい。

以上三点につき御返事下されば難有いと思います。菊池と二人で一度そちらへ行って御相談したいのですが、今、久米がインフルエンザから肺炎になり可成重態なのでちょいとそう云う都合にも行きません。猶三月から入社する件は僕の学校に後任が出来るかどうかの問題もあるので、そう云う運びがすぐつくかどうか判然しません。上記三点がきまり以上、兎に角辞表だけは早速出します。菊池も社員として広告する事は勿論差つかえあるまいと思いますが、いずれ菊池からも御返事を出すでしょう。以上。

二月十二日　　　　　　　　　　芥川竜之介

薄田淳介様　梧下

87　2月24日　薄田泣菫　田端から

拝復。朶雲奉誦、謄本その他早速送ります。小説は菊池が先に書く筈、もうとりかか*っているからその中御送りするでしょう。そのあとで私が書きます。その前に学校の方が片づき次第(もう辞意だけは首席教授まで手紙で云ってやりました)入社*の辞を書こうかと思いますがどうですか。

菊池に就き、社をやめようとしたので時事*が急にひきとめ運動にかかったようです。何でも大毎と同じ待遇をするから居てくれと云うとかです。しかし勿論あなた及私に対する義理上菊池がその引きとめ運動に乗る惧《おそれ》は万々ないだろうと思います。唯こうなると菊池が大毎の客員になった上、短日月の間に首にでもなったら私が大に気の毒だがまさかその事はないでしょうな。これは当人も多少気にかけているようだから私からも念の為伺って置きます。何しろいろいろ御手数をかけ甚《はなはだ》難有く御礼を申し上げます。おかげで私も it や that をふりまわすのをやめて、東京へまい戻れるのだと思うと俄に肩が軽くなったような甚愉快な気がします。句に曰、

帰らなんいざ草の庵は春の風

　二月二十四日

芥川竜之介

薄田淳介様

五　職業作家として

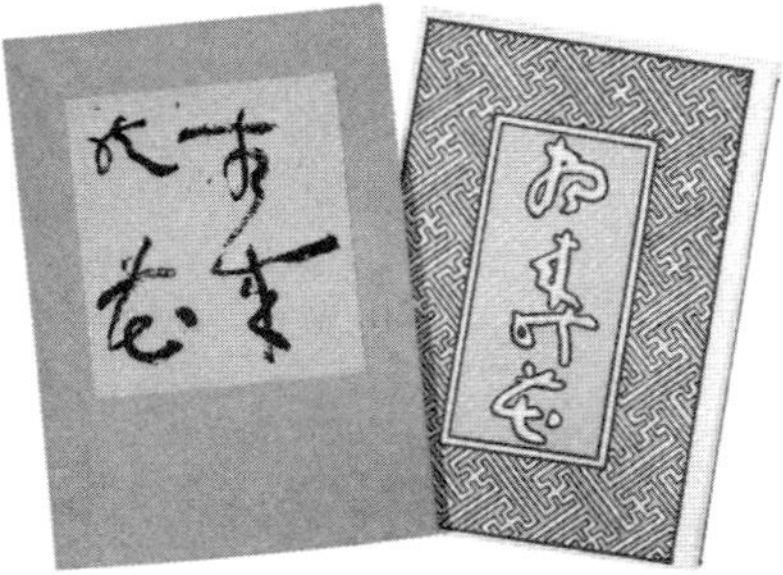

1921 年 3 月刊，「夜来の花」．装幀＝小穴隆一，書＝小沢碧童

大正八(一九一九)年

88　5月22日　永見徳太郎　長崎銅座町　永見徳太郎へ
田端から

長崎条約書*我鬼国提案
一、谷崎潤一郎氏作「二人の稚児」原稿
二、高浜虚子氏作「続風流懺法」原稿
三、菊池寛、室生犀星、両氏ノ作品ノ原稿(但シ今年執筆ノモノ)
四、漱石先生ノ短尺一葉
右仙崖作鍾鬼《(ママ)》之図ト交換スベキモノ也
*夏汀国王使臣足下

我鬼国王之印

89　7月17日　南部修太郎　田端から(葉書)

*君は悪作をしなくっていかん。悪作をしないような人間は、結局凡作に終始するもの

と思い給え。しくじっても好いから本気になってどんどん書かなくっちゃ嘘だ。自分の悪作は他人の悪作より百倍も教える所が多いものだよ。その意味で僕は今大に「路上」に教えられている。あれは幸にして東京へ出ない。以上。

90　7月29日　佐佐木茂索

牛込区天神町十三　佐々木茂索へ
田端から

＊おじいさんとおばあさんの話圧巻。唯八枚目の裏の「漫然と乍らも」から九枚目の裏の最後の行まで説明に過ぎて情味を殺ぐ事少からず。一工夫ありたきものと思う。又息子の遊学(?)もう少しはっきりと書いた方よろしきように思えど如何にや。全篇の感銘は小春の椽側で日に浴する如く甚快く感じたり。それからもう一つ難癖をつければおじいさんの哄笑どうも気に食わず。出来得べくんば人の悪いにやにや位にてすまされたし。次いでうまきは「手」なれど小生は内容に同情なし。寧「女の手紙」の軽妙なるを取る。あの作品もう少し巫山戯《ふざけ》てもよきように思う。但し悪く洒落れず「急速に」程度の笑が欲しいのなり。序に失礼ながら「手」の中に出て来るゴオチェの小説御読みなされしや否や。ちと覚束ない気がした故貴意を伺う事然り。

「ピュリタンの塊茎」はもっと突込みて書くべきものにあらずやと思う。内容は「女の手紙」よりも更に同情ある位なり。あれを白粉気はもとより色彩もなるべく乏しく平押しに押したら手ごたえのある作品が出来そうに思われれど如何。これ又序にあの作品中「蜜柑」が的皪《てきれき》となっている所あり。的皪二字共に白きを云うものなれば(東坡の有名な詩に的皪梅花草棘間などあり)黄色いものには不向きなるべし。

「マギユラ」は内容書き方も同情あり。唯それを両方とも投げたる所甚《はなはだ》同情に価せず。何故もっと力を入れなかったか不思議千万なり。

之を要するに五篇中「おじいさんetc.」と「女の手紙」と「手」とは完成せる作品にして、他は未完成の作品と申すべき乎。その完成たると未完成たるとを問わずへんな神経の鋭さありて、恰もマクベスの短刀の如く時々空際に怪しげな光を放つ所頼もしげに感じたり。私に思うおじいさんetc.程度作品一ダアスを書かば文壇に名を馳する事必しも難からず。加藤君の言中《あた》れり。されど私に又思う。作者常に易々として事を成し易々たらざれば即事を廃す。その間自ら骨力の未薄きを慊まずんばあらず。三汀先生の言亦《また》必しも亦中らずとなすべからざる也。依って僕君に勧む。易々たらざる所に向って常に一歩を着けよ。蒙茸を開き榛莽を破るの所恐らくは羚羊のよく千峯万峯を越ゆる底の骨力成らんか。これ独り君に勧むる所たるのみならず、僕亦平常自ら鞭撻する所たり。茂索先生以て如何と為すこの手紙匆卒として冗談のように書きたれど、必しも上調子のものにあらず。僕の己惚を遠慮なく云わしむれば君自身の真面目に考うべき問題にも多少は触れたと云う気あり。文章の浮華なるに煩さるる事なく僕の云わんとする所を味読せらるれば幸甚なり。麤孤《そこ》芥孤《かいこ》字態を成さず恐惶恐惶。

七月二十九日　　芥川竜之介

佐々木茂索様

91　10月3日　室生犀星　田端から

啓。*高著難有く拝見。あの詩集は大へん結構な出来だと思います。私が今まで拝見した詩集の中でも一番私を動かしました。昨夜は一晩あれを耽読しました。私の詩を贈ります。私が一生に一つの詩になるかも知れない詩です。下手でも笑っちゃいけません。「愛の詩集」はもっと度々読んで見る心算です。御礼まで。頓首。

十月三日　　我　鬼

室生犀星様

愛の詩集　　芥川竜之介

室生君。*
僕は今君の詩集を開いて、
あの頁の中に浮び上つた
薄暮の市街を眺めてゐる。
どんな悩ましい風景が其処にあつたか、
僕はその市街の空気が
実際僕の額の上にこびりつくやうな心もちがした。
しかしふと眼をあげると、
市街は、――家々は、川は、人間は、
みな薄暗く煙つてゐるが、
空には一すぢぼんやりと物凄い虹が立つてゐる。
僕は悲しいのだか嬉しいのだか自分にもよくわからなかつた。
室生君。
孤独な君の魂はあの不思議な虹の上にある！

92　10月27日　小島政二郎　田端から

拝復。凡兆の佳句左の通り。

時鳥何もなき野の門構

肌寒し竹切る山のうす紅葉

涼しさや朝草門に荷ひこむ

朝露や鬱金畠の秋の風

初潮や鳴門の浪の飛脚船

など君の選に洩れたれど大好きなり。「*禅寺の」「門前の」「灰捨てゝ」「下京や」皆好、「町中や」は「時雨るゝや黒木つむ屋の窓明り」と共に巧を極めすぎたる気がすれど如何。

「枌」はオウコです。但し仮名遣いは当てにならず。「*窓」は俗悪な創作生活を打破する記念に書いたのです。沢木さんに献じたのは*慚愧の意を表し旁《かたがた》精進の志を決する為でした。これから手堅く押して行きたいと思っています。どうも今年の創作生活は新年から調子が狂っていた。

廿四日待ってますからいらっしゃい。「何菊や」と云う句作った筈はないが何ですか。「白菊は暮秋の雨に腐りけり」ですか。あれは新しがったのですよ。この間茂索、折柴等を相手に歌を作りました。その時の僕の作を御披露します。

秋雨の降り来る空か紅殻の格子の中に人の音すも
塩草に光はともし砂にゐて牛はひそかに眼を開き居り

外の連中の歌も紹介しようと思ったがやめました。頓首。

芥川竜之介

小島政二郎様

二伸「埋火のほのかに赤しわが心」は傑作だと思うがどうですか。やけて鑑賞的態度が不純になっているとくだらなく見える惧がありますがな。

虹ふくや江の蘆五尺乱れたる
凩や目ざしに残る海の色

93　11月11日　小田寿雄　田端から

啓。君の手紙愉快に拝見。僕に何故冷眼に世の中を見るかと云う質問も青年の君としては如何にも発しそうなものと考えますが、僕には現在僕の作品に出ている以上に世の中を愛する事は出来ないのだからやむを得ません。のみならず愛を呼号する人の作品は僕にとって好い加減な嘘のような気さえするのです。僕は世の中の愚を指摘するけれども、その愚を攻撃しようとは思っていない。僕もそう云う世の中の一人だから、唯その愚(他人の愚であると共に自分の愚である所の)を笑って見ているだけなのです。それ以上世の中を愛しても或は又憎んでも僕は僕自身を偽る事になるのです。自ら偽る位なら小説は書きません。要するに僕は世の中に pity を感ずるが love は感じていない。同時に又 irony を加えるより以上に憎む気にもなれないのです。こう云う態度は今の君にとって物足りないものかも知れませんけれども、年齢は早晩君をそこまで導くでしょう。僕は教師をやめてのびのびした。学校生活は大嫌だったのです。だから生徒の事も今はよく覚えていない。覚えているのは一年の時から教えた君の class だけ位です。君の健康を祈ります。頓首。

十一月十一日　　　　　　　　芥川竜之介

小田寿雄様

94　11月23日　佐佐木茂索

牛込区天神町十三　佐々木茂索へ
田端から

啓。勉強する由結構な事だ。僕もこれから勉強するつもりだ。二、三日前香取*先生や竜村*さんと一しょに飯を食って両先輩の半生の話を聞いたらじみ（ママ）僕なぞは増長しすぎると思った。香取先生が米塩の資にも困って前の細君が逃げてしまった話や竜村さんが破産して自殺もしね（ママ）ない気になった話などは僕一人聞くのさえ勿体ない。両先輩と自笑軒を出た時などはほんとうに名人伝を読んだような気がした。子規は三十六で死んでいる。僕などは余程しっかりせぬとあの年では碌な事一つせずに了りそうだ。

斎藤茂吉から手紙が来て、「しみじみとみ文読みし後にはりつむる心おこりくるを君につげなむ」と云う歌を書いてよこした。僕の『新潮』*の感想を読んでくれた歌だ。僕があの感想を書いたのは「童馬漫語」*に刺戟せられる事多かったのだからこの歌は殊に嬉しく読んだ。何にしても精進せぬと内の寂しさをどうする事も出来ぬ。但し勉強するにしても田端へは時たま来てくれ給え。

僕は手習いもしたい。篆刻の趣味もわかるようになりたい。陶器漆器いずれも見る眼が欲しいものだ。書画骨董を見る人は文壇の批評家よりずっと落着いていて叮嚀親切に各の作品を玩味する。あの玩味する態度だけでも学んで損にはならぬように思う。僕などももっと落着かないと今分の所碌な小説は書けないのだから。

この頃の句二つ

江の空や拳程なる夏の山

夏山や幾重かさなる夕明り

十一月廿三日　　　我鬼拝

大芸居主人　榻下

二伸　中西屋へは早速行ってみるつもり。O. Henry は兎も角外の本も来ていそうな気がする。SSS* も金をくれるなら早い方が好いな。月末の払がたまっているから。

95　12月22日　滝井孝作　本郷区湯島天神前陽明館内　滝井折柴へ　田端から（同日付の葉書、二通）

こんな句はどうだい

風落ちて枯藪高し冬日影

人絶えし昼や土橋の草枯るゝ

雲遅し枯木の宿の照り曇り

更にこんな句はどうだい

竜胆や風落ち来る空深し

冬空や高きに払《ハタ》きかくる音

夏山や峯も空なる夕明り

はがきで点をつけてくれないか。一時間ばかりに六つ作ったらくたびれた。頓首。

竜

大正九（一九二〇）年

96　3月11日　南部修太郎　田端から

啓。「星かげ」*「死神」共に不好。君亦《また》這般の悪作を成す。或は凡作に終始するに勝らん。珍重珍重。悪作を成すとも凹まざらん事を要す。佳作十を出すも悪作二十佳作十を出すも同じ事なり。這般の悪作中より頂門の一針を得来るもの始めて是好漢なり。君不見や上手の手よりも水が洩るを。況や君の如き僕の如き下手の手笊の如きに於てをや。但し悪作に慣るる可らず。君の悪作を成す所以のものは私に思ふに easy-going の故なり。文章は或は雕琢せん。這個の内容と寸分も不離なる表現に於ては「死神」「星影」共 easy-going たる観なしとせず。文章の苦心と表現の苦心と一なるが如くにして実は二、君まずこの局所に悟入せよ。僕遅蒔きながら昨今漸《ようやく》この旨を会す。君亦何ぞ悟入し難しとせん。悟入せずんば三十棒。頃来日々風流地獄に堕つ、僅に小品二、*小説は三分の*一だけ稿成りしのみ、窮状幸に同情せよ。

「葱*」は決して悪作ならず。嘘だと思ったら本を読むべし。二、三嫌な文句あれどあれはあれにて完成せるものなり。君の非難の如き馬を責めて鹿たれと云うに類せずや。否やウイドのル*スティッヒェヒストリエン中「葱」の如くなるもの幾何あるか。故に云う。「葱」型の作品全部を非とするはよし、「葱」を非とするは会する能はず。君以て如何となすか。

廿日頃どこかで会うべし。その時異議あれば論陣を整えて来れ。僕この頃衝天の気あり。誰とでも更に論戦を辞するものに非ず。但し飯は君の奢る番だよ。

一句を拈して曰

鯨裂く庖丁の光寒き見よ

三月十一日　竜

修太郎様

97　3月31日　滝田樗陰　田端から

啓。「秋*」御褒めに預って恐縮です。自分では不慣れな仕事なので出来が好いのか悪いのか更にわからなくて閉口しています。寿*陵余子は寿陵に余子あり歩を邯鄲に学ぶ未邯鄲の歩成らざるに寿陵の歩を忘る即蛇行匍匐して帰るとか何とか云う文章が韓非子にあるのから拵えた号です。余子は唯青年と云う意味でしょう。僕自身西洋を学んで成らず、その内に東洋を忘れている所が邯鄲寿陵両所の歩き方を学び損なった青年に似ていると思ったからです。

何だか「秋」の出来栄えが気になって甚不快です。その不快を俳句にして曇天二句を作りました。

曇天や蝮生き居る罈の中
曇天の水動かずよ芹《せり》の中

三月卅一日　我鬼

滝田先生

98　4月9日　滝田樗陰　田端から

啓。今日「秋」を読み候。一つ二つ気になる所なきには候はねどまづあの位ならば『中央公論』第一の悪作にても無之かる可き乎と聊《いささか》安堵仕候。谷崎君の「鮫人*」も追追佳境に入るやうにてまづは結構に存候。「鼠小僧次郎吉*」続篇は当分執筆の勇気無之、七月の特別号には何か外のものを書かせて頂く可く候。この頃忙中の閑を偸んで詩を製造致居候。七律一首出来ると大に天狗に相成候。その内傑作御らんに入れ御あて申すべく候。まづは「秋」を読み候。安堵御知らせまでにこの状相認め申候。頓首。

即興

草庵や秋立つ雨の聞き心

四月九日朝　　　我鬼

檮陰先生

99　4月26日　小島政二郎　下谷区下谷町一ノ五　小島政二郎へ　田端から

啓。「睨み合い」を読みました。あれは傑作です。恐らく三田文選中第一の傑作でしょう。菊池が褒めるのは決して過褒じゃありません。「森の石松」などより遥によろしい。感服しました。あれなら今の日本の文壇では何処へ出しても立派なものです。君があゝ云う短篇の作者であると云う事は非常に嬉しい気がします。何故今まであれを読まなかったかと云う気もします。あんな調子のものは僕なぞにはとても書けません。恐らく又誰にも書けないでしょう。

細い所の詮義をすると「その一」のpp 243が少し文章の調子が張りすぎています。「たわ止め」があすこだけ多いせいでしょう。それから「その三」のpp 264の加藤屋の御亭主と唐物屋の御亭主との喧嘩がもう少し手加減が欲しい気がします（「鋭い眼光」と云うような言葉が気になるせいもあるのでしょう）。その次に「その五」の最後の一句が「夜更の町は云々」が聊《いささか》臭い憾《うらみ》があります。あれはもっと砕けた語法に取換えた方がよさそうです。しかしこれらは白璧の微瑕です。全体は前にも云った通り甚《はなはだ》御手際の好いものです。あれを一つ書いていれば南部の作品の月評をしたって更に俯仰天地に恥じません。あんな作品を書いていながら自信がないと云うのは不思議です。謙譲の美徳も過ぎたるは猶《なお》及ばざるが如しと心得ます。僕ならとうに大天狗になっています。茂索、折柴の輩にも早速一読させたいと思います。勿論彼等が感服するかしないかはわかりません。しかし感服しなければ莫迦なんだから御安心なさい。とりあえず感想だけ。頓首。

四月廿六日　　　　　　　　　　芥川竜之介

小島政二郎様

二伸　僕も「睨み合」に発奮して「偸盗*」の改作にとりかかりたいと思います。

蜂一つ土塊嚙《クレ》むや春の風

頓首

100　5月18日　南部修太郎　田端から

啓。とにかく君が馬力を出して書いている勇気は感心だ。それには頭を下げても好い。現在位な速力でもっと好いものをどんどん書いてくれればもっと頭を下げても好い。但し僕の頸の骨は存外強いから容易に作品の上じゃ曲げないが。スサノヲも二十回位まではなぐったがこの頃は大に身を入れて書いている。出来の悪い所は身を入れて書いてもあの位なのだと思ってくれ。

評論家としての君の強みは(菊池も云うように)硬骨な所だ。作家としての君の強みは(今度の三田文の小説を見てもわかるが)手落ちなく全局を書きこなす所だ。両方とも大事にしなくっちゃいけない。大事にさえしていれば必そこから好い作品が生まれる。芥川竜之介が頭を下げなくても天下が頭を下げるような難有いものが生まれて来る。菊池『新潮』の「文壇偶語」にて片上、木村毅、鈴木善太郎、中戸川の四名士に当った由標悍なのに聊《いささか》驚いた。まあ精々勉強して早く長篇を書き上げ給え。僕は九月にもう一度諸君を感心させる。さようなら。頓首。

五月十八日　竜

南部修太郎様

101　6月15日　佐佐木茂索

牛込区天神町十三　佐々木茂索へ
田端から

啓。君の手紙を読んだ。あてが無ければ書けないと云うのは尤だと思う。しかし君の場合はあてがない訳じゃない。僕は何時でも君として恥しくないような作品が出来たら『中央公論』へも持ちこむと云っているのだ。「翅鳥」*やこの間の題のきまらない小説でも『新小説』とか何とか云う所なら何時でも持ちこんで上げて好い。そんな事には遠慮なくもっと僕を利用すべきものだ。

しかし実際問題を離れての話だが、君に今最も必要なものは専念に仕事をすべき心もちの修業ではないか。菊池などは小島が「一枚絵」*を何時までも突ついているのを自信の足りないように云うが、あれは軽蔑するよりも寧買ってやって好い事のように思う。そうしてああ云う根気の好さが尤も君には欠けているように思う。小島はすべての点で君より弱いかも知れない。しかし仕事の上にかけると僕自身も意外だった位底強い辛棒気を持っている。あの辛棒気がある限り僕は芸術家としての小島政二郎は救われると信ぜずにはいられないのだ。「翅鳥」やあの題のきまらない小説は実際君自身の云うような短時間の中に出来たかどうかそれは問う必要はない。しかしあれらの作品にはどうも一気に書き流したような力の弱さが感ぜられる。筆鋒森然と云う言葉と反対な心もちが感ぜられる。ああ云う心もちをなくなす事が(作品の上から)——ああ云う書き流しをしない事が(仕事の上から)少くとも君を成長させる第一歩ではなかろうか。そうしてそれは文壇的進退より更に君にとっては重大な問題なのではあるまいか。もし君が焦燥を感ずるとすれば、こう云う点にこそより多く焦燥を感じてよいと思う。これは文壇全体のレベルと君の作品との比較を取った上の議論ではない。同時に又僕自身の事は全然棚へ上げた上での議論だ。そう思って読んでくれる事を望む。

序ながら云うが僕は此処一、二年が君の一生に可成大切な時期になっているではないかと思う。如何にこの時期を切り抜けるかと云う事が君の将来を支配する大問題なのではないかと思う。僕は君の作品を推薦するだけの役には立つ。小島や滝井も能動的に或は又反動的に君を刺戟する事は出来るかも知れない。しかし大事を決定するのは飽くまでも君自身の動き方一つだ。僕等は冷淡なのでも何でもないが、そう云う窮極の問題になると、袖手傍観するより外はない。これは君にとって寂しい事だと思う。亦《また》僕等にとっても寂しい事だと思う。けれどもそうするより外はないのだ。君は坂の中途の車が動き出したと云う。車の動いている事は自力かも知れない。しかしそれならもう一歩進めて、その自力の動き方を正しい方向に持続さすべきだ。さもなければ君は滅ぶ。

僕等は皆「した事」と「しようとしている事」とを一つにしている。殊に他人を見る場合には他人の「した事」と自分の「した事」+「しようとしている事」とを比較しやすい。しかし「しようとしている事」と「実際した事」との距離がどの位大きいかそれは少しでも仕事をしたものならすぐに了解出来ると思う。滅ぶと云う意味は君が「した事」或は「した事」の繰返し以上に「しようとしている事」を「した事」まで持ち来す事なくして終ると云う意味だ。そうしてその「した事」の総量は現在君の軽蔑している作家たちの「した事」の総量より事によると小さいかも知れぬと云う事だ。実際君は此処一、二年(勿論一生そうだけれど特に)余程しっかりすべきものだと思う。久しぶりで長い手紙を書いた。これでやめる。原稿(「翅鳥」その他)は何時でも送ってよこし給え。然る可く取計らうから。以上。

十五日朝　　　　　　　　　　我鬼

佐々木茂索君

102　7月3日　恒藤恭・雅

京都市外下加茂松原中ノ町　恒藤恭へ
田端から

啓。君の手紙を見て驚いた。実際驚いた。

郵便屋の莫迦が始ははがきの㈡を置いて行き㈠は君の手紙と殆同時に来たのだ。だから余計驚いた。さぞ君も奥さんも*御力落しだろうと思う。比呂志を見てこいつに死なれたらと思うと君たちの心もちも可成わかるような気がする。僕の子もいやにませているから何だか不安にもなり出した。おやじが君の手紙を読んで泣いた。おふくろや何かも泣いた。文子は泣きながらぽかんと坐って「まあどうしたんでしょう。まあどうしたんでしょう」と愚痴のような事を云っていた。女や老人は涙もろいものだと思った。それが羨しいような気も少しした。*二番目の御子さんはどうした？　病気の名が書いてなかったが何病かななどと思っている。

悼亡一句

五月雨や鬼蓮の莟咲きもあへず

七月二日　芥川竜之介

恒藤 恭様

二伸

御悼みの歌一首

ひんがしの国にかなしき沙羅木《ぼく》の花さきあへぬ朝なるかも

芥川竜之介

恒藤雅子様 粧次

103　7月15日　南部修太郎　田端から

啓。君の手紙を見た。君は手紙の中と新聞*の月評とでは「南京の基督」に対する批評を別な調子で書いている。それがどうも愉快な気がせぬ。僕には月評を書いている君が僕の作品を或程度褒めながらしかも褒めた事によって世間の軽蔑を買わないように用意しているような気がする。これは僕の邪推かも知れぬ。しかし調子が違っている事は事実だ。又その点を看過しても純粋に理窟の上から云うと、君はあの作品に芸術的陶酔《エクスタシイ》（君の言葉を借りる）を感じながら君の心にアッピイルする何物かがないと云っている。

芸術品が君に与えるものは何故芸術的陶酔のみではならないか。君の心にアッピイルする何物かとは如何なる摩訶不可思議なものか。その点にどれだけ君が真面目な考察をしているか疑問だと云う心もちがする。又君はあの作品を評して僕が遊びが過ぎると云っている。遊びが過ぎるとはあの種の作品を書く事か、それとも特にあの作品に現れた僕の態度を指して云うのか。もし前者ならば僕は即座にトルストイ、フランス、バルザックその他近代の大家の作品を十までは挙げる事が出来る。それらが何故遊びであるか君の答を聞きたいと思う。もし後者ならば君に問う。あの日本の旅行家が金花に真理を告げ得ない心もちは何故遊びに堕しているか。僕等作家が人生から Odious truth を摑んだ場合、その曝露に躊躇する気もちはあの日本の旅行家が悩んでいる心もちと同じではないか。君自身そう云う心もちを感じる程残酷な人生に対した事はないのか。君自身無数の金花たちを君の周囲に見た覚えはないのか。そうして彼等の幻を破る事が反って彼等を不幸にする苦痛を嘗めた事はないのか——それも君に問いたいと思っている。又この二つの他に遊びの義を求めれば僕の仕事の仕方に遊びがあるか。あの二十何枚中にたるんだり乱調子になったりしている所があるか。それも君に問うのを躊躇しない。もし夫《それ》George Murry を点出したのを非難するに至っては、あの作品のテエマを理解しないか、全然それを否定するかだから又多言を要せずだと思う。

真面目になると云う事は作品中の人物に真面目な事を云わせるのみではない。僕等の日常生活を内外とも立派に処理する事だ。僕は君が寸毫の悪意を持っているとは思わない。しかし君の真面目さはもっと鍛錬せねばならぬと思う。先輩顔をするのではないが遠慮なく不服を書く。君も遠慮なく答えて貰いたい。それまでは君と会わないつもりだ。

七月十五日朝　　　　我　鬼

南部修太郎君

104　7月17日　南部修太郎　田端から

一、手紙と月評の差は今後なる可く少く願いたい。不快に感ずるのはその差が僕の憎偽感を刺戟するからだ。その外の理由はない。

二、僕の邪推は邪推として取消す。

三、作品の批評 in sick に対する君の考は全然見当違いだから左に個条を分けて反問する。

1　君が芸術的陶酔と共に「読者のモラルを動かし(註に曰モラルを動かすとは意味をなさず。モオラル・コンシェンスを動かすの意か)或はそれに触れる物」を求めるのは単に君の好みか否か。好みなら自由だ。しかし客観的な理由があるならそれを聞きたい。近代の文豪の作品には芸術的陶酔(君の所謂)のみしか与えぬ作品も沢山ある。君が好み以外にそれらの作品を非とするなら(少くとも芸術的により劣っているとするなら)その理由は聞き物だと思っている。

2　George Murry を点出しなくとも売笑婦の信仰を憐んでいる作者の態度は通じるかも知れん。しかし憐みながらそのイリュウジョンを破ろうか止そうかとためらっている心もちは通じない。云いかえれば憐んでいるよりも一歩先の心もちは通じない。これは自明過ぎる程自明の理だ(通じさせなくとも好いと云えば議論にならぬ、それは個人的の好みの差だから)。たとえば「憐むべき彼はパンを石と思えり」と云うとする。成程その時作者が彼を憐んでいる心は通じるだろう。しかしそれだけの文句では「予は彼にその石なる事を告げんか否かに躊躇せり」と云う心もちは通じないと思う。通じたらその読者は千里眼だ。君にはこれが自明の理とは思えないか。

附記　売笑婦が健全でも伝染した梅毒の為に相手の男が死ぬ場合は多くある。殊に外国人に移った場合は余計多い。それを莫迦げた事だと思うのは君の見聞が狭いからだ。且君の使うフィクションと云う語義はひどく低級な意味があるように思う。そんな用語例はどこにもない。フィクションに悪い意味があればそれは fact に対する場合だ。

3　Odious truth 云々の条は更に個条を分けて反問する。

(イ)、金花の梅毒が治る事は今日の科学では可能だ。唯根治ではない。外面的徴候は第一期から第二期へ第二期から第三期へ進む間に消滅する。つまり間歇的に平人同様となるのだ。いくら君が治るものかと威張っても治るのだから仕方がない。もし君が今日の泌尿器医学の記載を覆す事が出来るのなら僕は君に降参する。さもなければ君が降参すべきだ。

(ロ)、(イ)及び2の附記により君の所謂莫迦げた事が莫迦げた事でなくなった以上 Odious truth 云々の一半は既に不必要になったと思う。しかし更に云い余した点を云うと、

(a)　金花にとって基督が無頼漢だったと云う事は Odious truth に違いないじゃないか。伝染した梅毒の為に被伝染者が先に死ぬ事が科学的に事実であり、且梅毒の一時的平癒が同じく科学的に事実である時、詞だけのみならず読者にとっても Odious truth と感じ

られる事が可能じゃないか。それでも感じないと云うならば仕方がない。結局個人的な見方の差に帰すべき事だから水掛論はせずに打ち切る事にする。唯論理で押して行ける限りは Odious truth と号しても差支えないと思うがどうか。

(b) もし差支えないとすれば「遊んでいる」と云う言葉は取消すべきかどうか。勿論差支えある場合(即 a に君が no と答える場合)はこの「b」の問題は始から起らない筈だから、君は当然答えなくもよいのだ。

4 トルストイ、バルザック etc. の作品は「あの種の作品」の例に挙げたのだ。「あの程のうまさの作品」の例に挙げたのではないだから、「あの種の作品」を否定せずあの作のみに就いて君がものを云っている今、当然問題にはならない筈だ。それは明に彼等の作品の方がうまい。この「うまい」と云う意味は勿論君に云わせると「遊んでいない」と云う事になるのだろうが。

以上四項に亘って述べた所に猶《なお》君が服さないならもう一度答え給え。但「1」は大問題だから軽率に答えてくれないように望む。念の為に例を挙げて(1)の問を説明すると(「好み」の場合は問題はないが)、たとえばメリメの「カルメン」ポオの「赤き死の仮面」の如き作品(あれが「南京の基督」とすっかり同傾向だと云うのじゃない。君の云う「芸術的陶酔」のみを与える所の作品と云う意味だ）が君にとって芸術的により望ましくないと思われる場合その理由を説明せよと云う事になるのだ。猶「カルメン」「赤き死の仮面」が芸術的陶酔以上に君の心もちにもアッピイルする物を与えるならそれを事実（作品中の記載）によって説明し且それらと「南京の基督」の与える感銘との差を示してくれ給え（勿論それがメリメやポオと僕との巧拙に帰するような論理の埒外に逸する場合は水掛論に終るから、そうならない限りに於て論じて貰いたい）。

末ながら書き加える。僕は君に些《いささか》の悪意も持っていない。君の人格を非議するものがあったら僕はまっさきに君の為に戦う一人だと思ってくれ給え。問題はすべて議論の上にある。以上。

七月十七日　　我鬼拝

南部修太郎君

105

8月21日　松岡 譲

宮城県青根温泉から（自筆絵葉書）

106

9月22日　小穴隆一

本郷区東片町百卅四　小穴隆一へ
田端から（同日付の葉書、二通。一通は自筆絵）

赤らひく肌《はだえ》ふりつゝ河童らはほのぼのとして眠りたるかも
この川の愛《めぐ》し河童は人間をまぐとせしかば殺されにけり
短夜の清き川瀬に河童われは人を愛《かな》しとひた泣きにけり

この頃河童の画をかいていたら河童が可愛くなりました。故に河童の歌三首作りました。君の画の御礼に僕の画をお目にかけ併せて歌を景物とします。以上。

107　10月21日　小穴隆一　本郷区東片町百三十六　小穴隆一へ／田端から

田端之河童　二十二日ハ出ラレマセン。ドウカオユルシヲネガイマス。二十五日スギナラ又御一ショニ屁子玉ヲトリニマイリマショウ。ドウカ*入谷ノ兄貴ニヨロシク。

本郷之河童　ヘン、イクジノナイヤロウダナ。

108　10月27日　下島　勲　田端から

合掌。御旅先よりの御はがき並に今日は御手紙の外結構なる品頂きありがたく存じそろ。*井月翁の材料も御集まりの由御同慶の至に存じそろ。その後売文糊口の為匆忙たる日を送り居り候へどもたまたま興を得川童の歌少し作り候間御めにかけ候。御笑ひ下され度そろ。

川郎のすみけむ川に芦は生ひその芦の葉のゆらぎやまずも
赤らひく肌もふれつゝ河郎の妹背はいまだ眠りて居らむ
わすらえぬ丹《ニ》の穂《ホ》の面輪見まくほり川べぞ行きし河郎われは
人間の女《メ》をこひしかばこの川の河郎の子は殺されにけり
いなめの波たつなべに河郎は目蓋冷たくなりにけらしも
川底の光消えたれ河郎は水《ミ》こもり草に眼をひらくらし
水底の小夜ふけぬらし河郎のあたまの皿に月さし来る
岩根まき命《イノチ》終りし河郎のかなしき瞳をおもふにたへめや

頓首

廿七日朝　我　鬼

空谷先生

109　12月28日　小沢碧童　下谷区入谷町百六　小沢忠兵衛へ
田端から（葉書二通、小穴隆一と寄書）

水鳥の一羽はかなし松にゐて羽根切るは見ゆ音は聞えず　我鬼即景
大年や薬も売らぬ隠君子

〔我鬼酔墨、徳利の絵あり〕

歳末青*蓋翁へお歳暮一句

烏瓜届けずじまひ師走かな

小穴先生の驥尾に附するの句

お降りや竹ふかぶかと町の空

〔小穴隆一筆、門松と犬の絵あり〕

清*凌亭の御稲さんの御酌にて小穴先生と飲み居候

我鬼拝

大正十（一九二一）年

110　**2月20日　小穴隆一**　田端から

ぬばたまの夜風に冴えは返る頃を一游亭よ風ひくなゆめ
打ち日さす都をさかる汽車の窓に円中なんぢを思《も》ふ男あり
一日おくれ今夜発足同行は宇野耕右衛門二人共下戸故やはなし唯ばかり。

夜*来花庵主

小穴隆一君

111　**3月2日　薄田泣菫**　田端から

拝啓。先達はいろいろ御世話になり且御馳走を受け難有く御礼申上げます。次の件御尋ねします。

㈠ 旅費*とは汽車、汽船、宿料、日当とはその外旅行中日割に貰うお金と解釈してかまいませんか。それとも日当中に宿料もはいるのですか。
㈡ 上海までの切符(門司より)はそちらで御買い下さいますか。それともこちらで買いますか。或男の説によれば上海から北京と又東京までぐるり一周りする四月通用の切符ある由、もしそんな切符があればそれでもよろしい。
㈢ 旅行の支度や小遣いが僕の本の印税ではちと足りなそうなのですが、月給を三月程前借する事は出来ませんか。
又次の件御願いします。
㈠ 旅費並びに日当はまず二月と御見積りの上御送り下さいませんか。僕の方で見積るより社の方で見積って戴いた方が間違いないように思いますから。
㈡ 出発の日どりは十六日以後なら何時でも差支えありません。これも社の方にて御きめ下さい。自分できめると勝手にかまけて延びそうな気もしますから。
右併せて五件折返し御返事下されば幸甚に存じます。
　旅立たんとして
春に入る柳行李の青みかな

我鬼拝

薄田様 梧右

112　3月11日　薄田泣菫　田端から

拝啓。今度はいろいろ御世話になり難有く御礼申上げます。紹介状も沢山に今日頂きました。大阪*へは目下寄らぬつもりですが、御用がおありなら一日位は日をくり上げてもかまいません。折返し御返事を願います。それから記行は毎日書く訳にも行きますまいが、上海*を中心とした南の印象記と北京を中心にした北の印象記と二つに分けて御送りする心算です。どうせ碌なものは出来ぬものと御思い下さい。一昨日精養軒の送別会席上にて里見弴講演して曰「支那人は昔偉かった。その偉い支那人が今急に偉くなくなると云う事はどうしても考えられぬ。支那へ行ったら昔の支那の偉大ばかり見ずに今の支那の偉大もさがして来給え」と。私もその心算でいるのです。それからお金は一昨々日松内*さんに貰いました。もし足りない事があったら北京から頂きます。それまでは沢山です。やはり送別会の席上で菊池寛講演して曰「芥川は由来幸福な男だ。しかし今度の支那旅行ばかりは少しも自分は羨しくない。報酬がなければ行くのは嫌である」。その報酬は二千円だそうです。事によると支那旅行と「真珠夫人*」と間違えているのかも知れません。以上とりあえず御返事まで。頓首。

三月十一日　芥川竜之介

薄田淳介様

二伸　沢村さんの本はまだ届きません。届き次第御礼は申上げますが、どうかあなたからもよろしく御鳳声を願います。それから何時か御約束した『時事新報』の通俗小説原稿料は一回十円だと云う事です。朝日も恐らくその位でしょう。但し朝日は谷崎潤一郎に通俗小説を書かせる為一回二十円とかの申込みをしたそうです。以上。

113　3月19日　中根駒十郎　田端から

啓。立つ前に参上する筈の所何かと多用の為その機を得ず今日に至り候。就いては別紙の諸先生へ拙著*一部づつ書きとめにて御贈り下され度願上候。代金は勝手ながら帰京の日までお待ち下され度候。書き留めの受取りは御面倒ながら上海日本領事館気附にて小生宛御送り下され度願上候。とりあへず当用のみ如斯に御座候。頓首。

三月十九日　芥川竜之介

中根駒十郎様
菊池寛　久米正雄　里見弴　久保田万太郎　小宮豊隆　斎藤茂吉　島木赤彦　藤森淳三　岡栄一郎　佐佐木茂索　中村武羅夫　岡本綺堂　薄田泣菫　滝井折柴　与謝野晶子　豊島与志雄　宇野浩二　江口渙　南部修太郎　加藤武雄　室生犀星　谷崎潤一郎

114　3月26日　芥川道章

東京市外田端四百三十五　芥川道章へ
大阪市東区大川町北川旅館から

啓。その後皆々様おかはりなき事と存候。私東京発以来汽車中にて熱高まり一方ならず苦しみ候。その為大阪に下車致し停車場へ参られし薄田氏と相談の上、新聞社の側の北川旅館へ投宿仕りすぐに近所の医者に見て貰ひ候。その医者至極旧弊家にて獣医が牛の肛門へ挿入するやうな大きな験温器なぞを出し候へば、一向信用する気にならず。やはり唯の風邪の由にて頓服二日分くれ候へど、その薬はのまず私自身オキシフルを求めて含漱剤を造り、それから下島先生より頂戴の風薬を服用しなほその上に例のメンボウにて喉へオキシフルを塗りなぞ致し候へば、三十九度に及びし熱も兎に角三日ばかりの内に平温まで降り候。然れば船も熊野丸*は間に合はず廿五日門司発の近江丸に乗らんかと存居候。さて大阪まで来りて見れば鋏、万創膏、験温器、ノオトブックなぞいろいろ忘れ物にも気がつきそれらを買ひ集め候へば自然入れ物が足りなくなりやむを得ずバスケット一つ買ふ事に致し候。なほ私病気は最早全快につき(今朝卅六度四分)御心配下さるまじく候。次便は上船前門司より御手許へさし上ぐべく候。草々。

三月廿三日　　　　竜之介

芥川道章様

二伸　中川康子、菅藤高徳、武藤智雄、野口米次郎(動坂ノ住人)四氏の宿所並に『*新文学』の新年号の巻末にある文士画家の宿所録を支那上海四川路六十九号*村田孜郎氏気附芥川竜之介にて送られたし。宿所録は『新文学』から其処だけひつ剝して送られたし。

三伸　留守中は何時なん時紀行が新聞に出るか知れぬ故始終新聞に注意し切抜かれ置かれたし。

四伸　唯今薄田氏来り愈《いよいよ》廿八日の船ときまり候。廿六日か七日大阪を立ち候。宿所録はやはり上海へ送られたし。こちらへ送つたのでは間に合はず候。

五伸　大阪滞在中大阪毎日に*一日書き候(日曜附録)。それをも切抜かれたく候。まだ煙草の味も出ず鼻は両方ともつまり居り不愉快甚しく候。

同封の新聞は上海の新聞に候。小生の写真あれば送り候。伯母さんの風如何に候や。無理をすると私のやうにぶり返し候間御用心大切に候。比呂志事はおじいさん、おばあさん、もう一人のおばあさんが面倒を見て下さる故少しも心配致さず候。兎に角旅中病気になると云ふ事はいやなものに候。早速下島先生の薬の御厄介になつた事よく先生に御礼申し下され度願上候。

二十五日

115　4月24日　芥川道章

日本東京市外田端四百三十五　芥川道章へ
支那上海万歳館内から

拝啓。上海*着後風邪の全快致し居らざりし為、乾性肋膜炎を起したただちに里見病院へ入院、治療致し候所　幸《さいわい》手当て早かりし為経過よろしく今日退院致す事と相成候。されどこの為約三週間あまり病院生活を致し候為、予定に大分狂ひを生じ候へば北京*へ参るのも五月下旬に相成る事と存じ候。もし今後も体の具合悪く候はば北京行きは見合せ、楊子江南岸のみを見物して帰朝致すべく候。入院中手紙書かんかと思ひ候も入らざる御心配をかけても詮なき事と存じ今日までさし控へ候。されど一時は上海にて死ぬ事かと大いに心細く相成候。幸西村貞吉、＊ジョオンズ＊など居り候為、何かと都合よろしく、その外知らざる人もいろいろ見舞に来てくれ、病室なぞは花だらけになり候。且又上海の新聞なぞは事件少き故小生の病気の事を毎日のやうに掲載致し候為井川君＊の兄さんには「まるで天皇陛下の御病気のやうですな」とひやかされ候。今後は一週間程上海に滞留上、杭州＊南京蘇州等を見物しそれより漢口＊の方へ参るつもりに候。以上。

四月二十四日　　上海万歳館内　　芥川竜之介

芥川皆々様

二伸　宿所録並に父上文子の手紙確に落手致候。今後も北四川路村田孜郎氏方小生宛手紙を下さらばよろしく候。その節はなる可く母上叔母上も御かき下され度、日本を離れると家書を読む事うれしきものに候。

末筆ながら父上御酒をすごされぬやう願上候。病気以来小生も支那旅行中一切禁煙の誓を立て候。

兎に角病気になると日本へ帰りたくなり候。されど社命を帯びて来て見ればさうも行かず、この頃は支那人の顔を見ると癪にさはり候。

116　4月30日　沢村幸夫　上海万歳館から

拝啓。先達は御手紙難有く存じます。その後やっと病気恢復毎日人に会ったり町を歩いたりして居ります。そうなって見ると何処へ行っても必人が「沢村さんから手紙が来ましてetc.」と云います。私の為にあなたが方々へ紹介状を出して下さった難有さが異国だけに身にしみます。おかげで短い日数にしては可成よく上海を見ました。これは村田君も保証してくれます。人では章炳麟*、鄭孝胥、李経(?)邁等の旧人及余穀民李人傑*等の新人に会いました。李人傑と云う男は中々秀才です。場所は徐家滙以外大抵一見をすませました。徐*家滙は領事館がまだ見物許可証をくれないのです。御教示の書物はまだ見つかりません。明後日は杭州へ出かけます。頓首。

四月三十日　　芥川竜之介

沢村先生 侍史

117　5月6日　芥川道章　東京市外田端四三五　芥川道章へ　上海万歳館から

拝啓。その後無事消光いたし居候間御安心をねがいます。昨日杭州からかえりました。

二、三日中には蘇州南京から漢口の方へ行くつもりです。今日五月五日につき比呂志の初の節句だなと思いました。皆々様御丈夫の事と存じます。御用の節は(御用がなくても)支那湖北漢口英租界武林洋行内宇都宮五郎氏気附僕にて手紙を頂けば結構です。梅雨前は日本も気候不順と思います。伯母様なぞは特に御気をおつけ下さい。お父様もあまり御酒をのむべからず。支那にもお母様のような鼻をしたお婆さんがいます。文子よりもっと肥った女もいます。なお別封は上海の新聞切抜です。僕の事が三日続きで出るなぞは恐縮の外ありません。それから上海から小包にて本を送りました。南京虫をよくしらべた上二階にでもお置き下さい。ずいぶん沢山の本ですよ。以上。

二伸　この間家へかえった夢を見ました。本所の家でした。義ちゃんが来ていました。皆が幽霊だと云って逃げました。伯母さんは逃げませんでした。眼がさめたら悲しくなりました。夢の中では比呂志がチョコチョコ駈けていました。上海の奥さん連が僕に銀のオモチャをくれました(一つ二十円位のを二つ)。文子の御亭主上海では大持てです。以上。

五月五日　　竜之介

皆々様

118　5月17日　芥川道章　東京市外田端四百三十五　芥川道章へ　上海万歳館から

その後杭州、揚州、蘇州、南京等を経めぐりました。この分で悠々支那旅行をしていると秋にでもならなければ帰られないかも知れません。それでは閉口ですから廬山*、三峡、洞庭等は悉《ことごとく》ヌキにしてこれからまっすぐに漢口*から北京へ行ってしまうつもりです。いくら支那が好いと云っても宿屋住まいを二月もしているのは楽なものじゃありません。体は一昨日もここの医者に見て貰いましたが、一切故障はないと云う事でした。写真はとどきましたか。もう少しすると揚州や蘇州で写した写真がとどきます。南京で比呂志の着物を買いました。支那の子供がお節句の時に着る虎のような着物です。あまり大きくないから比呂志の体ははいらないかも知れません。尤もたった一円三十銭です。僕は見つかり次第、本や石刷を買う為目下甚《はなはだ》貧乏です。北京へ行ったら大阪の社から旅費のつぎ足しを貰うつもりです(病院費用も三百円程かかりましたから)。一日も早く北京へ行き一日も早く日本へ帰りたいと思っています。今晩船に乗り五日目に漢口着そこから北京は二昼夜ですから、もう一週間すると北京のホテルに落着けます。手紙は北京崇文門内八宝胡同波多野乾一*氏気附で出して下さい。皆々様御無事の事と思っています。叔母さんは注射を続けていますか、注射は静脈注射よりも皮下注射の方がよろしい。やっていなければこの手紙つき次第お始めなさい。支那には草決明と云うお茶代りの妙薬があります。僕の実験だけでも非常に効き目が顕著です。帰ったら叔母さんにもお母さんにも飲ませます。それから文子へ、もし人参のエキスがなくなっていたら、早速買っておきなさい。あれば誰でものむけれどないとついのまないから。ついのまないと云うのが養生を怠る一歩です。

五月十六日　　　　　　　　　芥川竜之介

芥川皆々様

二伸　唯今手紙落手しました。呉服なぞは目下貧乏で買えません。土産は安物ばかりと御思い下さい。

119　**5月30日　与謝野鉄幹・晶子**　長沙から（絵葉書）

しらべかなしき蛇皮線に
小翠花《セウスヰホア》は歌ひけり
耳環は金《きん》にゆらげども

君に似ざるを如何にせむ
コレハ新体今様デアリマス。長江洞庭ノ船ノ中ハコンナモノヲ作ラシメル程ソレホド退屈ダトオ思イ下サイ。以上。
五月三十日　湖南長沙　我鬼

120　6月6日　芥川道章　東京市外田端四三五　芥川道章へ　支那漢口から

拝啓。御手紙漢口にて拝見。その後多用の為御返事今日まで延引しました。体はますます壮健故御安心下さい。小包の数不審です。今日までに送ったのは、
上海より箱六つ　包三つ(コノ内一ツハ後ニテ出シタリ古洋服包)。
南京より靴と古瓦(コレハ幾ツニ包ンダカ知リマセン。宝来館ノ亭主ニマカセタカラ)。
この手紙に書留めの受取りを同封しますから、全体の数が合わなかった節は、受取を郵便局へ持ち行き御交渉下さい。但し箱幾つ包み幾つと云う事は僕の記憶ちがいもあるか知れぬ故、全体の数にて御数え下さい(但シ受取は上海より出した最初の八つだけのです。つまり古洋服包みの外八つあればよいのです)。それから箱の上に書いた冊数は

出たらめです。又中につめた古新聞は当方にてつめたのです。それ故もし小包みの数さえ合えば包みを解き、中の本を揃えて下さい。御面倒ながら願います。多分小包みは紛失してもいず、中の本も紛失していぬ事と思います。又漢口にて五、六十円本を買いましたから、明日送ります。包みの数はまだわかりません。僕むやみに本を買う為その他の費用は大倹約をしています。漢口では住友の支店長水野氏の家に厄介になった為、全然宿賃なしに暮せました。支那各地至る所の日本人皆僕を優遇します。小説家になっているのも難有い事だと思いました。明日漢口発、洛陽竜門を見物(三、四日間)それから北京へ入ります。漢口を出れば旅行は半分以上すんだ事になります。

小沢、小穴の親切なのは感心です。ハガキの礼状を出しました。内地にいるとわからないでしょうが、僕昼間は諸所見てあるき、夜は歓迎会に出たり、ノオトを作ったりする為非常に多忙です。新聞の紀行も帰朝後でないととても書けぬ位です。ですからこの位長い手紙を書くのは大骨です。諸方へはがきを書く為、睡眠時間をへらしている位です。もう当地は七月の暑さです。*九江にて池辺(本所の医者)のオトさんに遇いました。二十年も日本で遇わぬ人に九江で遇うとは不思議です。今は松竹活動写真の技師をしています。

皆様御体御大切に願います。夜眠をさますとうちへ帰りたくなる。さようなら。

竜之介拝

芥川皆々様

二伸　北京の山本*へも手紙を出しました。伯母さんは注射を続けていますか。あんまり芝へばかり行っていると芝の子が可愛くなってうちの子が可愛くなくなる。なるべくうちにいなさい。

121　9月20日　佐佐木茂索

京橋区尾張町時事新報社内　佐々木茂索へ
田端から

拝啓。君の手紙に返事を書こうと思いながら今日までのびたり。僕『改造』*の為に小説を書かせられたる故と知るべし。但しそれも一日に十枚位書き飛ばす健筆自ら驚くべし。尤も小説になっているかどうかわからず。

「母」*は思うに㈢悪し。女主人公が人の子供の死んで喜ぶ所をもっとアクションの上より書けばよろしからんか。そうすれば中々悪短篇にあらず、好短篇になる事受合いなり。

上海紀行*の諸体を兼備をするは、ああする方が楽な故なり。小説は坂路を下る如く紀行は平地を行くが如し。あたり前に書いていては筆者最も退屈なり。誤って感心する事勿れ。僕静養の為どちらか*温泉場へ参らんと思う。その上にて紀行を続け小説も少々書く気なり。

高説の如く『*中央公論』の増刊号なぞよめば文壇沈滞の語も当らざるにあらざるに似たり。あれは僕等出世の時より、文壇に自由の精神なき故なり。よき小説ならばよしと云う。なる程それに違いござらん。しかしよき小説ならばよしと云う人、各そのよしと云う言葉を勝手に理解し居るを如何。よき小説とはどんなものかぼんやりしているならまだしもよし。現在では各人が肚の底にリアリズムとかロマンティシズムとか人間味とか世帯味とかそれぞれ所謂よき小説に必要な条件を貯えて置いて、それへよき小説と云う一般的な言葉をかぶせているなり。せんずる所莫迦の致す事なれど、結果から見れば大山カンさね。それより昔の自然主義者が自然主義以外に小説がないような顔をした方がまだしもよし。菊池の攻撃するのも尤もだよ。但しこの際迷惑するものはまことによき小説ならばよしと致す事、拙者の如き達人なり（コノ一段新聞ノ文芸欄ニ載ル位ナネウチアリト独リ感服ス）。

もう一つ名論を披露すべし。文壇進まずとの非難はこんな理由より起るならん。文壇もあらゆる進歩の方則に洩れず  の進歩をする故上下の関係を無

視すれば又元の所へ還ったように見える。自然主義の先生が硯友社時代へかえったと云うのはこの理由でござる。これは勿論非難する方が莫迦なり(1)。

又文壇の進歩はあらゆる進歩の方則に洩れずの進歩をする故の所もなき能わず。但そこでも幾分かは上へ上へと向っているなり。それを見ずに作家ばかりせめるのは、批評家共の間違いなり(2)。註に曰の所即ち new readings of Life の出でざる所なり。その外にまだもう一つ、沈滞の理由あり。それは文壇人も人間故独りなるはさびしき所から(マダイロイロ原因アランモコレガ大キナ原因ナリ。少クトモ莫迦ノ雷同以外ニハ最大ノ原因ナリ)。なりしものがなる傾向、更に甚しきはなる傾向ある事なり。その為に文壇は同臭味の集りとなり易し(コレハ交際アル作家間ニカギラズ。文壇全体ニツイテモ然リ)。同臭味の集りとなる時は或曖昧なる view 文壇に跋扈する事となる(イロンナモノヲ抱ク故)。好い小説は好きが如きものなり。されば自然、new readings of Life を拒絶する事となりの状態を永続させる事となる。こは何時もそうなれど現代も亦左様なり御用心御用心。

小説を書けそうもなきは悪い事なり。書けそうな気になる工夫をすべし。ボクは書斎へとじこもっているとどうも気持ちが振わなくなる。即僕には街頭に時々出る事が小説を書きたくなる所以なり。君はその反対ならん。反対ならば書斎へ立てこもるべし。何とかのパロディでも何でも滅茶滅茶によむべし。社もやむなくばすっぽかすべし。君の今までの小説にはまだ君が全部出ていず、全部出さえすればよろしいなり。君は小説が書けそうな気がしず、従って書かない一点をのぞき、今の小説家の後塵を拝すべき人間にあらず。それを書きたがりつつ書かずにいるのは、先生御謙遜もすぎたりと云うべし。一体拙者に云わすれば君は君の器を知らず、知らざるが故に尊重せず。ノンコウの茶碗を灰落しに使っている趣あり。僕が君なら今の君の十倍位うぬぼれる。そうして小説を書きながら古今東西の大家の作品をよみ、そのテクニイクをマスタアして行く。そうすれば何も畏怖心なぞに駆られる所はありゃしない。公平に考えて見給え。書けなければ君は書けない方が不思議じゃないか。

今日連日の雨晴れ、ボク又小説を脱稿す。神暢び気悠哉。これから菊池の所へでもちょいと出かけて見る心算也。

西の田のもにふる時雨
東に澄める町のそら

二つ心のすべなさは
人間のみと思ひきや
これは三十男が断腸の思を托せるものなり。一唱三嘆せられたし。
炎天に上りて消えぬ箕の埃
これは心境よろしきよし、諸先生のおほめに預りし句なり。同じく感涙御随意たるべし。頓首。
九月廿日　　　　　　　　　　　　　　了中庵主
大芸先生
二伸　君、ハムズンは大家だよ。

大正十一(一九二二)年

122　2月1日　小島政二郎

下谷区下谷町一ノ五　小島政二郎へ
田端から

啓。「*一枚看板」拝見。「睨み合ひ」以後第一の作品です。あれを読むと*江口の小説などは読めません。書き方も中々堂々としています。あの儘どんどん押して御出でなさい。君の踏んでいる道は人天に恥じない道です。感心しました。唯微瑕と思うのは君自身の云っていたように女の描写にすきがあります。宿屋の美人の娘は殊にいけない。一体美人を書く時にはその醜い点を、醜婦を書く時にはその美しい点をしっかり摑まえて書く事が現実味を与えると思いますがどうですか。これは*文慶流に教えるのじゃない。同輩小島君に自説を披露するのです。それから月や星が「*神経衰弱者の眼のように」云々と云う形容は不賛成です。Art of Love もアルス《Ars》・アマトリア《Amatoria》と云う拉句語に直したい。但しこれらは瑣々たる問題です。あの作品はよろしい。誰が何と云っても好いと御思いなさい。僕も力作を試みたくなりました。今日佐佐木篁芸来り蕭白を一幅置いて行きました。今度十八才子と御出での節おめにかけます。頓首。

二月一日夜　　　芥川竜之介

小島政二郎様

二伸　まだ文句がありました。それはあの作品の末段です。不動様を拝ませるのは少し薬が利きすぎると思いますが如何ですか。

僕は家庭へも名古屋からすぐ帰った事にしておきました。留守に病人があった為です。

123　2月15日　薄田泣菫　田端から

即席歌

原稿を書かねばならぬ苦しさに痩すらむ我をあはれと思へ
雪の上にふり来る雨か原稿を書きつつ聞けば苦しかりけり
「甘酒」の終は近し然れども「支那旅行記*」はやまむ日知らに
さ庭べの草をともしみ椽にあれば原稿を書く心起らず
作者、我の泣く泣く書ける旅行記も読者、君にはおかしかるらむ
赤玉のみすまるの玉の美《は》し乙女愛で読むべくは勇みて書かなむ

支那紀行書きつつをれば小説がせんすべしらに書きたくなるも
小説を書きたき心保ちつつ唐土日記をものする我は
原稿を書かねばならぬ苦しさに入日見る心君知らざらむ
のんきなるA・K論をする博士文章道を知らず卑しも
薄曇るちまたを行けば心うし四百の金も既にあまらず　頓首

澄江堂主人*

二伸　一体ボクの游記をそんなにつづけてもいいのですか。読者からあんな物は早くよせと云いはしませんか(云えばすぐによせるのですが)。評判よろしければその評判をつっかい棒に書きます。なる可く評判をおきかせ下さい。小説家とジャナリストとの兼業は大役です。頓首。

124　**3月31日　塚本八洲**　牛込区赤城元町十六番地　塚本八洲へ　田端から

拝啓。その後皆様御変りもありませんか。お祖母様の御病気は如何ですか。今度ちと御祖母様に伺いたい事があるのにつき、参上する心算でいましたが、何か忙しい為上れそうもありません故、この手紙を書く事にしました。どうか下の三項につき御*祖母様に伺った上二、三日中に御返事をして下さい。

㈠　明治元年五月十四日(上野戦争の前日)はやはり雨天だったでしょうか。

㈡　雨天でないにしてもあの時分は雨降りつづきだったように書いてありますが、上野界隈の町人たちが田舎の方へ落ちるのにはどう云う服装をしていたでしょう？　殊に私の知りたいのは足拵えです。足駄、草鞋、結い付け草履、裸足、等の中どれが一番多かったでしょう？

㈢　上野界隈、今日で云えば伊藤松坂あたりから三橋へかけた町家の人々は遅くも戦争の前日には避難した事と思いますがこれは間違いありますまいか？　念の為に伺いたいのです。皆面倒な質問ですがどうかよろしく御返事下さい。こう云う点が判然しないと来月の小説にとりかかれないのです。頓首。

三月三十一日　　芥川竜之介

塚本八洲様

125　4月8日　渡辺庫輔　田端から

朶雲奉誦。僕今京都*へ花見に行って(老親のおともに)かえった所です。宿を早速さがして下すった由ありがとうございます。唯今の予定では*廿五日頃東京発京都辺に二、三日低徊した上長崎へまいるつもりです(宿はどちらでもよろしい。あなたの選択に一任します)。

茂吉氏の歌の説全部貴見に賛成、茂吉氏程の抒情詩人は今時は西洋にもいない位です。『アララギ』の諸先生でも島木赤彦氏になるともうあの脈々たる余情がない。白秋は兎も角も牧水の如きは小児のみもとより談ずるに足りません。

又僕の余技に関する貴見、これは全部不賛成です。僕歌は稽古した事がない故、『アララギ』の投歌家の一人にもなれる自信なし。されど句は人並みに苦労している故虚子と比較されてもよろしい。その内に何かへ僕の俳論を披露しますから、それに徴して僕の句を見て下さい。高慢なるには似たれども一、二句はその句の作者たる事を得意にしている句もあるのです。書中意を尽し難し。何よりも早く長崎へ行って大いに俳論を闘わせたい。

*『中央公論』に出た画や何かは滝田樗陰の所蔵です。僕のいたずら書きでよろしければ、何時でも(但し急いじゃ駄目)献上します。*玉稿の事あしたでも滝田氏へ返事を催促します。推薦大いにつとめて置いたのですが、まだどうなるかわかりません。

この頃、僕書斎の額を改めて澄江堂となす。小島政二郎曰澄江と云う芸者にでも惚れたんですか。僕曰冗談云っちゃいけない。書斎に名づける程の芸者が日本にいてたまるものか。これは鶴の前に会った後だと云いにくいから次手に唯今披露します。一笑。

四月八日　　我鬼生

破魔先生　帳前

126　6月2日　小島政二郎　田端から

拝啓。高著御恵送下され難有く御礼申上げ候。さて近日森鷗外先生*におめにかかり度き事情有之候へども一人参るは少々又閉口する事情も有之かたがた御同行願ひ度存候へども御都合如何に候や。小生長崎より少々画など持ち帰り居り候間御笑覧を兼ね令夫人と御一しよに御光来下され、その節森先生訪問の件も御談合下され候はば幸甚と存候。近作左の通り御叱正までに御目にかけ候。

長崎絵

花を持ちて荷蘭陀こちを向きにけり

○

沼のはに木のそそりたる霞かな

〇

黒南風の海揺りすわる夜明けかな

〇

ひと茂り入日の路に当りけり

〇

無季の句を試む

石の垢ものうき水の日ざしかな

〇

妓お若に

萱草も咲いたばつてん別れかな

六月二日

我鬼

小島政二郎様

127　6月6日　真野友二郎　田端から

冠省。長崎より御手紙転送して参り今日拝見なお又小生宅宛の御手紙も同時に拝見しました。度々御心にかけられ難有く存じます。御尋ねの「地獄変」の屏風は全然小生の空想です。それから「奉教人の死」や「きりしとほろ上人伝」等の慶長訳「黄金伝説」なるものもやはり小生の空想です。あの文禄版*イソップのような文体の小説を書いた時は批評家に原書を引き写したもの故批評の限りでないと云われました。もっと滑稽なのは小生があゝ云う本を持っているものと思って何百円かに買いたいと云って来た或会社の社長のあった事です。又「長崎小品*」の中の家(毎日マガジンセクションを御送り下すったよしまだ落手しませぬが御礼申します)は長崎の金持ち永見徳太郎君の家であります。小生は長崎滞在中よく永見君の所へ遊びに行きました。あの小品も永見君の家の二階で書いたのです。アクネ　ロザツェアの件愉快に拝見しました。アクネ　ロザツェアとはどう綴りますか。御序の節御教え下さい。「沙羅の花*」は校正中です。まだ当分出来ません。この手紙を書いた序に巻紙へ画を描きました。勿論1/3人前の画故そのつもりで御覧下さい。画の側に書いた歌はおまけであります。画題は河太郎晩帰の図と御思い下さい。印は「我鬼山人」が上りすぎた為やむを得ず押した次第です。烏滸がましい気がしますが、やむを得ません。句も作り画も描くとなるとあなたも中々多芸の士です。どちらも折角御勉強なさい。但し句は小生の経験によると今の先生連の句はよまずに元*禄びとの句でもよんだ方が好いようです。右小閑あるにより御返事までに認めました。忙しい時にはこの半分の手紙も書けません。これも前以て御含み下さい。頓首。

六月六日午後　芥川竜之介

真野友二郎様　侍史

二伸　その後句を書いた手紙(長崎よりの)にも印紙がなくはありませんか。小生宅は勿論小生の知人へ出した手紙にも悉《ことごとく》印紙がないのです。きっと手紙を頼んだ宿の女中が印紙代を着服してしまったのだろうと思います。甚怪からん次第ですが、もし貼ってなかったらお赦し下さい。

128　6月24日　杉本わか

長崎市丸山町九十七　杉本わかへ
田端から

拝啓。枇杷を沢山御送り下さいまして難有う存じます。家内のみならず友だちとも打ちよって食べました。あの枇杷は長崎にいた時食べたどの枇杷よりも旨いですね。その後早速御礼をさし上げるつもりでしたが、一月留守にした為仕事多くずっと夜は二時頃まで起き続けていたものですから、つい御返事をさし上げ損じました。どうか不悪御高免下さい。なお又滞在中いろいろ御厄介になり難有く存じます。寸志までに粗品をけん上しますから、どうか御門さんや御はまさんと御使い下さい。おはまさんと云えば与茂平の手紙にはおはまさんの事ばかり書いて来ます。どうか今後とも与茂平の事はよろしく御面倒を見て下さい。又その時の事情により滞在中御願いしたようでなくとも、然る可く御随意に御取り計らい下さい。右おくれながら御礼まで、頓首。

二伸　庭にかんぞうの花がさいていたでしょう。

萱草も咲いたばつてん別れかな

芥川竜之介

杉本 若様 侍史

129　12月17日　真野友二郎　田端から

冠省。御見舞の御手紙難有く存じます。お薬も確かに落手しました。小生如き疎懶の人間にそうそう御親切になさる必要はどこにもありません。今後もっとぞんざいにとりあつかってよろしい。尤も親切にして頂けば嬉しい事は事実であります。朝鮮の護符は奇抜ですね。小生の友人、いつも装幀をしてくれる小穴隆一と云う人が今脱疽*(?)で順天堂へはいっていますから、あの通り書いて送ってやろうと思っています。年末或は年始に何処かへ湯治に行く筈ですが、目下は寝たり起きたりぶらぶらしています。それからあなたの句は進歩しましたね。万年青の句などは素直でよろしい。小生もこの頃一、二作りました。次手にあなたへ吹聴します。

夜　坐

炭取の炭ひびらぎぬ夜半の冬
炭取の底にかそけき木の葉かな

閑　庭

初霜や藪に隣れる住み心（モウ一度書キマシタ入レナイトサビシイカラ）
時雨るゝや犬の来てねる炭俵

送　別

霜のふる夜を菅笠のゆくへかな
　長崎より目刺をおくり来れる人に

凩や目刺にのこる海のいろ

途中紙の切れているのはそこだけ書き損じたのです。失礼ですが御ゆるし下さい。唯今北海道のホッキ貝と云うものを食い、胃の具合怪しければ早速頂戴の薬をのんだところ。

即　興

凩や薬のみたる腹工合

十二月十五日　　芥川竜之介

真野友二郎様

二伸　数日前の小生の家族の健康如左。

主人　神経衰弱、胃痙攣、腸カタル、ピリン疹、心悸昂進、

妻　*産後、脚気の気味あり

長男　虫歯(歯齦に膿たまる)

次男　赤ン坊ナリ　消化不良

父　胆石、胃痙攣

母　足頸の粘液とかが腫れ入り、切開す

これでは小説どころではないでしょう。

十七日　　　　　　　　　　我鬼

真野様

130　12月26日　水守亀之助　田端から

原稿用紙で失礼します。プロレタリア文芸云々の件[*]、あれは大真面目なのです。あなたはプロレタリアの文芸家ではないのですか？　二、三あなたの評論を拝見したところでは、プロレタリアの為に戦っていられるように思われました。ですからプロレタリアの文芸家の中に数えたのです。佐々木君に水守君の案か云々と云ったのは、直接あなたを挙げたのと関係はありません。僕はあまり他のプロレタリアの文芸家の作品を読んでいない。読んでもうまいと思ったのは少ない。しかしあなたの作品にはうまいと思ったのがある。それ故あなたの名を書いたのです。悪意にとっちゃいけません。ひやかしでも皮肉でもないのです。もしそうとれるならば、それはわたしに文壇常識の欠けている罪でしょう。もしあなたの名を挙げたことが他に誤解を招くおそれがあるなら、御遠慮なくあの一項を御削り下さい。僕はあなたのはがきを拝見して、実際少しびっくりしました。プロレタリアの文芸家の資格は作品の取材とか何とかに拠らず、その文芸家自身の気もちの左傾的なところにあると思っていましたから。右とりあえず御返事まで。なおこの問題の為に少しでもあなたを不快にしたなら、それは繰返しお詫びします。いずれその上にお目にかかり、本式に御諒解を得るつもりですが。

十二月二十六日　　　芥川竜之介

水守亀之助様

大正十二(一九二三)年

131

6月22日　藤沢清造　田端から

冠省。お手紙拝見、先日は色々失礼しました。僕今手もとにお金少ししかなき故同封の手紙を中央公論社へ持参、おうけとり下さい。もし滝田君不在の節は誰でも在社の人に手紙を開封して貰って下さい。わざわざ御足労をかけるのは恐縮故この手紙書きました。体を大事にし給え。頓首。

六月二十二日　　芥川竜之介

藤沢清造様

132

8月23日　芥川比呂志　東京市外田端四三五　芥川ボクチャンへ　鎌倉から（小穴筆絵葉書、小穴隆一と寄書）

二*十五日マデニカエリマス。二十日ニハ和田ヤ永*見ト話シコミ、ステーションホテルニ泊ラセラレタ(汽車ニ乗リオクレ)キョウ菅先生ニアッタ。勢子今朝横浜ヘカエッタ。

キノウ泳イダ。下島サンニヨロシク。竜。以上。
ワタシハウミニハイレナイノデスナハマデミテイマス、
オアナ、
ボクチャンノオトウサン
セイコチャンノオバサン

六　震災後の新時代を迎えて

1923年11月18日，堀辰雄宛（書簡135，堀辰雄文学記念館蔵）の冒頭部分

大正十二(一九二三)年

133　9月16日　葛巻義敏　田端から

この間は手紙を難有う。きょう士官の人が来てお前からのことづけを聞いた。東京は地震後の火事の為、大半焼野原になってしまった。その惨害の程度は到底見ないものには想像出来ない。西川*、新原、新屋、皆全焼した。西川の一家は江州*へひきこむと云っている。地方から来た人は続々ひき上げる。もう百三万人去ったよし。東京の人口二百万の半分だ。大変なことになったものだ。

そう云う始末故、お前も今かえったにしろ、どうすると云う当ては全然ない。「新*しい村」からは何とも云って来ず、又武者が出て来ているにしろ、この大騒ぎじゃ居どころもわからない。その他の口も灰掻きとか郵便配達とかの外は見当りそうもない。今も青池が来て山口さんの所から出された始末を話している。これもどうかしなければならぬのだが、どうする訣にも行かない次第だ。だからお前も当分は北海道に止る外はない。

もう少し交通機関でも恢復すれば「新しい村」の便りもあるかも知れない。又もう少し焼け跡にバラックでも出来れば、何とか外に衣食の途があるかも知れない。今は皆それぞれの食う食わぬの問題と戦っている。兎に角お前はさし当り北海道に尻を据えなければ駄目だ。こちらでは「ヨッチャンダケ今度ハ運ガヨカッタ」と云っている。新原、西川、薪屋、皆死傷はない。しかし本所の伊藤(お条さんと云う頭に毛のない女の人を知っているだろう)は二人とも焼け死んでしまったらしい。上野へ出ると、浅草のお堂や両国の鉄橋が見える。その間みんな焼けたからだ。丸善も文房堂も神田の古本屋も全部焼けた。本も買えない。画の具も買えない。僕等みんな大弱りだ。焼け死んだ人も沢山ある。本所の被服廠には三万五千人の屍骸がある。大川やその他の川も土左衛門だらけ。僕の見た焼死者だけでも三百以上ある位だ。田端は幸いに焼けない。しかし放火や泥棒が多いから、毎日僕と渡辺とかわるがわる夜警隊に加わっている。戒厳令*を敷かれた結果、軍隊も歩哨を立てているし、青年団や在郷軍人会は総出だし、まるで革命か戦争でもあったようだ。あとはいずれ又。何にしろ当分はそちらに置いて貰うようにおし。こっちは文字通り大騒ぎだ。

九月十六日　　　　　　　　　　　　　　芥川竜之介

葛巻義敏様

134　11月17日　久米正雄

東京神楽坂から（里見弴・小山内薫・直木三十五・菊池寛他二人と寄書）
（封筒に「十一月十七日夜四海波七人男　註ニ曰孝子ヲ挙グル日」とあり）

夜寒さを知らぬ夫婦*と別れけり　　竜之介
〔里見弴筆、汽車の絵あり〕
評ニ曰クステイームが洩れたつてね　　弴

追懐

しのぶれど色に出でにけり我恋はくめや思ふと人の問ふまで　　薫
十二年地異人変の起る年　　三十三
〔プラットホームに差しかかる汽車の絵あり。「新婚旅行大阪までゆき」とあり〕
大阪でお待ちいたします　　なか山*
　　根本
此の欣び頒つ者茲に二百人　　菊池寛
十一月十七日
奥野正雄様

神楽坂ゆたかニテ

府下南葛飾郡大字四つ木二七八上条様方　堀辰雄へ
田端から

135　11月18日　堀 辰雄

冠省。原稿用紙で失礼します。詩*二篇拝見しました。あなたの芸術的心境はよくわかります。或はあなたと会っただけではわからぬもの迄《まで》わかったかも知れません。あなたの捉え得たものをはなさずに、そのまままずんずんお進みなさい（但しわたしは詩人じゃありません。又詩のわからぬ人間たることを公言しているものであります。ですからわたしの言を信用しろとは云いません。信用するしないはあなたの自由です）。あなたの詩は、殊に街角はあなたの捉え得たものの或確実さを示しているかと思います。その為にわたしは安心してあなたと芸術の話の出来る気がしました。つまり詩をお送りになったことはあなたの為よりもわたしの為に非常に都合がよかったのです。実はあなたの外にもう一人、室生君の所へ来る人がこの間わたしを訪問しました。しかしわたしはその人の為に何もして上げられぬ事を発見しただけでした。あなたのその人と選を異にしていたのはわたしの為に愉快です。あなたの為にも愉快であれば更に結構だと思います。以上とりあえず御返事までにしたためました。しかしわたしへ手紙をよこせば必ず返事をよこすものと思っちゃいけません。寧ろ大抵よこさぬものと思って下さい。わたしは自ら呆れるほど筆無精に生れついているのですから。どうか今後返事を出さぬことがあっても怒らないようにして下さい。

十一月十八日夜　　芥川竜之介

堀　辰雄様

二伸　なおわたしの書架にある本で読みたい本があれば御使いなさい。その外遠慮しちゃいけません。又わたしに遠慮を要求してもいけません。

136　12月1日　飯田蛇笏　甲斐国東八代郡境川村飯田武治へ　田端から

冠省。『雲母*』落手難有く存じます。いろいろ拙句に御高評*をたまわり感佩いたして居ます。拙句「癆痎*の頬美しや冬帽子」と申すのは尊句「死病得て爪美しき火鉢*（ママ）かな」からヒントを得たものと記憶します。この頃旧来の句みないやになりと云って新しい句境を拓くは容易ならず。唯漫然と消光しています。とりあえず御礼まで。

久しぶりに姪*を見て

かへり見る頬の肥りよ杏いろ

御一笑下され度候。

十二月一日　芥川竜之介

飯田武治様　侍史

137　12月16日　室生犀星　田端から（渡辺庫輔と寄書）

竹垂るる窓の穴べに君ならぬ菊池ひろしを見たるわびしさ
遠つ峯《ヲ》にかがよふ雪の幽かにも命を守《モ》ると君につげなむ
秋たくる庭たかむらに置く霜の音の幽けさを君知らざらむ

　詩の御返事

露芝にまじる菫の凍りけり

　震災後に芝山内をすぎ

松風をうつつに聞くよ古袷

　久しぶりに姪にあひ

かへり見る頰の肥りよ杏いろ

十二月十六日　芥川竜之介

室生犀星様

138　12月22日　芥川

東京市外田端四三五　芥川様おん内へ
大阪から

拝啓。十七日朝*京都着ひどく寒いのに驚きました。往来で人が焚火をしている、火がぱちぱち云って燃えている。その火迄寒い位です。胴着を着てきてよかったと思いました。抱月へ着き、*恒藤を訪問、恒藤は香取さんから買った花瓶を人にやるのが惜しくなったよし、四つとも床の間に並べています。ヒガキ茶屋を御馳走になる十八日小林雨郊来る（京都の習慣により、小林の僕を紹介した為、宿では僕の言葉を待たず*小林へ通知するのです）。一しょに道具屋をのぞきまわり、天祐禅師の一行もの一幅を買う、中々よい出来なり、ネダンも東京にて買うよりは安きかと存じ申し候。夜活動を見る十九日雨ふり、炬燵へはいって（その炬燵はまづ泥のの形をした安全炬燵に火を入れそれを敷布団の上へのせその上へ薄い布団をかぶせその又上へ薄い布団をかぶせる故、二時間もたたねば暖くならず暖くなっても比叡山の向うへ春が来た位の暖さなり）ぼんやりしていたら、小林より電話日の暮より万亭（とは一力也）へ参れとの事故、昼のうちに用をすませんと辻氏へ大雅の画を見に行きたれど留守なり。*谷崎を訪ねれば一家共に神戸六甲ホテルへ行きしよしにて留守なり。山科の滝井*や志賀*をたずねんと思いしかど面倒臭き故やめ、夜一力へ行く。

古襖古畳の十五畳、真鍮の獅嚙火鉢を四つ並べてもまだ寒いのに弱りました。芸子三人、一人は腹が痛いと云って薬ばかりのんでいた。七十二になるお婆さんの舞を見せられる。二十日郷原医学博士に丹栄の御馳走になる。ここは鰻屋にして鰻なしにも飯を食はせる所のよし、庭に石あり水あり瓢亭じみていて甚よし。この料理と後にくいし汁粉の為胃痛み、少々困る、新京極で偶然滝井に遇う。二十二日に引越すよし、志賀さんは二十一日に東京からかえるよしなど聞き、二十四、五日頃新居と細君と志賀さんとにあいに行く約束をしました。きょう（二十日）夜やっとこのホテルへ参り、明日社へ行き明後日小山内*植村などにあい、ついで故明後後日はちょいと奈良の博物館へ参り、前の三中の教頭、今の奈良師範の先生佐藤小吉先生を訪問その翌日京都へかへり、恒藤、滝井、志賀などにあい、二十五日頃京都を立ってかえる了見です。なるべく気楽にぶらぶらしていようと思っても人が来ては方方ひっぱりまわす故さほど気楽にならず、何しろ寒いのにやり切れない。家の中でも手拭が凍る。又いずれ。

竜之介

二伸　義敏伯母さんの肩をよくもむや否や。子供どもの病気もよろしきや否や。恒藤の子供(女)はもう笑う。名は初子。*小林はもう四人の子もちになった。

大正十三(一九二四)年

139

2月12日　正宗白鳥　田端から

冠省。『文芸春秋』*の御批評を拝見しました。御厚意難有く存じました。十年前夏目先生に褒められた時以来最も嬉しく感じました。それから「泉のほとり」の中にある「往生画巻」*の御批評*も拝見しました。あの話は「今昔物語」*に出ている所によると五位の入道が枯木の梢から阿弥陀仏よやおういおういと呼ぶと海の中からも是に存りと云う声の聞えるのです。わたしはヒステリックの尼か何かならば兎に角逞ましい五位の入道は到底現身に仏を拝することはなかったろうと思いますから(ヒステリイにさえかからなければ何びとも仏を見ないうちに枯木梢上の往生をすると思いますから)、この一段だけは省きました。しかし口裏の白蓮華は今でも後代の人の目には見えはしないかと思っています。最後に『国粋』などに出た小品まで読んで頂いたことを難有く存じます。「往生絵巻」抔は雑誌に載った時以来一度も云々されたことはありません。頓首。

二月十二日　芥川竜之介

正宗白鳥様 侍史

140　3月12日　滝井孝作　田端から

この頃の句

蛇笏に

春*雨の中や雪おく甲斐の山

南京城中の五分の三は麦隴なり

市中の穂麦も赤み行春ぞ

夜宿清光寺*

木石の軒ばに迫る夜寒かな

小閑を得たり

おらが家の花も咲いたる番茶かな

乞玉斧

十二日　竜

折柴さま

141　5月20日　能沢かほる　大阪から*（寄書）

はいけい。この人はおのぶさんと申し、大阪南の名妓にござ候。この人に君の事を話し候ところぜひおしえて上げたい事があると申し候間御紹介申上げ候。竜之介

久しぶりで先生にお目にかかりあなた様のお話をききました。おからだがおよわいそうですがおさっし申します。私は病気でおねがいいたしたとはちがいますが、心配事がありましてそれを金神様でお話をきき助けていただきました。それで今日ではほんとによろこんでおります。どんな病気でも心配事でもお助け下さいますゆえそちらに金神様の教会がありましたらおまいりにおいでになってはいかがです。なるべくおいでになりましたらよくお話をおききになったほうがよくわかりますし、またおかげもいただけますゆえぜひおまいりなさいませ。私もそちらへ行ける時がありましたらお目にかかります。あなたも大阪へおいでになりましたらおより下さいませ。これにて失礼致します。

のぶ事　一勇

かほるさまへ

このおのぶさんと申す人は善い人にござ候間おのぶさんの申すことは御信用なさりてよろしく候。頓首。

五月二十日

竜之介

○子

とんだや三代鶴

五郎

かつらやたみ歌

大和家福太郎

直*木や三十三

この直木や三十三と申すは男にて悪とう也。この男の申すことは御信用なさるまじく候。

竜

142　7月23日　芥川　東京市外田端四三五　芥川皆々様へ
軽井沢鶴屋内から（草津鉄道の絵葉書）

昨日カルイザワ*の停車場より宿へ行く途中、自働車にのりしにその自転《ママ》車、向うより来る自働車をよけんとして電柱に衝突し、乗合いの中学生一人重傷を負い僕は田の中へ投げ出され、その拍子に左の腕を折り、目下軽井沢病院に入院中。院長は亜米利加人にて中々親切なり。誰も来る必要なし。一週間中に退院の筈(但シコレハミナウソ)。原稿用紙ヲオクラレタシ。五トジバカリ。コノハガキヲ多加志へ見セ、コレハ何ニトキクベシ。

143　8月13日　芥川フキ・儔

東京市外田端四三五　芥川富貴・儔へ
軽井沢から(絵葉書)

おばさんとおばあさんと無精を云わずに来なさい。切符を買って送ってもよろしい。昼は八十五度位になれど朝夕は非常に涼しい。『中央公論』*まだ出来ず弱っている。十六、七日頃かえるつもり、ぜひ来なさい。来れば二、三日近所を御案内申上げ候。

竜

〔椅子に座った姉弟の絵あり。"HUSH!"(静かに!)とあり〕

コノオンナノコハオトコノコガネマシタカラ、シズカニオシナサイト、イッテイルノデス。

ヒロシニ

竜

144　8月19日　室生犀星　軽井沢から（浅間山風景の写真の裏面に）

御手紙拝見。

つくばひの藻もふるさとの暑さかな

朝子嬢前へ這うようになったよし、もう少しすると、這いながら、首を左右へふるようになる。そうすると一層可愛い。雉子車は玩具ずきの岡本綺堂老へ送る事にした、きょう片山さんと「つるや」主人と追分へ行った。非常に落ついた村だった。北国街道と東山道との分れる処へ来たら美しい虹が出た。廿日か廿一日頃かえるつもり。

十九日　　竜之介

室生君

145　9月12日　室生犀星　田端から

京都の宿は三条木屋町上ル中村屋という家へとまらるればよからん。家はきたなけれど加茂川叡山の眺めよろし。茶代は一週間十円か十五円にてよろし。それより下はやってもそれより上はやるべからず。女中は五円、これも一人にやれば沢山なり。食事は近所の茶屋のをとってくれる故上等也。金閣銀閣は是非見給え、両閣とも案内人は説明しながらずんずん進めど、遠慮なくゆっくり見物する方得なり、観覧料に高下あり。高きは薄茶とお菓子が出る。一度はのんで見るも一興ならん。東山よりは本法寺*(?)高台寺皆一見の価値ありどちらも四条より下なり。粟田口の青蓮院も人は余り行かぬところなれど襖画張つけ等もよろしく夜も小じんまりとしてよろし。是非見るべし。大徳寺相国寺建仁寺も見て損をせぬ事うけ合なり。博物館にも名高き青磁など見るべきものあり。是亦一見を吝《おし》む勿れ。お茶屋は瓢亭、伊勢長にて足る。西洋料理はへどの如し食う可らず、北野のまるやのすっぽんも有名なり。是等は皆中村屋より電話をかけさせ給え。同封の名刺二枚、一枚は中村屋へ、一枚は小林雨郊という画家へなり(中略)。「みすや」という針屋の針「駿河屋」という菓子屋の羊羹、その外菓子は麦ボオロ、ういろか(イタミ易イ)、豆ねぢなど土産に貰うとよろこびます。

大正十四(一九二五)年

146　2月28日　土屋文明　田端から

冠省。「*冬くさ」を難有う。去年の夏君にはがきを貰った時返事を出さずにいてすまない。あの時いろいろ厄介な事が起っていた為にとうとうそれなりになってしまったのだ。*君の学校をやめた事や何かは*島木さんに聞いた。僕はあいかわらず漫然と消光している。いつか遊びに来てくれないか。月初めは原稿や何かあって落つかないが、二十日頃から大抵ひまだ。「冬くさ」の装幀は大へん気もちが善い。唯背文字は「太虚集」などもそうだが、活字でない方が善いように思う。*巻末雑記は「あららぎ」で見た時に君の作品を知る上に大事な鍵のようなものだと思った。歌は今夜これから読むつもりだ。

とりあえず御礼まで。

庭　前

春雨や檜は霜に焦げながら

この頃発句を時々作っている。これは景物までに。頓首。

二月二十八日　　竜之介

文明様

147　3月12日　泉鏡花

麴町区下六番町廿六　泉鏡太郎へ
田端から

朶雲拝誦仕候。開口の拙文御よろこび下され忝く存候。何度試みても四六駢麗《(ママ)》体の評論のやうなものしか書けず、今更あゝ言ふもののむづかしきを知りし次第、垢ぬけのせぬ所はいくへにも御用捨下され度候。御言葉に甘へ、味噌に似たものを申上げ候へば、あの中野に白鶴の云々より先を書き居候時は少々逆上の気味にて眶のうちに異状を生じ候。目下仕事やら何やらにて閉口致し居候へどもいづれ拝眉仕る可くまづ御礼まで如斯に御坐候。頓首。

附録に一句御披露申し候間御一笑下され度候。置酒と前書して、

明星のちろりにひびけほととぎす

十二日夜半　　竜之介

泉先生侍史

148　3月17日　谷崎潤一郎　田端から

冠省。その後御無沙汰しています。扨《さて》来月『新小説』から鏡花号が出るのにつき、大兄にも小説*を一篇書いて頂きたいと言うことです。泉さんはどうも自分からは頼み悪いから、僕から頼んでくれと言うことです。それを頼まれたのは半月ばかり前ですが、又その時手紙を書いたのですが、うっかり出し忘れて今になってしまいました。若し出来ないと、聊か僕の責任にもなる故、大いに閉口しています。なる可く都合して書いて頂けませんか？　どうかよろしく願います。原稿用紙を用いた段、末筆ながらおゆるし下さい。

それからこの間久しぶりに「鏡花全集」の広告文を作りました。久しぶりにと言うのは「人魚の歎き」*以来だからです。又沈香亭*の牡丹を使ったので少々可笑しくなりました。小説の件何分よろしく。

十七日　竜之介

谷崎潤一郎様

149　4月13日　葛巻義敏

東京市外田端四三五芥川様方　葛巻義敏へ
(「伊豆修善寺名所大仁橋」と題した絵葉書)

○原稿用紙至急送られたし。
○「竹の里歌」(小さい本カミトジ)パピニのA Finished Man(コレハ杉戸ノアル書棚ノ下カラ二番目ニアル。エビ茶ノ大キイ本、パピニはPapiniナリ)。コノ二冊モ至急送ラレタシ。
○ソノ二ツヲ送ッテ貰エバアトハ用ナシ。電車ニヒカレテ死ンデモヨシ。

十三日　竜

コノ画ハガキハオ前ニヤルノ故一番イヤナノヲ選ンダト知ルベシ。温泉*ハハイッタ。一日二日ハ興奮シテ夜ネラレナイ。三日位カラ湯ヅカレガ出テヘタヘタニナル。又ソノ興奮トヘタヘタトノ中間ニイル。ツマリヘタ奮ダネ。モウ本ヲ四冊ヨンデシマッタ。何モヨムモノガナクテ弱ッテイル。

◎◎二伸　お前の写した芭蕉の行状も送ってくれ。二階にあったと思う。いろいろしたい事が出来た。

150　4月16日　芥川 文

東京市外田端四三五　芥川文子へ
静岡県修善寺新井旅館から

比呂志毎日欣々として幼稚園へ通うよし珍重、何でもひとりでさせるがよし。お祈り*は少々困れど、こちらで考えずに入学させたの故文句も言われず。お前の手紙半紙の方はよけれども巻紙の方はくしゃくしゃしていてよむのに骨が折れる。もっと綺麗にかくべし。大金とは何の事だかわからん。立つ時におじいさんに百円、おばさんに百円渡して来た。おじいさんにもう百円渡そうかと思ったが、勘定が足りないと困るので持って来たのだ。尤も大金が入用ならばここにいても、電報為替でどこからでもとりよせられる。目下そんな必要はない。紙入れにあるのは全部で三百円の小金だ。植木屋の勘定が入ると言ったら新潮社へでも興文社*へでも言ってやれ。千円位までは渡してくれる。

ここへ来て『改造』*の旅行記、文芸講座*、『文芸春秋』*の三つだけ片づけた。これから『女性』*へとりかかる。電報はもう四、五本たまった。お客は少くなる一方らしい。久米、里見、吉井、中戸川、泉等皆ここへ原稿を書きに来ているので女中は心得たものだ。用だけさっさとすまして無駄話や何かはしない。飯なども湯にはいっている留守に

持って来ては鉄瓶の上へ茶碗盛りをかけ、机の上に膳を置いて引き下っている。従って手盛りだ。

それから本は蒲原*から送ったよし、蒲原の莫迦野郎、何を愚図愚図しているのか。まだ何もとどかん。ちょっと幼稚園の帰りにでも寄って催促してくれ。ものを書くのに入用な本があるんだから、甚だ困る。原稿紙ももう一帖きりだ。兎に角これじゃ困る。

朝　牛乳一合、玉子一つ、バナナ三本、珈琲。

昼　茶碗盛り或は椀盛り、さしみ。

晩　同上。外に生椎茸、蕗の煮つけ。

昼と晩とは違う事もあるが大体こんなものを食っている。食後角砂糖三つか四つ。これはいつは癖になった。菓子など菓子屋の前を通っても買う気にならん。黒羊羹など入らん。カステラも実は不用だが、送ったのなら、やむを得ず食ってやる。帰ったら、一度幼稚園へ比呂公の迎えに行って見たい。この頃雨ばかり。山々は桜満開。

十六日　　　竜

文子へ

二伸　呉れ呉れも本と原稿用紙とをたのむ。もう二日も来なかったら、皆〆切りに遅れるのだ。そうしたら、怒る。

151　4月17日　室生犀星　修善寺から

潤声の中に起伏いたし居候。ここに来ても電報ぜめにて閉口なり。三階の一室に孤影蕭然として暮らし居り、女中以外にはまだ誰とも口をきかず、君に見せれば存外交際家でないと褒められる事うけ合なり。又詩の如きものを二、三篇作り候間お目にかけ候。よければ遠慮なくおほめ下され度候。原稿はそちらに置いて頂きいずれ帰京の上頂戴する事といたし度。

歎きはよしやつきずとも
君につたへむすべもがな。
越《こし》のやまかぜふき晴るる
あまつそらには雲もなし。
また立ちかへる水無月の
歎きをたれにかたるべき
沙羅のみづ枝に花さけば、

かなしき人の目ぞ見ゆる。

但し誰にも見せぬように願上候(きまり悪ければ)。尤も君の奥さんにだけはちょっと見てもらいたい気もあり。感心しそうだったら御見せ下され度候。末筆ながらはるかに朝子嬢の健康を祈り奉り候。この間君の奥さんの抱いているのを見たら椿貞雄*の画のとよく似た毛糸の帽子か何かかぶっていた。以上。

十七日朝　　澄江生

魚眠老人　梧下

二伸　例の「文芸読本」の件につき萩原君から手紙を貰った。東京へ帰ったら是非あいたい。御次手の節によろしくと言ってくれ給え。それから僕の小説を萩原君*にも読んで貰らい、出来るだけ啓発をうけたい。何だか田端が賑になったようで甚だ愉快だ。僕は月末か来月の初旬にはかえるから、そうしたら萩原君の所へつれていってくれ給え。僕はちょっと大がかりなものを計画している。但し例によって未完成に終るかも知れない。

152　4月29日　芥川　文

東京市外田端四三五　芥川文子へ
修善寺から

『改造』の紀行、「文芸講座」、『文芸春秋』、『女性』、とこれだけ書いた。今「文芸講座」をもう一つ書いている。まだその外に鶴田の為に「平田先生の翻訳」と云うものを書いた。根本(女性)と鶴田の所の男とつききりだった。泉さんの奥さん曰「あなた、何の為に湯治にいらしったんです？」

二階の壁ぬりや庭も出来つつあるよし、おじいさんいろいろお骨折りの事と存ず。よろしく御礼を申されたし。八洲の所へ行ったのなら、八洲の事をもっと詳しく書け。あちらから甘栗を貰った。原稿ぜめでまだお礼も出さない。これと一しょに出す。但し栗はみんな食ってしまった。それから今客がなくて閑静故、おばさん、おばあさん二人でちょっと遊びに来ないか。汽車は十二時キッチリの明石行にのると四時三十九分に三島へつく。三島へついたらプラットフォームの向う側に修善寺行の軽鉄がついている故、それへ乗れば六時には修善寺

ツマリノリカエハコノ□ヲ右カラ左ヘ二、三間歩クダケユエ造作ナシ。

へつく。修善寺駅から新井までは乗合自働車、人力車何でもある。時間がわかれば僕が迎いに出る。切符は東京駅より修善寺迄買った方がよし（三島迄買うと又買わねばならぬから面倒臭い。東京駅で修善寺までのを売っている）。

来れば一しょに鎌倉まで帰る。修善寺も湯が昔から見ると、へったよし。それでも唯今風景は中々よろしい。考えていると億劫だが、汽車にのって見れば訣なしだ。シャ官や植木屋位文子にまかせておけばよろし。シャ官はもうすんだろう。泉さんはあしたかえる。奥さん中々世話やきにて菓子を買ってくれたり、お菜を拵らえてくれたり、もう

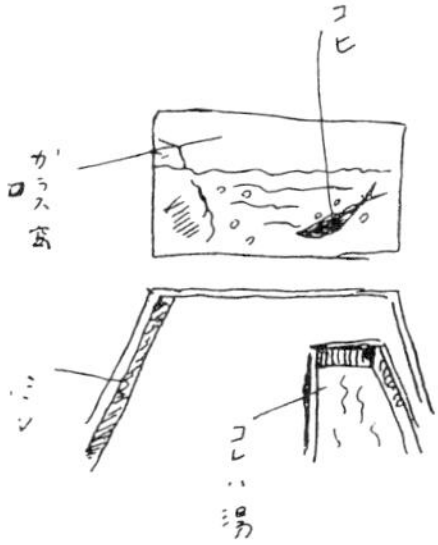

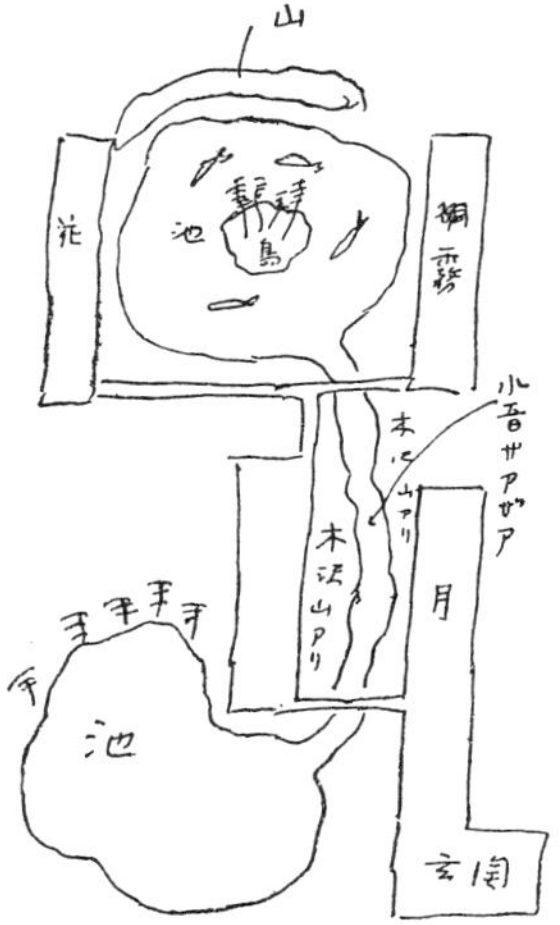

原稿はおよしなさいなどと云う。下歯が上歯よりも前へ出ているお婆さん也。泉さんは来て腹ばかり下している。床をしきづめにしてごろごろねてばかりいる。誰も来なければ月末にかえる。おばさん、おばあさん、ちょいと二、三日お出でなさい。ここのお湯は〔前図参照〕言う風になっていて水族館みたいだ。これだけでも一見の価値あり。この家も〔下図参照〕と言う風に建っている。僕は月の五番即ち三階にいる。

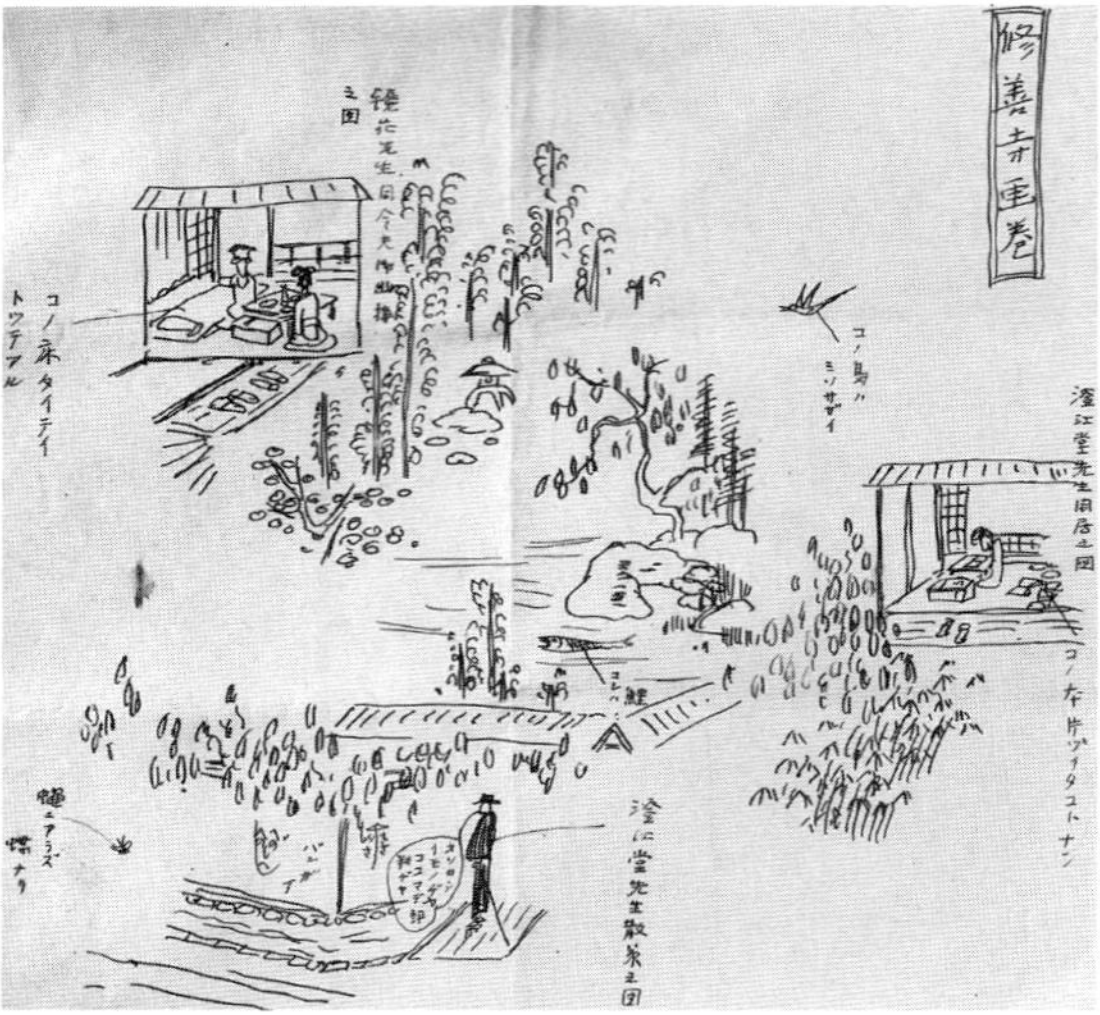

153

5月1日　佐佐木茂索　修善寺から（月日推定）

新曲　修善寺　いでゆもすみえ太夫作

思へば九月一日の、地震に崩れかかりたる、門や土塀を修善寺や、五分すすみし時計ゆゑ、六時五分は午後六時、君をはじめて御幸橋《みゆきばし》、酒のまぬ身のウウロン茶、カフェ、コカコラ、チョコレエト、ヴィタミンCのありと言ふ緑茶はのめど忘られぬ君を芸者と菊屋にも、電燈ともる夕まぐれ、2×2＝4《ににんがし》とは思へども2×2＝5《ににんがご》六《ろく》、七八度《ななやたび》、橋のたもとへ出て見たる、人の心も白糸の、滝の英語はカタラクト、ラクトオゲンは滋養剤、自由にならぬ世の中の、波も新井屋わが宿に昼間来てゐる君見れば、あらかなしや《ウタヒガカリ》、雪と見えしはおしろひの、剝げてわびしきエナメルや／＼顔はビルディング千丈の壁を削り、眼凹《まなこくぼ》める凄《すさま》じさはリフトの穴と申すべし、さりとはよもや頼家の墓もはかなき夕明り、ちらりと見たる祟りかや、女を見るはゴオギヤンの、昼の光がかんじんと、悟つて見れば百八の、衆《しゅ》煩悩にも桂川、行なひすましてゐたりける。

154　5月7日　赤木健介　田端から

啓、昨日修善寺より帰京。今朝この手紙を書きます。但し君の宿所がわからぬ故(君の手紙には書いてなかった)、学校宛にして出すことにします。君のように感激したり苦しんだりしたものは古来何千万人もあったのです。しかしその中から逞しい魂の持主になったものは一パアセントにも足りなかったのです。これは残酷な事実ですが、兎に角事実には違いありません。この事実を目前に据えて、君自身の実力をお鍛えなさい。「我笛吹けども汝等踊らず」。笛を吹いてさえ踊らない彼等は笛も何も聞かないのに踊る筈はありません。それを彼等に期待するのは期待する方が間違っています。何を措いてもあなた自身笛の吹けるようにおなりなさい。その後でなければ「汝等踊らず」の歎を放つ資格は出来ないのです。君はマテリアリストでしょう。それならば一層勇敢にこの残酷な事実をお認めなさい。カラマゾフを読んだのは甚だよろしい。小生もカラマゾフをドストエフスキイの作中の第一位に数えています。その外のドストエフスキイの作品も暇があったら読んでごらんなさい。

それから小生はせっかちな革命家には同情しません(あなたは若いから仕かたがない

が)。ブルヂョアジイは倒れるでしょう。ブルヂョアジイに取ってかわったプロレタリア独裁も倒れるでしょう。その後にマルクスの夢みていた無国家の時代も現れるでしょう。しかしその前途は遼遠です。何万人かの人間さえ殺せば直ちに天国になると言う訣には行きません。あなたはコンミュニズムの信徒でしょう。それならば過去数年来、ソヴィエット・ロシアが採って来た資本主義的政策を知っている筈です。又資本主義的政策を採ることを必要としたロシアの、——少くともレニンの衷情を知っている筈です。我々は皆根気よく歩きつづけなければなりません。あせったり、騒いだり、ヒステリイを起したりするのは畢竟唯御当人の芝居気を満足させるだけです。尤も小生自身にしても、悠々迫らずなどと言う大自在は得ていません。まず多少役立ち得る歯止めを具えた馬車位の極小自在を得ているだけです。しかしまあ余り癇をたかぶらせずに歩いて行きたいとは思っています。あなたも息切れのしない為にはやはり気長になる工夫が必要でしょう。現に西洋の革命家も存外短兵急ばかりではないようです。あなたはそうは思いませんか? これから毎日の仕事にとりかかりますから、この手紙をやめることにします。なお小生の筆不精は今後あなたに対しても返事を怠らせることが多いかも知れません。それは予め承知していて下さい。以上。

五月七日　　　　　　　　　　芥川竜之介

赤木健介様

155　7月20日　堀 辰雄　長野県軽井沢*「つるや」気附　堀辰雄へ　田端から

冠省。原稿用紙で失敬。この前君が小説を見せた時、「ハイカラなものならば書き易いんだけれど」と言った。それに僕は「そんならハイカラなものを書くさ」と言った。しかし今考えて見ると、そのハイカラなものと言うのが写生的なものの反対ならばやはりどんなに苦しくってもハイカラなものを書くよりも写生的なものを書くべきだと思う。その方が君の成長にずっと為になると思う。これは大事なことだから、ちょっと君に手紙を書くことにした。この前君の見せた小説でもハイカラは可成ハイカラだ。あれ以上ハイカラそのものを目的にするのは君の修業の上には危険だと言う気がする。君はどう思う？　とりあえず前言とり消しまでに。

二十日夜　　　　　　　　　　竜

堀　君

156　8月31日　芥川多加志　東京市外田端四三五　芥川多加志へ
軽井沢から（絵葉書、但し橋上の列車は芥川によるもの）

157　9月25日　佐藤春夫　田端から

冠省、小病小閑を得、この手紙をしたためる。浜木綿の画ありがとう。それから『女性』*の随筆で例の短尺の件、十二ケ月の事を君に伝え忘れたのを知り、大いに恐縮した。君はもう書き了ったか。僕はまだ百枚ばかり残っている。この頃なる可くものを書かずに飯を食う工夫をしているが、それは却ってものを書くより骨が折れる事になりそうにて所詮は売文到死かと思っている。目下「支那游記」*の校正中。床の上にて校正の傍ら別紙抒情詩一篇を作る。御愛誦御随意たるべし。この頃諸詩人の集を読み、つらつら考うる所によれば、どうも日本の詩人は聾だね(歌人は例外)。少くも視覚的効果に鋭い割に

聴覚的効果には鈍感だね。君はそうは思わぬか？　長歌、催馬楽、今様などのリズムもどうももう一度考え直して見る必要がありそうだ。夜来秋雨。墜葉処々黄なり。ワギモコによろしく(夜長如年把燭寝顔を見よや)。

九月二十五日　　　　　　　　　　澄　江　子

曾枝亭先生

風きほふゆふべなりけむ、
窓のとにのびあがりつつ
オルガンをとどろとひける
女わらべの君こそ見しか。
男わらべのわれをも名をも
年月のながるるままに
いまははた知りたまはずや。
いまもなほ知りたまへりや。

大正十五(一九二六)年

158

1月15日　山本有三　神奈川県湯河原中西屋から

冠省、その後胃腸は悪いし神経衰弱は強いし、痔は起るし、大いに閉口。唯今ここに半病人生活を送っている。

扨《さて》＊著作権法の事なるが、

(一)　有報酬たると無報酬たるとを問わず作家の許可だけは請う事にしたし。これは若し請われれば、テキストを教えられるだけにても便宜なり。

(二)　それから遺族は少し古くなると中々宿所わからず、その宿所録を作る事も著作家協会の仕事としてよからん。

(三)　それから「正当の範囲内にて抜萃蒐輯する事」と言うのは如何にや。十七字の俳句、三十一文字の歌などは五、六字ずつとられるように聞えざる乎。抜萃は選択とか何かした方よからん。

(四)「正当の範囲内にて」も曖昧なり。僕の読本なども知らず識らず頁数殖えたれば正当の範囲を越えたるやも知れず。正当の範囲を越えたりとて罰せられればそれ迄なり(勿論罰せられては困るが)。何冊何頁以下と制限する方よろしからん乎。尤も活字の号や行数によりてはそれも確かには行かなかるべし。

宿所録を拵らえる事等の費用には僕の読本の印税を当ててもよろし。

今日夕刊にて大橋*さんの変死を知り、なぜ僕*の関係する縁談はこう不幸ばかり起るかと思って大いに神経衰弱を増進した。菊池は旅行中のよし、保険会社の人に聞きし故とりあえず君にこの手紙を出す。なお上記四件は委員会へかける前に菊池に一応話して見てくれ給え。

一月十五日

芥川竜之介

山本有三様

159 1月20日 佐佐木茂索

東京市外中目黒九九〇 佐佐木茂索へ
湯河原から

冠省。御手紙東京より回送し来りて拝見、尤もその前に大橋様へはお悔み状を差し上げ(番地わからねど、三渓園近傍としたり)、宅へは荊妻に大橋様へお悔みに参るように申しつけ候。小生自身参上しなければならぬ所なれど、何分胃は悪し、腸は悪し、神経衰弱は甚しいし、大いにへこたれ居り候えば、帰京の節にても大橋様へは参上仕るつもりに候。どうか右悪からず思ってくれ給え。小生は二月近くの不眠症未だに癒らず、二晩ばかり眠らずにいると、三晩目には疲れて眠るには眠るが、四晩目は又目がさえてしまう。かかる間に大橋様の訃に接し、すっかり神経的に参ってしまい候。岡と云い、君と云い、僕の関係する縁談は悉《ことごとく》不幸を齎すに似たり。実際ここに鬱々と日を送っていると（それも下島先生所方の胃の薬と斎藤茂吉所方の神経衰弱の薬とをのみつつ）、遁世の志を生じ候。奥さんも定めし弱られ居るべし。どうかよろしく申上げてくれ給え。兎に角生きているのは楽じゃない。*正宗白鳥は国へひっこむよし、健羨に堪えず。右とりあえずお悔みかたがた御返事まで、頓首。

一月廿日　　芥川竜之介

佐佐木茂索様

二伸　高作「*青きを踏む」第一ならん乎。「*ふるさとびと」も結構なれど少々書きかた不丁寧なり。僕の夢を冒頭に使ったのは前には唯「*子供の病気」あるのみ。「度々使った技巧」には抗議を言ぅょ。この頃サラアベㇽナアㇽのことを書いたメモアを一読、これも遁世の念を生ぜしめただけだ。横浜まで参らるる次手にちょっとここまで足をおのばしになることは出来ずや。世の中の憂きことどもの話をしたい。

160　2月8日　片山広子　湯河原から

冠省、唯今宅より手紙参り、御見舞のお菓子を頂いたよし、難有く存じます。この前のはがきにはこちらの宿所を書かなかったものと見えます。さもなければ、こちらへ頂戴いたし、この手紙をしたためる頃には賞玩していたろうと思いますから。僕は神経衰弱の上に胃酸過多症とアトニイと両方起っているよし、又この分にては四十以上になると、とりかえしのつかぬ大病になるよし、実に厄介に存じています。何を書く気も何を読む気もせず、唯徳富蘇峰の織田時代史や豊臣時代史を読んで人工的に勇気を振い起している次第、何とぞこのリディキュラスな所をお笑い下さい(但し僕自身は大真面目なのです)。湯河原の風物も病人の目にはどうも頗る憂鬱です。唯この間山の奥の隠居梅園と申す所へ行き、修竹梅花の中の茅屋に渋茶を飲ませて貰った時は、僕もこう言う所へ遁世したらと思いました。が、梅園のお婆さん(なもと言う岐阜弁を使います)と話して見ると、この梅園を譲り受けるとして、地価一万二、三千円、家屋新築費一万円、温泉を掘る費用一万円、合計少くとも三万二、三千円の遁世費を要するのを発見しました。その上何もせずに衣食する為に信託財産七、八万円を計上すると、どうしても十万円位入用です。西行芭蕉の昔は知らず遁世も当節では容易じゃありません。そう考えたら、隠居梅園も甚だ憂鬱になってしまいました。いずれ一度お目にかかり、ゆっくり肉体的並びに精神的病状を申し上げます。

道ばたの墓なつかしや冬の梅

二月八日　　芥川竜之介

片山広子様　粧次

161　2月14日　芥川比呂志

東京市外田端四三五　芥川比呂志へ
湯河原温泉から（絵葉書）

コレハダルマダキトイウタキデス。コノタキハオトウサンノイルトコロノスグソバニアリマス。

オバサンモ、オトウサンモ二十三チゴロカエリマス。タカシトケンカヲシナイヨウニ、オトナシクオアソビナサイ。

二月十四日　　竜

162　3月5日　室賀文武　田端から

冠省。聖書*きょう頂きました。難有く存じます。今山上の垂訓の所を読みました。何度も今までに読んだ所ですが、今までに気づかなかった意味を感じました。右とりあえず御礼まで。

三月五日　　芥川竜之介

室賀文武様

163　4月9日　佐佐木茂索　東京市外中目黒九九〇　佐佐木茂索へ　田端から

冠省、いろいろお見舞の品を頂き、難有く存じ奉り候。いつも頂戴ばかりしていて申訣無之候。さてアロナアル・ロッシュ*、君は一錠にて眠られると言いし故一錠のみし所、更に眠られず、もう一錠のみしが、やはり眠られず、とうとうアダリン*を一グラムのみて眠りしが、アロナアルの効力は細く長きものと見え、翌日は一日懜々然として暮したり。右御礼かたがた御報告まで。頓首。

四月九日夜　　芥川竜之介

佐佐木茂索様

二伸　奥様にもよろしく願い奉る。この頃下島さんに頼まれ、悼亡の句一つ。

更けまさる火かげやこよひ雛の顔

164　**5月30日　木村　毅**　牛込区矢来町三新潮社気附　木村毅へ　田端から

冠省。高著「文芸東西南北」*頂戴いたし難有く存候。あの中*には小生の南蛮小説の事をもお引用下され恐縮に存候。Browning* の Dramatic lyric が小生に影響せるは貴意の通りなり。これは「報恩記」*のみならず「藪の中」に於ても試みしものに御坐候。尤も小生の南蛮小説などはいづれも余り上出来ならず、唯小生は「きりしとほろ上人伝」だけは或は今でも読むに足る乎と存じ居り候。頓首。

五月三十日　　芥川竜之介

木村　毅様

165　**6月11日　斎藤茂吉**　神奈川県鵠沼東屋旅館から

冠省。いろいろ御教誨にあづかり難有く存じます。眠り薬の方はこの頃又ものを書き候為、用ひる癖あり弱り候。日曜日にでも土屋君と御一しよにお遊びにお出で下さるまじく候や。近頃目のさめかかる時いろいろの友だち皆顔ばかり大きく体は豆ほどにて鎧を着たるもの大抵は笑ひながら四方八方より両眼の間へ駈け来るに少々悸え居り候。頓首。

六月十一日　　竜之介

斎藤茂吉様

166　7月10日　小穴隆一　東京市小石川区丸山町三〇小石川アッパアトメント内　小穴隆一へ　鵠沼イの四号から

僕の神経的颶風は高まるばかりだ。君、今度来る時にあの青いスパニッシュフライ*を一匹すりつぶし、オブラアトにつつみ、更に紙につつみ、ここへ持って来てくれないか？　こんな事をたのむのは実にすまない。しかし一生に一度のお願いだ。友だち甲斐に助けてくれ給え。是非どうか持って来てくれ給え。

七月十日　　竜

隆一様

二伸　二十日すぎになると子供*が来る故、その前に来てくれ給え。

167　7月29日　佐佐木茂索

鎌倉大町蔵屋敷七七九　佐佐木茂索へ
鵠沼イの四号から

朶雲奉誦、山本改造*かえりて後、黒パンを食いすぎて又々一日三、四回下痢し、再び富士*さんの厄介に相成り候所、僕の胃腸の如きは薬餌療法では駄目なりと言われ、悲観する事少からず。それでも兎に角薬を貰い、やっと下痢だけとまることを得たり。海水浴をする土地にいながら海へもはいれぬほど悲惨なるはなし。おまけに僕の家の前はヴァイオリン、後はラディオ*と蓄音機、左はラッパ、右はハアモニカ、後の又後は謡と鼓、と云う始末故、都合がつけば西海岸へ引き越そうかと思っている。兎に角体を恢復するのは一事業だ。鎌倉へもちょっと行って見たいが、足が寝足になっているので三、四町歩くとへこたれてしまう。尻へはもう尾テイ骨が出て来たよ。匆々。

芥川竜之介

佐佐木茂索君

二伸　この手紙を書き了った時、西海岸の家ふさがりしことを知る。憮然たり。そこへ君*の本が来る。箱張りは余り感心せず。見返しはよろし。しかし概して装幀は内容よりも落ちるかと思う。影などはうまいもんじゃ（コレハ室生調）。

168　10月17日　広津和郎　田端から

冠省。きょう或男が「報知新聞」を持って来て君*の月評を見せてくれた。近来意気が振わないだけに感謝した。僕自身もあの作品はそんなに悪くはないと思っている。明日又鵠沼*へかえる筈。この手紙は簡単だが(又君に手紙を書くのは始めてかと思うが)書かずにいられぬ気で書いたものだ。頓首。

十月十七日　芥川竜之介

広津和郎様

169　11月21日　斎藤茂吉　鵠沼イの四号から

敬啓。原稿用紙にて御免下され度候。唯今新年号*の仕事中、相かはらず頭が変にて弱り居り候間、アヘンエキス*をお送り下さるまじく候や。御多用中お手数を相かけ申訣無之候へども、右当用のみ願上げ候。なほ又失礼ながらアヘンエキスのお代金はその節お教へ下され候はば、幸甚に御座候。頓首。

十一月二十一日　芥川竜之介

斎藤茂吉様

170　12月2日　佐佐木茂索　鵠沼イの四号から（葉書）

拝啓。又君の手紙と入ちがいになった。どうもへんだよ。小穴君曰、「それは呼吸困難などにさせるからさ」。鴉片エキス、ホミカ*、下剤、ヴェロナアル*、――薬を食って生きているようだ。頓首。

十二月二日　　芥川竜之介

171　12月4日　斎藤茂吉　鵠沼イの四号から

冠省。原稿用紙にて御免下さい。毎度御配慮を賜り、ありがたく存じます。オピアム毎日服用致し居り、更に便秘すれば下剤をも用い居り、なお又その為に痔が起れば座薬を用い居ります。中々楽ではありません。しかし毎日何か書いて居ります。小穴君曰この頃神経衰弱が伝染して仕事が出来ない。僕曰僕は仕事をしている。小穴君曰、そんな死にもの狂いミタイなものと一しょになるものか。但し僕のは碌なものは出来そうもありません。少くとも陰鬱なものしか書けぬことは事実であります。おん歌毎度ありがたく存じます。僕の仕事は残らずとも、その歌だけ残ればとも思うことあり。かかる事はお世辞にも云えぬ僕なりしを思えば、自ら心弱れるを憐まざる能わず。どうかこの参りさ加減を御笑い下さい。

文書カンコココロモ細リ炭トリノ炭ノ木目ヲ見テヲル我ハ
小夜フカク厠ノウチニ樟脳ノ油タラシテカガミヲル我ハ
夜ゴモリニ白湯《サユ》ヲヌルシト思ヒツツ眠リ薬ヲノマントス我ハ
タマユラニ消ユル煙草ノ煙ニモ vita brevis* ヲ思《モ》ヒヲル我ハ
枕ベノウス暗ガリニ歪ミタル瀬戸ヒキ鍋ヲ恐ルル我ハ

これは近状御報告まで。勿論この紙に臨んでこしらえたものです。歌と思って読んではいけません。なお又岡さんに「庭苔*」を頂き、あらまし拝読。あの歌集は東京人の所産と云う気がします。どうかお次手の節によろしく。土屋君にもよろしく。頓首。

十二月四日　　芥川竜之介

斎藤茂吉様

二伸　なお又重々失礼は承知しながら、お薬のお金だけはとって頂けますまいか。気が痛んで弱りますゆえ。

三伸　「点鬼簿」評には風馬牛です。他人評よりも当人評が一番大敵です。或は当人評が怪しいかも知れぬと云う第二の当人評が一番大敵です。

172　12月5日　室生犀星　鵠沼イの四号から

用箋を咎むる勿れ。「梅馬鶯」*未だ出来ず。出来次第送らせる。山茶花の句前の句に感心。僕今新年号に煩わさる。「近代風景」*君よりも頼むと云う事故、萩原朔太郎論を五、六枚書いた。日々快々。

文書カン心モ細リ炭トリノ炭ノ木目ヲ見テ居ル我ハ
小夜フケテ厠ノウチニ樟脳ノ油タラシテカガミ居ル我ハ
門《カド》ノベノウス暗ガリニ人ノヰテアクビセルニモ恐ルル我ハ

僕ハ陰鬱極マル力作ヲ書イテイル。出来上ルカドウカワカラン。君ノ「美小童」ヲ読ンダ、実ニウラウラシテイル。ソレカラ中野君*ノ詩モ大抵ヨンダ、アレモ活キ活キシテイル。中野君ヲシテ徐ロニ小説ヲ書カシメヨ。今日ノプロレタリア作家ヲ抜ク事数等ナラン。

十二月五日　芥川竜之介

室生犀星様

二伸　この間のよせ書は「行秋やくらやみになる庭の内」碧童、魚を描いたのは隆一、梅花を描いたのは竜之介。

七　晩年

1927年5月，青函連絡船にて

昭和二(一九二七)年

173　1月12日　佐藤春夫　田端から（葉書）

冠省。君の所へ装幀の礼に行こう行こうと思っているが、親戚*に不幸出来、どうにもならぬ。唯今東奔西走中だ。右あしからず。録近作一首。

ワガ門ノ薄クラガリニ人ノヰテアクビセルニモ恐ルル我ハ

174　1月30日　佐佐木茂索　相州鎌倉坂の下二十一　佐佐木茂索へ
田端から

朶雲奉誦、唯今姉の家の後始末の為、多用で弱っている。しかも何か書*かねばならず。頭の中はコントンとしている。火災保険、生命保険、高利の金などの問題がからまるものだからやり切れない。神経衰弱癒るの時なし。六、七日頃までは東京を離れられまい。拝眉の上万々。姉の夫の死んだ訣は殆どストリントベルグ的だ。匆々。

一月三十日　　芥川竜之介

佐佐木茂索様

175　2月12日　小穴隆一　神奈川県鵠沼町イの四号　小穴隆一へ　田端から

長く留守にして実にすまない。その後姉の家の生計のことや原稿の為にごたごたしている。年三割の金を借りている上、家は焼けているし、主人はない為、どうにも跡始末がつかないのだ(僕でももっとしっかりしていれば善いのだが)。「河童」はだんだん長くなる。しかし明日中には脱稿のつもり。その校正を見次第、東京を脱出する。君が近所へ来てくれれば三月後は東京にいても差支えない。今日は『サンデイ毎日』*と『婦人公論』と『改造』とへ書いた。『婦人公論』のはしみじみとして書いた。大兄や女房も登場させている。以上。

二月十二日　　芥川竜之介

小穴隆一様

二伸　兎屋*さんにも逢う間がない。佐藤(春)にはちょっと会った。斎藤さんにも。僕はヴェロナアル〇・四だが斎藤さんは〇・七乃至八のよし。上には上のあるものだ。

176　2月16日　秦 豊吉　田端から

原稿用紙にて失礼。*Legenda Aurea は黄金伝説の意、Jocobus de Voragine は十三世紀の初期の人だ(検べるのは面倒故これでまけてくれ給え)。本の内容は僕の「きりしとほろ上人伝」の如き話ばかり。但しもっと簡古素朴だよ。英吉利では *William Caxton の訳が有名だ。今度独逸で出た本は近代語に訳されているかどうか。Caxton は十五世紀頃の人だから、この英語は大分古い。のみならず原本にない話――たとえばヨブの話などを加えている。僕は黄金伝説を全部読んでいない(第一全部は浩翰だろう)が、Caxton のセレクションは一冊持っている筈だ。御入用の節は探がすべし。しかし黄金伝説は兎に角名高いものだから、*ゲスタ・ロマノルムと一しょに買って置いても善い本だよ。右当用のみ。

二月十六日　　芥川竜之介

秦 豊吉様

二伸　日本版「れげんだ・あうれあ」は今から七、八年前に出ている。但し僕の頭でね。一笑。

177　2月17日　大熊信行　田端から

原稿用紙で御免下さい。御手紙並びに高著、鵠沼へ参りし為、遅れて落手、高著*は唯今拝読致し了り候。小生は*ラスキンには全然手をつけし事無之候へども、モリスに関するものは少々ばかり読みをり候為、高著に対し、多少の感慨を催し候（モリスに関する在来の日本人の著書は出たらめ少からず、それも聊か読みをり候へば、愈《いよいよ》感慨多き次第に有之候）。ラスキンよりモリスへ伝へたる法燈はモリスより更にショウに伝はりたる観あり、その中間に詩人、兼小説家兼画家兼工芸美術家兼社会主義者として立てるモリスは前世紀後半の一大橋梁と存候。但し老年のモリスの社会主義運動に加はり*、いろいろ不快な目に遇ひし事は如何にも人生落莫の感有之候（そは勿論高著の問題外に属し候へども）。小生は詩人モリス、――殊に Love is Enough の詩人モリスの心事を忖度し、同情する所少からず、モリスは便宜上の国家社会主義者たるのみならず、便宜上の共産主義者たりしを思うこと屢《しばしば》とに御座候。以上。

二月十七日　　芥川竜之介

大熊信行様

178　2月27日　滝井孝作　奈良市上高畑　滝井孝作へ（葉書）
田端から

御手紙拝見。「玄鶴山房」は力作なれども自ら脚力尽くる所廬山を見るの感あり。「河童」は*近年にない速力で書いた。「蜃気楼」は一番自信を持っている。僕は*来月の『改造』に谷崎君に答え、幷せて志賀さんを四、五枚論じた。*これから大阪へ立つ所。頓首。

179　3月6日　青野季吉　田端から

原稿用紙で御免下さい。「*新潮」の合評会の記事を読み、ちょっとこの手紙を書く気になりました。それは篇中の*リイプクネヒトのことです。*或人はあのリイプクネヒトは「苦楽」でも善いと言いました。しかし「苦楽」ではわたしにはいけません。わたしは玄鶴山房の悲劇を最後で山房以外の世界へ触れさせたい気もちを持っていました(最後の一回以外が悉く山房内に起っているのはその為です)。なお又その世界の中に新時代のあることを暗示したいと思いました。チェホフは御承知の通り、「*桜の園」の中に新時代の大学生を点出し、それを二階から転げ落ちることにしています。わたしはチェホフほど新時代にあきらめ切った笑声を与えることは出来ません。しかし又新時代と抱き合うほどの情熱も持っていません。リイプクネヒトは御承知の通り、あの「追憶録」の中にあるマルクスやエンゲルスと会った時の記事の中に多少の嘆声を洩らしています。わたしはわたしの大学生にもこう云うリイプクネヒトの影を投げたかったのです。わたしの企図は失敗だったかも知れません。少くとも合評会の諸君には尊台を除き、何の暗示も与えなかったようです。それは勿論やむを得ません。しかし唯尊台にはこれだけのことを申上げたい気を生じましたから、この手紙を認めることにしました。なお又わたしはブルヂョオワたると否とを問わず、人生は多少の歓喜を除けば、多大の苦痛を与えるものと思っています。これは近頃 Nicolas Ségur* の書いた「アナトオル・フランス*との対話」を読み、一層その感を深くしました。ソオシアリスト・フランスさえ彼をソオシアリズムに駆りやったものは「軽侮に近い憐憫」だと言っています。右突然手紙をさし上げた失礼を赦して頂ければ幸甚です。頓首。

昭和二年三月六日　　　　　　　　　　　芥川竜之介

青野季吉様

180　3月28日　斎藤茂吉　鵠沼イの四号から

原稿用紙にて御免蒙り候。度々御手紙頂き、恐縮に存じ候。「河童」などは時間さへあれば、まだ何十枚でも書けるつもり。唯『婦人公論』の「蜃気楼」だけは多少の自信有之候。但しこれも片々たるものにてどうにも致しかた無之候。何かペンを動かし居り候へども、いづれも楠正成が湊川にて戦ひをるやうなものに有之、疲労に疲労を重ねをり候(*今日は午後より鵠沼へ参る筈)。尊台のことなど何かと申すがらにも無之候へども、あまりはたが歯痒き故、ペンを及ぼし候次第、高免を得れば幸甚に御座候。一休禅師は朦々三十年と申し候へども、小生などは碌々三十年、一爪痕も残せるや否や覚束なく、みづから「くたばつてしまへ」と申すこと度たびに有之候。御憐憫下され度候。この頃又半透明なる歯車あまた右の目の視野に廻転する事あり、或は尊台の病院の中に半生を了ることと相成るべき乎。この頃*福田大将を狙撃したる*和田久太郎君の*獄中記を読み、「しんかんとしたりや蚤のはねる音」「のどの中に薬塗るなり雲の峯」「麦飯の虫ふえにけり土用雲」等の句を得、アナアキストも中々やるなと存候(一茶嫌ひの尊台には落第にや)。殊に「あの霜が刺つてゐるか痔の病」は同病相憐むの情に堪へず、獄中にての痔は苦しかるべく候。来月朔日には帰京、又々親族会議を開かなければならず、不快この事に存じをり候。そこへ参ると菊池などは大した勢ひにて又々何*とか読本をはじめ候（小生は名前を連ねたるのみ）。唯今の小生に欲しきものは第一に動物的エネルギイ、第二に動物的エネルギイ、第三に動物的エネルギイのみ。

冴え返る枝もふるへて猿すべり

三月二十八日　　竜之介

斎藤様

181　4月10日　飯田蛇笏　田端から

冠省。「雲母」の拙*句高評ありがたく存候。専門家にああ云はれると素人少々鼻を高く致し候。但し蝶*の舌の句は改作にあらず、おのづから「ゼンマイに似る」云々と記憶せしものに有之候。当時の句屑を保存せざる小生の事故「鉄条に似て」云々とありしと云ふ貴説恐らくは正しかるべく、従つて、もう一度考へ直し度候。唯似る――niruと滑る音、ゼンマイにかかりてちよつと未練あり、このラ行の音を欲しと思ふは素人考へにや。なほ又「か*げろふや棟も落ちたる」は「棟も沈める」と改作致し候。あゝ何句もならべて見ると、調べに変化乏しくつくづく俳諧もむづかしきものなりと存候。この頃久保田君、句集*を出すにつき、序を書けと云はれ、

「冴返る隣の屋根や夜半の雨」

御一笑下され度候。二月号「山廬近詠」中、

「破魔弓や山びこつくる子のたむろ」

人に迫るもの有之候。ああ云ふ句は東京にゐては到底出来ず、健羨に堪へず候。頓首。

四月十日　　芥川竜之介

飯田蛇笏様

182　5月17日　志賀直哉　北海道から（絵葉書、里見弴と寄書）

双皀眠円*

孤雁夢寒

旅情御想察下され度候。

五月十七日　　竜之介

183　5月19日　芥川比呂志・多加志　東京市外田端四三五　芥川比呂志・多加志へ（「北海道当別トラピスト修道院の全景」と題した絵葉書）

サッポロヘキマシタ。ココニハキレイナショクブツエンガアリマス。アシタハアサヒ*ガハトイウ町ヘユキマス。

184　5月19日　芥川　文　東京市外田端四三五　芥川文子へ　北海道から（絵葉書）

汽車へ乗ってはしゃべりしゃべりする為、すっかりくたびれた。かえりには新潟*へまわり、二、三日休養するつもり。こんなに烈しい旅とは思わなかった。北海道では今ボ*オヂェストをやっている。以上。

札幌

185　5月24日　小穴隆一　東京市外田端四三五芥川気附　小穴隆一へ　北海道から（絵葉書）

北海道二句

ひ*つじ田の中にしだるる柳かな

ほっき貝と云う貝ありいずこの膳にものぼる

冴え返る身にしみじみとほつき貝

五月二十四日

二伸　繁昌記*十三、十五回だけ拝見。長明先生云々の字は下島先生乎。

注解

石割　透

頁 行

一〇 3　ジャングルブック　イギリスの小説家 Joseph Rudyard Kipling(一八六五―一九三六)作。密林の動物に題材を採った小説集(一八九四年)。

一〇 3　その中の二、三を　土肥春曙、黒田湖山共訳「ジャングルブック」冒頭部の抄訳「お伽小説」(『少年世界』一八九九年七―一二月)、「キップリング氏作・森林物語の内・庭園の大戦争」(『少年世界』一九〇〇年六―八月)など。

一〇 7　Rosmersholm　ノルウエイの劇作家 Henrik Ibsen の戯曲(一八八六年)。

一〇 8　メレジュコウスキ　ロシアの詩人、小説家 Dmitrii Sergeevich Merezhkovskii(一八六九―一九四一)。「キリストと反キリスト」三部作(「背教者ジュリアン、神々の死」「レオナルド・ダ・ビンチ、神々の復活」「ピョートルとアレクセイ、反キリスト」)など。

一〇 10　イプセン　一九〇六年の逝去を契機に、日本でも多くの雑誌が特集を組み、イプセン会が結成されるなど、その社会劇は大きな反響を与えた。

一〇 10　「ボルクマン」　イプセンの戯曲「ジョン・ガブリエル・ボルクマン」(一八九六年)の主人公。「ジョン・ガブリエル・ボルクマン」はこの年一一月、自由劇場第一回試演で上演。

一〇 11　「ドールスハウス」　イプセンの戯曲「人形の家」(一八七九年)。日露戦争後に、「新しい女」

の典型として、妻の座を棄てる主人公ノラの生き方が注目された。

二2　ハウプトマン　ドイツの劇作家 Gerhart Hauptmann(一八六二―一九四六)。「寂しき人々」は、田山花袋などに大きな影響を与えた。

二7　「クオバデス」　Quo Vadis(一八九六年)。ポーランドの小説家 Henryk Sienkiewicz(一八四六―一九一六)の代表作。表題はペテロがクリストに問いかけた言葉に基づく。

二11　雅邦会　日本画家、橋本雅邦(一八三五―一九〇八)の出身地の川越の有志が、雅邦を囲んで営んだ親睦会。雅邦の逝去後も盛んであった。

二7　「復活」　ロシアの小説家 Lev Nikolaevich Tolstoi の小説(一八九八―九九年)。

二10　果断ありと自ら誇りしが……　森鷗外の小説「舞姫」(一八九〇年)の中の一文。後に「舞姫」が収録された本文は、この箇所はいずれも「決断ありと自ら心に誇りしが」。

三6　樗牛　評論家、小説家、高山樗牛(一八七一―一九〇二)。個人の美的本能生活を重視する「美的生活を論ず」(一九〇一年)は若い世代に大きな影響を与えた。

四1　「タイイス」　フランスの小説家 Anatole France(一八四四―一九二四)の舞姫の美に惑わされる修道士を描いた小説。

四4　来かた　芝新銭座に芥川の実父、新原敏三が住み、当時の芥川は度々赴いていた。

四7　耕牧舎　新原敏三が経営を任されていた牧場、牛乳屋。

四13　平塚　府立三中の同級生、平塚逸郎(一八九二―一九一八)。一年遅れて岡山第六高等学校に入学。一九一八年に腎臓結核で夭折した。

一五13　西川　府立三中の同級生、西川英次郎(一八九二―一九八八)。府立三中を首席で卒業。東大農科卒。東北大学教授などを歴任した。

一六11　二部乙　農科。「一部乙」は文科、「二部甲」は工科、「三部」は医科、独法はドイツ法律学科で「一丙」。

一七8　DIMINUTIVE DRAMAS　イギリスの著述家 Maurice Baring(一八七四―一九四五)の小品戯曲集(一九一〇年)。

一七10　THE AULIS DIFFICULTY　ギリシャ、オウリス港のテントを舞台にする、アガメムノンを主人公にした小品戯曲。

一七11　慶応入学　一高の入学試験は七月一一日から一五日。山本喜誉司は一高の無試験入学に失敗、慶応義塾予科入学も考えたが、翌年第一高等学校に入学。この年から一高では中学卒業生に対する無試験推薦制度が始まり、芥川は無試験で入学した。

一七14　鵠沼　藤沢市鵠沼海岸に山本の母方の実家があった。

一八6　許丁卯の詩集　中国晩唐の詩人、許渾撰『丁卯集』上・下二巻。上巻は「七言雑詩」を収録。

一八7　李義山　中国唐代の詩人、李商隠(八一二―八五八)。

一八7　温飛郷　温飛卿のこと。中国唐代の詩人、温庭筠(八一二―八七〇)。李商隠とともに「温李」と並び称せられた。

一八8　青蓮少陵　青蓮は李白(七〇一―七六二)、少陵は杜甫(七一二―七七〇)のこと。

一九4　丸善のカタログ　洋書取扱店丸善が出していた「Maruzen's Announcements」か。

一九6「渦巻」　上田敏(一八七四—一九一六)の小説「うづまき」(『国民新聞』一九一〇年一—三月、同年六月、大倉書店刊)。上田敏の当時の享楽主義の姿勢が窺える。

一九6「冷笑」　永井荷風(一八七九—一九五九)の小説。一九一〇年五月、左久良書房刊。

一九8『三田文学』　慶応義塾大学文科三田文学会が一九一〇年五月に創刊した雑誌。

一九8 後藤末雄氏の……　後藤末雄は小説家、フランス文学研究者(一八八六—一九六七)。府立三中から一高、東大に進学。(第二次)『新思潮』同人。『三田文学』七月号に副題「Lombroso 著 Sovenirs de Maupassant より」の抄訳「ブウル・ド・スイフの典型と批評」を発表。モーパッサンの小説「ブウル・ド・スイフ(脂肪の塊)」は、『三田文学』に馬場孤蝶訳で連載されていた。

二三4「遠野語」　柳田国男の巷談集『遠野物語』(一九一〇年六月、聚精堂刊)。岩手県遠野に伝わる伝説を同地の佐々木喜善が語るのを記録した。柳田民俗学の原点をなす。

二三5「酒ほがひ」『明星』系の歌人、劇作家の吉井勇(一八八六—一九六〇)の耽美的な歌集。一九一〇年九月、昴発行所刊。山本にこの歌集を貸し、「いゝと思つた歌」に印をつけることを、芥川は五日付書簡で求めていた。

二四3 角筈　吉井勇の父、吉井幸三の宅は東京淀橋角筈。芥川家に近かった。

二四4 夢介と僧　吉井勇の戯曲「夢介と僧と」(『三田文学』一九一〇年一二月)。一二月自由劇場第三回試演として上演された。戯曲集『午後三時』(一九一一年)に収録。

二四5 シラノドベルジュラク　フランスの劇作家 Edmond Rostand(一八六八—一九一八)の代表的な戯曲(一

八九七年)。大きな鼻を持つシラノが主人公の悲喜劇。

二五6 APOLLO　古代ギリシャ神話のアポロ神。美青年で詩歌、音楽などを司る。

二五6 SATYR　ギリシャ神話のディオニュソスに従う半人半獣神。酒や女性を好む。

三一8 マアテルリンク　ベルギーの劇作家、詩人 Maurice Maeterlinck(一八六二―一九四九)。その戯曲は、イプセンの社会劇と対照的な象徴劇として、盛んに上演された。

三一9 Blue bird　マーテルリンクの戯曲(一九〇八年)。「青い鳥」の表題で知られる。

三二8 御無沙汰　井川恭は六月二一日学年末試験を終え、その日実家の松江に帰郷。

三二9 成蹟をみに　学年末試験の結果。この試験では井川が一番、芥川二番。

三二12 石田君が……　一高で同級の石田幹之助(一八九一―一九七四)。石田が井川に成績順を記した書簡は、井川恭「向陵記」の一一日の項に記されている。

三三13 紫紅氏の「恋の洞」　帝国劇場は三日から山崎紫紅「恋の洞」「シャーロックホームス」、益田太郎冠者作「三太郎」などを上演。中幕の「弁慶上使」は、原名題「御所桜堀河夜討」三段目のことで、弁慶は七世松本幸四郎の当り芸。「かく子」は、女優村田嘉久子(一八九三―一九六九)。帝劇付属技芸学校の第一期生。

三四4 MYSTERIOUSな話しが……　芥川には、怪奇的、神秘的な話をこの時期に収集し、大学ノートに記した「椒図志異」が残されている。

三四13 My dear…　この書簡は、七月一四日、井川が松江から芥川に親友であることを告げた英文書簡を送り、それに対する芥川の返信。

三七12　Salome　Oscar Wild(一八五四—一九〇〇)の戯曲。旧約聖書のサロメを題材にし、一八九三年仏語で、翌年にはダグラス卿の英訳で、ビアズリーの挿絵が添えられて刊行。リヒャルト・シュトラウスが歌劇に仕立て一層著名になった。ビアズリーは、この年四月に開催された白樺主催第五回美術展覧会に出展された。

三八2　御不例中に　七月二〇日、宮内庁は明治天皇が重態であることを発表。以後、号外が飛び交い、皇居前に天皇の無事を祈願する人が集まった。明治天皇は七月三〇日逝去。

三九10　娯楽に関する催し　天皇の病状悪化により、七月三〇日、歌舞音曲などの娯楽の興行を三一日から八月四日まで控えるべく通告され、その後も自粛ムードは続いた。

三九15　ヒヤワタ　アメリカの詩人 Henry Wadsworth Longfellow(一八〇七—一八八二)の詩集 *The Song of Hiawatha*(一八五五年)。

四一3　FAUST　ゲーテの劇詩。三月二七日から帝国劇場で上演された近代劇協会第二回公演。森鷗外の翻訳による。

四三8　卒業式　一高卒業式は七月一日。文科は井川、芥川、石田、久米正雄、土屋文明、成瀬正一、谷森饒男、藤岡蔵六など二六名が卒業。

四四7　二年の時　芥川は二年次から第一高等学校中寮三番に入寮、井川と同室になる。

四八2　小栗栖君　一高の同級生、小栗栖国道。京大法科に進学。

四八5　「金瓶梅」　中国明代に作られた長編小説。作者不明。極悪非道の商人が成り上がっていく様を描く。芥川には、一九一四年頃執筆の「金瓶梅」と題した戯曲未定稿がある。

四八 5　村田さん　一高の英語教授、村田祐治(一八六四―一九四四)。

四八 11　御寺へは　芥川は八月六日から静岡県安倍郡不二見村新定院に逗留。

五二 12　お鶴さん　本所で「藍問屋」を営んでいた娘。「本所両国」(一九二七年)では、山本の姪の芥川夫人が、山本が「好きだつた人」と話している。

五五 3　「行水のすて所なき」　江戸時代の俳人、上島鬼貫の句「行水の捨所なし虫の声」の引用。

五五 7　竜華寺　一六七〇年、日近が開基した日蓮宗の寺。高山樗牛の墓がある。

五五 9　種豆南山……　陶淵明「帰田園居五首」の一首。「草長」は「草盛」が正しい。

五六 8　腋下三拳……　出典は「臨済録」行録。臨済が黄檗に仏法の教えを願ったが黙ったまま三度打たれ、その意味を大愚に尋ねに行く。臨済は、大愚の一言で大悟し、大愚の横腹を三度拳で突き上げた。身をもって悟らせようとする仏法を示す公案。

五六 9　婆子焼庵の公案　出典は「五燈会元」六。老婆が長い間、僧を庵において面倒を見ていたが、ある時若い娘に誘惑させたところ、彼が全く誘惑に陥らなかったことを知り、老婆が怒り、庵を焼くという、人間の肉欲をめぐる有名な公案。

五七 3　中西屋　一八八一年、丸善の洋書ストックを捌く目的で、神田神保町に創設された。後には和漢書籍も扱った。

五七 7　LADY…　綴りは正しい。ワイルドの戯曲「ウィンダミア夫人の扇」(一八九二年)。「理想の夫」(一八九五年)、「つまらぬ女」(一八九二年)。

五七 10　一志　芥川旧蔵書には一九一〇年前後にロンドンで刊行された、ワイルドの「理想の夫」

「ド・プロフォンヂス」ら四冊のMethuen's shilling booksがある。

三七七 15 SATRO　正しくはSUTRO。芥川旧蔵書には、Alfred Sutro訳、マーテルリンク作「モンナ・ヴァンナ」「智慧と運命」がある。

三七八 1 Strindberg　スエーデンの小説家、劇作家August Strindberg(一八四九―一九一二)。主に男女の相克をテーマにした自然主義的、神秘主義的な作風は、日露戦争後に盛んに翻訳された。

三七八 3 D'anunzio　イタリアの詩人、小説家Gabriele D'Annunzio(一八六三―一九三八)。芥川は同月の一六日の井川宛書簡で、「死の勝利」中のジョルジオとイッポリットの海水浴の場面の官能的な表現を、美しいと記している。

三七八 5 HEINEMANN版とPAGEの版　芥川旧蔵書には、ダヌンチオの作品「生の焔」、(正しくは)「フランチェスカ　ダ　リミニ」、「犠牲」のHEINEMANN版、「巌上の三処女」のPAGE版の書物がある。

三七八 10 ウィド　デンマークの小説家、劇作家Gustav Wied(一八五八―一九一四)。特に森鷗外が好んで翻訳した。

三七八 11 続一幕物　森鷗外の翻訳戯曲集(一九一〇年)。「サロメ」(ワイルド)、「奇蹟」(マーテルリンク)、「債鬼」(ストリンドベリイ)、「ねんねえ旅籠」(ウィド)、「秋夕夢」(ダヌンチオ)、「家常茶飯」(リルケ)を収録。

三七八 13 Archer　イギリスの劇評家William Archer(一八五六―一九二四)。芥川の旧蔵書にも認められる、「イプセン全集」全一一巻(一九〇六―〇七年)で、イギリスにイプセンを紹介した。

五八 15 ロータスシーリース　フランス文学の名作を集めた英訳叢書。

五九 11 千里眼　肉眼では見ることが不可能な事象が見える現象。一九一〇年、心理学者福来友吉は、思念が写真乾板に写る念写を実験し、山川健次郎も物理学の立場から『千里眼実験録』(一九一一年二月、大日本図書刊)で念写現象を解明した。福来は『透視と念写』(一九一三年八月、東京宝文館刊)を著し念写現象を示し、この月一〇日前後の多くの新聞に報道された。

六〇 8 源水の口吻　江戸時代、薬を売るために松井源水は、大道で居合い抜きなどを演じ、独特の口説で人を集めた。

六二 5 「彫像と半身像」　上田敏の小説「うづまき」では、この詩の概略が登場人物によって紹介されている。

六二 7 「分身」「走馬灯」　森鷗外の短編小説集『分身』『走馬灯』(一九一三年七月、籾山書店刊、二冊同時配本)。

六二 7 「意地」　森鷗外の短編小説集『意地』(一九一三年六月、籾山書店刊)。「興津弥五右衛門の遺書」「阿部一族」「佐橋甚五郎」を収録。

六二 7 「十人十話」　森鷗外の翻訳小説集『十人十話』(一九一三年五月、籾山書店刊)。「独身者の死」は、Arthur Schnitzler 原作「一人者の死」(一九一三年一月、『東亜之光』)。

六三 6 東京へかえつてから　芥川は静岡県不二見村から八月二二日に東京に戻った。

六三 13 「ブランド」　Henrik Ibsen の戯曲(一八六六年)。

六三 14 「人形の家」と「ガブリエルボルクマン」　「人形の家」は島村抱月訳で一九一一年文芸協会

により、「ジョン・ガブリエル・ボルクマン」は一九〇九年森鷗外訳で自由劇場により上演され、大きな反響を与えた。

六四 1　ヴィリエ　リイル　アダン　フランスの小説家、劇作家 Villiers de L'Isle-Adam（一八三八-八九）。「反逆」は *La Révolté* で「反抗」の題で知られる。

六六 9　ゴーチエ　フランスの小説家 Théophile Gautier（一八一一-七二）。芥川はラフカディオ・ハーンの英訳本により、久米正雄『クレオパトラの一夜』収録「クラリモンド」を一九一四年訳出。「キャピテン・フラカス」（一八六三年）、「モーパン嬢」（一八三五年）、「ミイラ物語」（「木乃伊の物語」）（一八五八年）は、ともにゴーチエの代表作。

六七 1　YEATS　アイルランドの詩人、劇作家 William Butler Yeats（一八六五-一九三九）。アイルランド文芸復興運動、アイルランド演劇の中心的存在。

六七 1　SECRET ROSE　芥川旧蔵書には、イエーツの一九一三年版 *Storieis of Red Hanrahan, The Secret Rose* があり、芥川は一部を一九一四年に「春の心臓」として『新思潮』に訳出掲載した。

六八 3　ゴーガン　フランスの後期印象派の画家 Eugène Henri Paul Gauguin（一八四八-一九〇三）。晩年はタヒティ島で主に生活した。

六八 8　ユンケル　第一高等学校のドイツ語教授。

六八 10　シイモア　第一高等学校の英語教授。

六九 3　エレクトラ　一九一三年一〇月に帝国劇場での公衆劇団第一回公演。ベアリング作、松居松葉訳「マクベスの稽古」、松葉作「茶を作る家」、ホフマンスタール作、松葉訳「エレクトラ」、森鷗外作「女がた」。この公演は京都でも、一一月一一日から新京極明治座で上演された。エレクトラは、ギリシャの伝説に取材したオーストリアの詩人、劇作家 Hugo von Hofmannsthal(一八七四―一九二九)の代表作。

七四11　シンジ　アイルランドの劇作家 John Millington Synge(一八七一―一九〇九)。読み方はシングかシンジか、後の第三次『新思潮』同人間で話題になった。

七四11　DEIDRE OF SORROWS　シングの戯曲「悲しみのデオドラ」。正しくは DEIRDRE。

七四13　Forerunner　メレジュコフスキーの小説「神々の復活」の英文表題。日本の表題として「先覚」「先駆者」などがある。

七七5　ローレンス　John Lawrence(一八五〇―一九一六)。一九〇六年来日。東京帝大英吉利文学科で英吉利語学、英吉利文学の講義を担当。

七七13　文展　第七回文部省美術展覧会。一〇月一五日から上野竹の台陳列館で開催。京都は一一月二五日から開催。

七八1　文晁　江戸後期の画家、谷文晁(一七六三―一八四〇)。

七八10　土田麦僊　日本画家(一八八七―一九三六)。ゴーガンの影響を受けた前年出展の「島の女」は「褒状」を得たが、「海女」は文展では評価されなかった。

七九3　「ノアノア」　ゴーガンのタヒティでの生活記録。一九一二年から一三年『白樺』に小泉鉄が訳出連載、この年一一月、挿絵も添えて洛陽堂より刊行。

八〇6「汐くみ」　前年の文展で大胆な画法が注目された「潮」のことか。

八一4　南薫造　洋画家(一八八三―一九五〇)。「春さき」は三等賞受賞。「瓦焼き」は一九一一年第五回展の出展作。南は『白樺』と関わりが深く、有島壬生馬との滞欧記念美術展は、『白樺』主催で一九一〇年に開催。

八二3　Verdiの百年祭　「リゴレット」「椿姫」「イル・トロヴァトーレ」「アイーダ」などで知られたイタリアの歌劇作曲家、Giuseppe Verdi(一八一三―一九〇一)の生誕百年祭。帝国ホテルで一〇月三〇日開演。露国武官夫人ドブロフスキー、三浦環、ギター演奏サルコリらが出演。

八二8　芸術座が……　この年に島村抱月が結成した芸術座が、音楽界刷新を目的に開催した音楽会。三〇日有楽座で開催。薄田泣菫、北原白秋などの詩に基づく創作曲をソプラノ歌手の薗部房子が歌った。

八二10　RIGOLETTO　ヴェルディ作曲の歌劇。その中の「女心の歌」は特に親しまれた。

八二15　ゴルキイの夜の宿　自由劇場第七回公演。一〇月二九日から帝国劇場で上演。

八三5　SWIFT　東京帝大教授のアメリカ人John Trumbull Swift(一八六一―一九二八)。授業は英吉利語学を担当。

八六8　WESEN　実在。

八七10『新思潮』同人の一人　この年二月創刊、(第三次)『新思潮』の同人になったこと。他に『新思潮』同人は、山宮允、豊島与志雄、久米正雄、山本有三、土屋文明、菊池寛、松岡譲、成瀬正一ら。

八七13　アナトオル　フランスの短篇　芥川はアナトール・フランス「バルタザアル」を『新思潮』創刊号に発表。芥川は旧蔵書にある一九〇九年版ジョン・レーン夫人の英訳本に拠って翻訳した。

八七15　同人とは……　『新思潮』創刊号冒頭には「同人全体としては一定した主義もなければ主張もない」などとある。

八八13　「蛇の舌」　東京外国語学校学生による同人雑誌。二月創刊号に岡野馨がフランス語の原本を用いてアナトール・フランス「バルタザアル」を訳出発表。

八九4　久米の戯曲と豊島の小説　久米は「此の諫言お用ゐなくば」、豊島は「湖水と彼等」。

八九4　佐野の論文　佐野文夫「生を与ふる神」。

八九4　山宮の象徴論　山宮允「本質美の表現としての象徴」。

八九5　表紙　（第三次）『新思潮』第二号までの表紙は William Blake の *Space*。

八九7　木下杢太郎氏の画　（第三次）『新思潮』は、第四号から木下杢太郎の表紙絵となり、第八号（終刊号）まで続いた。

八九10　小山内さんの所へも　小山内薫は、（第三次）『新思潮』創刊号に訳文「俳優の見たマアテルリンク」を寄稿。（第一次・第二次）『新思潮』刊行に深く関わった小山内宅に赴いたことは、未定稿「今昔」に記されている。

八九10　芸術座の　一月一七日より有楽座で公演された島村抱月訳・舞台監督、松井須磨子主演のイプセン作「海の夫人」。

八九 11　にじんすきい　ロシアの舞踊家 Vatslav Nijinsky（一八九〇—一九五〇）。一九〇九年のパリ公演で空前の男性舞踊家と評された。

九〇 1　河合君　府立三中の二年先輩で、後の東京帝大教授、経済学者、河合栄治郎（一八九一—一九四四）。

九〇 14　井出　井出説太郎。歌人土屋文明の当時の筆名。土屋は『新思潮』に戯曲、小説を発表。

九〇 14　松井　松井春二。後のフランス文学研究者成瀬正一の当時の筆名。二号には小説「未来のために」を掲載。

九〇 14　六号にある記事は　『新思潮』の後記「TZSCHALLAPPOKO」。婿になる同人の資格くらべなどが記されている。

九一 1　三号へは　四月号の同誌には、七五頁に及ぶ山本有三の戯曲「女親（三幕）」が掲載。

九一 2　久米が俑を造った　三月号には六八頁に及ぶ久米の戯曲「牛乳屋の兄弟」が掲載。

九一 10　未来　詩の同人雑誌『未来』。一九一四年二月創刊。同人は山宮允、西条八十、三木露風、川路柳虹、新城和一、山田耕作、灰野庄平ら。詩と音楽との融合を試みた。山宮と親しかった芥川は、（第二次）『未来』に短歌「砂上遅日」を一九一五年二月に発表。

九一 10　山田アーベント　二月二一日築地精養軒で山田耕作のドイツからの帰朝を祝い開催された『未来』主催の音楽会。三木露風らの詩も十数編歌われた。

九一 15　谷森君のおとうさん　谷森饒男の父、貴族院議員谷森真男（一八四七—一九二四）。元老院議員、香川県知事など歴任。一八九八年貴族院議員に勅選された。

九一 15　海軍予算修正案　一九一四年三月、海軍拡張予算をめぐり、衆議院が大幅な削減を上程したが否決された。

九二1 権兵ヱ　一九一三年、桂内閣が護憲運動で失墜した後の首相山本権兵衛(一八五二―一九三三)。一四年のシーメンス事件で罷免された。

九二3 アイアランド文学　『新思潮』六月号を「愛蘭文学号」にする計画が山宮らから出ていたが、実現しなかった。

九二5 グレゴリー　アイルランドの女性劇作家 Isabella Augusta Gregory(一八五二―一九三二)。

九二7 畔柳さんの会　一高の英語教授、畔柳都太郎(芥舟)(一八七一―一九二三)を中心とした会。七、八人許りの内輪の会で、近代文学の作家を毎月一人ずつ読んでいた。

九七2 地獄の箴言　イギリスの詩人、画家 William Blake(一七五七―一八二七)の「天国と地獄の婚姻」の章題。ブレークの神秘的生命主義は、日本では特に大正初期に注目され、この年『白樺』四月号はブレーク特集号で、年末には柳宗悦の大著『ヰリアム・ブレーク』も刊行される。

一〇五10 ゼムの広告　ジャムの広告。

一〇六10 田端へ越しました　芥川家は豊多摩郡内藤新宿二丁目から、北豊島郡滝野川町田端四三五へ移転した。

一〇七1 ブレークの展覧会　『白樺』同人主催第七回美術展覧会は一五年、ブレークの複製版画六〇枚を展示した。

一〇八3 ホイットマン　アメリカの詩人 Walt Whitman(一八一九―九二)。人間愛、肉体礼賛の思想を日常的な言葉によって表現し、特に詩集『草の葉』は、高村光太郎、『白樺』派などに大きな影響を与えた。

一〇八 10 立体派や未来派　立体派は、ピカソ、ブラックらにより一九〇七年頃に創始された美術運動、キュビズム。リアリズムからの解放を意図し、美的存在としての絵画の結実を意図した。未来派は、同じ頃にイタリアのマリネッティが唱えた芸術運動。機械文明のダイナミックな力感を表現することを意図した。

一〇八 11 ピカソ　スペインの画家 Pablo Picasso(一八八一―一九七三)。ブラックとともに立体派の創始者。この頃、『白樺』や『美術新報』などで紹介され始めた。

一〇八 12 マチス　フォーヴィズムを代表するフランスの画家 Henri Matisse(一八六九―一九五四)。柳宗悦「革命の画家」(一九一二年)では、後期印象派とともにマチスの芸術は「人生と芸術とが一体」で「生命それ自らの力」とされ、一九一三年『白樺』で挿画として紹介された。

一〇八 15 僕のかいていた……　一九一四年に発表した「大川の水」「老年」や短歌など。

一〇九 3 ロマン・ロオラン　フランスの小説家 Romain Rolland(一八六六―一九四四)。「この頃読んだ本の中で」「最も強く感動せしめたる書」として、芥川は『新潮』一九一六年一〇月号のアンケートに「ジャン・クリストフ」を挙げている。

一一〇 4 ある女　東京芝愛宕町に育ち、芥川と幼い時から親しかった吉田弥生(一八九二―一九七三)。吉田は青山女学院英文専門科卒業。五月一五日に吉田は陸軍中尉と結婚した。

一一一 9 ヒポコンデリック　心気症、憂鬱症。

一一五 8 ジンリッヒ　官能的な。性欲的な。

二九3　Seelenhaftig　誠実な。

三二7　ルイズ　イギリスの小説家 Matthew Gregory Lewis(一七五五—一八一八)。*The Monk*(一七九五年)は悪魔に魂を売った修道士の物語で、一八世紀末に流行したゴシック・ロマンの代表作。ルイズは Monk Lewis とも呼ばれる。

三三1　Everyman's Library　一九〇六年イギリスで刊行された、世界の名作が廉価で読めるシリーズ本。同年に輸入され始め、主に丸善で販売された。

三三7　相馬御風　詩人、評論家(一八八三—一九五〇)。早大英文科卒。『早稲田文学』の編集に携り、口語詩を創作するとともに多くの自然主義論を発表。この時期は、自我の拡充を主張。社会変革を主張する大杉栄らと対立していた。

三三11　石田三治　評論家(一八九〇—一九一九)。芥川の一高、東大の一年先輩。東京帝大美学科卒。トルストイ研究者として活躍したが、夭折した。

三四15　「世間知らず」　武者小路実篤の書き下ろし小説。一九一二年、洛陽堂刊。

三五9　佩きたる太刀　これら谷森への問いは、「羅生門」発表直前に平安時代の風俗を確認しようとしたのか、新たな作品の構想に必要であったのかは不明。因みに「羅生門」では、「聖柄の太刀が鞘走らないやうに」とある。

三五11　かぶりもの　「羅生門」では「揉烏帽子が」とある。

三五14　国史大辞典　一九〇八年、八代国治らの編集で吉川弘文館刊。一九一三年、増補改訂版が刊行された。日本で最初の本格的な日本史辞典。

二六12 松岡や成瀬　松岡譲、成瀬正一。これは、久米とともに、夏目漱石の書斎を初めて訪れる二日前の書簡である。

二七3 南寮　第一高等学校の寄宿寮の南寮。佐野文夫や久米、菊池、成瀬などが入寮。芥川は二年次に中寮に入寮し、井川恭と同室になった。

二八6 Leistung　作品。

三〇5 さしせまった仕事　(第四次)『新思潮』創刊が急に具体化し、創刊号に発表する小説を完成する必要が生じたこと。

三〇6 論文　東大の卒業論文。芥川は、イギリスのラファエル前派の詩人、工芸家ウイリアム・モリス William Morris(一八三四―九六)に関する論文を計画していた。

三〇9 京都で文展　第九回文部省美術展覧会は一〇月に東京上野・竹の台陳列館で、京都では一一月二一日から開催された。

三〇12 矢代　芥川と東大英文科で一年先輩の矢代幸雄(一八九〇―一九七五)。後に美術評論家になり、東京美術学校教授などを歴任した。

三二1 二科　二科会第二回展は一〇月一三日から三越百貨店旧館で開催。

三二1 坂本さん　西洋画家、坂本繁二(次)郎(一八八二―一九六九)。二科会展では、「牛」など七点を出展。

三二6 安井曾太郎　西洋画家(一八八八―一九五五)。二科会展では特別展示として、滞欧記念四四作品が出展され、好評であった。「裸の髪の黒い女」の絵は「黒き髪の女」か。

三二11 美術館　第二回再興日本美術院展覧会。一〇月一一日から上野精養軒で開催。

三三12　青田青邨　再興日本美術院同人前田青邨の誤り。前田は「朝鮮の巻」を出展。

三三14　現代の美術の展覧会　一五年一〇月一七日から開催された現代美術社主催展示会。現代美術社は、フュウザン会解散後に岸田劉生、木村荘八らが結成した。次回からは「草土社展覧会」にすると目録にある。岸田は、「自画像」「代々木付近」など五六作品を出展した。

三三1　ツァイヒヌング　スケッチ、素描。

三三11　Zeit　時間。

三三12　beweisen　証明する。

三西4　Jedermann　ホフマンスタールの戯曲「エヴリマン」(一九一一年)。

三西10　Gegenstand　対象。

三西14　松江　芥川はこの年八月四日、松江の井川宅に赴き、同月二一日まで滞在した。

三五14　大竜寺　東京田端にある真言宗の寺。子規の他に板谷波山の墓がある。

四一8　オイセルリッヒ　外面的に。

四一8　インネルリッヒ　内面的、精神的に。

四三3　「あきらめ」　女優の田村俊子の文壇デビュー作。新しい女性としての自覚と挫折を描く。一九一一年『大阪朝日新聞』連載後、同年金尾文淵堂刊。

四三3　「夏姿」　永井荷風の小説「夏すがた」。一九一五年一月籾山書店刊。刊行後発禁になるが、第一版は売り切れた。

四三4　ケルン　核、芯の意味。

一四五6　Liebes-geschichte　恋愛小説。

一四五7　八洲さん　芥川の妻、塚本文の実弟塚本八洲(一九〇三-四四)。

一五〇2　雑誌が出た　(第四次)『新思潮』創刊号。芥川「鼻」の他に、成瀬「骨晒し」、菊池「暴徒の子」、久米「父の死」、松岡「罪の彼方へ」などが掲載された。

一五〇3　ふじちゃん　井川恭の婚約者恒藤雅の妹ふじ。

一五一3　文房堂　一八八七年丸善は、神田神保町の中西屋の一部を、文房具を売る店として創業。芥川は松屋製原稿用紙を好んだが、時に文房堂の用紙も使用している。

一五一5　牛込　井川恭の婚約者の父、農学者恒藤規隆が住んでいた。

一五一15　ベグリッフスインハルト　試み、企て。

一五三3　ベディングング　前提、条件。

一五三14　夏目先生　一九日芥川宛書簡で、夏目漱石は「鼻」について「大変面白い」、「敬服しました」などと賞賛した。

一五三15　成瀬は『新思潮』同人の間での『新思潮』創刊号の原稿読み合わせの際には、「鼻」は、評価はそれほど高くなかったことが、久米や松岡の回想文に記されている。

一五四7　あの朝　三月一三日の新聞朝刊が、東大英文科教授のロオレンスの逝去を報じた。葬儀は一四日、三田聖坂教会で行なわれ、芥川は成瀬と久米とともに列席した。

一五四7　ル・ディアブル・エ・モオル　悪魔は死んだ、の意。イギリスの小説家、劇作家Charles Reade(一八一四-八四)の「僧院と家庭」(「僧院と竈」)の中の一文。

一五五1　セルマ　ラアゲレフ　スエーデンの女性作家 Selma Lagerlöf(一八五八―一九四〇)。一九〇九年、ノーベル賞受賞。「ゲスタ・ベエリング」は「イエスタ・ベルリング物語」*gösta Berlingss saga*(一八九一年)。

一五五2　森さんの小説　森鷗外の小説「二人の友」(一九一五年)。一高ドイツ語教授、福間博がモデルの「F君」と、鷗外からドイツの哲学の講義を受け、福間の葬儀で導師として説法をした玉水俊虠がモデルの「安国寺さん」の交友が扱われている。F君は鷗外宅の傍の下宿屋で知り合った女性との縁談で「安国寺さん」を女性の実家に赴かせる。芥川の「二人の友」(一九二六年)にも、この辺りのことが記されている。

一五八4　来月十日頃まで『新小説』から九月号掲載の小説執筆を依頼されたこと。

一五八8　卒業式　七月一〇日に東大の卒業式が行なわれた。

一五九2　ウンエステティッシュ　悪趣味の、俗物趣味の。

一六〇5　「偸盗」　同表題の小説は、一九一七年『中央公論』の四、七月号に発表された。

一六一4　越後の……　松岡譲の郷里は、新潟県長岡市。

一六一6　やっと「一」が　「芋粥」草稿では、正月の大饗の箇所から「二」とある。

一六一8　久保万　小説家、劇作家、俳人の久保田万太郎(一八八九―一九六三)。芥川の府立三中の先輩。東京下町を背景にした作品が多く、『浅草』(一九一二年)が第一創作集。

一六一13　赤木　夏目漱石門下の評論家赤木桁平。本名池崎忠孝(一八九一―一九四九)。『読売新聞』八月六、八日に「「遊蕩文学」の撲滅」を発表。軽薄な遊蕩生活に材料をとった作品の流行を批判し、長田幹彦、吉井勇、久保田万太郎、後藤末雄、近松秋江を挙げた。彼らに与えた影響力は強かった。

一六一13 長田幹　作家、歌謡の作詞家、長田幹彦(一八八七―一九六四)。大正初期、祇園の舞妓などを材料にした多くの情話的作品で流行作家になった。

一六二5 情話的傾向の跋扈　一九一五年、竹久夢二の表紙、装画を付された『情話新集』(新潮社刊)は、近松秋江『舞鶴心中』から一九一七年長田幹彦『桑名心中』まで一二冊刊行、非常な売れ行きを見せた。

一六二15 「名花」　一九一二年『三田文学』六月号掲載、後『新橋夜話』(一九一二年)収録。逞しく享楽的に生きる一芸妓の生き方が描かれる。

一六六13 今日から一の宮　「芋粥」を執筆し終え、芥川は久米正雄と千葉県の一宮海岸に赴き、一宮館の離れ(現在の芥川荘)に逗留した。

一六七11 『新思潮』の原稿　九月号に掲載された「猿」。

一六九2 先生の達磨　夏目漱石画の紙本淡彩「達磨渡江図」(一九一三年)。

一六九5 砂に知る……　夏目漱石は八月二四日の書簡で、これら芥川の二句は「月並ぢやありません」と評した。

一六九5 久米三汀宗匠　久米正雄は新傾向の俳人として既に知られ、一九一四年に句集『牧唄』を刊行している。

一七五5 ワットマン　上質の画用紙。ワットマンは、一七世紀の製造者の名前。

一七五8　セザンヌ　後期印象派のフランスの画家 Paul Cézanne(一八三九―一九〇六)。画面の構成を重視し、後の立体派などに大きな影響を与えた。久米はこの頃、アーサー・ジェローム・エッディ『後期印象派と立体派』を訳出、金星堂より九月に刊行。

一七五12　九月の一日　「芋粥」が掲載される『新小説』九月号の発行日。

一七六5　修善寺の御病気　夏目漱石は一九一〇年に胃腸の病が悪化し、八月六日から修善寺温泉菊屋旅館で逗留したが、八月二四日に危篤状態に陥った。

一七七13　Exuberance is beauty　ウイリアム・ブレークの作品「天国と地獄の婚姻」の「地獄の箴言」の一節で、「夥多は美である」(柳宗悦訳)。

一七八1　「創作」「猿」とともに『新思潮』九月号に発表。「猿」について夏目漱石は、九月一日付の書簡で、特に「猿」の最後の箇所などについての感想を記した。

一七九14　「留女」　志賀直哉の第一創作集。一九一三年洛陽堂刊。「祖母の為に」「鳥尾の病気」「剃刀」など、初期の短編小説一〇篇を収録している。

一八〇8　シュニツラアの猛者　新劇場は「シュニッツレル・アアベント」として、九月二八、二九日、丸の内保険協会講堂で第三回試演を行なう。小山内薫の講演「アルツウル・シュニッツレルに就いて」を挟み、秦豊吉訳「ライゲン(輪舞)中の一幕・小間使と若旦那」、森鷗外訳「猛者」、秦訳「アナトオル中の「挿話(エピソオド)」」などが上演された。

一八〇13　「明暗」『朝日新聞』に夏目漱石は小説「明暗」を連載していた。この書簡の時点は「明暗」の一二〇回を過ぎた辺りである。

一八〇14　ポオルハイゼ　ドイツの小説家 Paul von Heyse（一八三〇―一九一四）。一九一〇年ノーベル賞受賞。

一八一1　美術院　九月一一日から上野竹の台陳列館で開催された再興日本美術院第三回展。

一八一4　小宮豊隆　小宮豊隆は「今月読んだ戯曲、小説」（九月一九日『時事新報』）で「猿」「芋粥」を評し、「猿」に高い評価を寄せたが、作者の「何処か納まつてゐる」態度を指摘した。

一八二7　赤木　赤木桁平は一〇月一〇日『読売新聞』の「十月の創作」で「手巾」を評し、「破綻を見せない」と評価しながら、作者の「人生の傍観者」に堕する危険を指摘した。

一八二8　今月の『新思潮』　『新思潮』一〇月号は久米の戯曲「阿武隈心中」、松岡譲の小説「青白端渓」、菊池寛「愛蘭土劇手引草」など掲載。芥川は小品「出帆」のみの発表に止まった。

一八三10　毎日原稿製造　芥川は「芋粥」に続き、「手巾」（『中央公論』一〇月号）、「煙管」（『新小説』一一月号）、「煙草」（『新思潮』一一月号）などを発表した。

一八四4　全速力で小説を　翌年一月号に芥川は、「尾形了斎覚え書」（『新潮』）、「運」（『文章世界』）、「MENSURA ZOILI」（『新思潮』）などを発表した。

一八四4　朝の早い　芥川はこの月から横須賀海軍機関学校英語嘱託教授になり、週一二時間担当。一一月末より鎌倉和田塚、由比が浜の野間西洋洗濯店に下宿した。

一八四10　斎藤茂吉　斎藤茂吉に「にちりんは白くちひさし海中に浮びて声なき童子のあたま」（一九一四年一〇月号『アララギ』の「海浜守命」、後『あらたま』収録）がある。

一八五8　御通夜をして　一二月九日、夏目漱石が逝去。芥川は一一日の通夜に参列、一二日葬儀受付をして、一三日に鎌倉に戻った。

一八六2　筆子さん　夏目漱石の長女夏目筆(一八九九―一九八九)。当時、日本女子大学付属高等女学校在学。一九一七年松岡譲と婚約、翌年結婚。

一八六7　真鍋さん　夏目漱石の主治医、松山中学での漱石の教え子真鍋嘉一郎(一八七八―一九四一)。東大教授としてレントゲン療法や温床療法を開拓。漱石の逝去を看取った。

一八七3　原稿　「運」(『文章世界』新年号)を二〇日脱稿、「道祖問答」(『大阪朝日新聞夕刊』一月二九日)を三〇日脱稿。

一八七5　菅さん　一高ドイツ語教授。夏目漱石の友人で、書にも秀でていた菅虎雄(一八六四―一九四三)。菅は当時鎌倉由比が浜に住んでいた。創作集『羅生門』の題字、田端の書斎の「我鬼窟」の扁額は、彼の書による。

一八七12　宗演老漢　円覚寺派管長、釈宗演(一八五九―一九一九)。夏目漱石は一八九四年から翌年にかけ円覚寺帰源院で参禅した折に提撕をうけた。

一九〇10　浅野総一郎　明治時代に海運業などで成功した実業家(一八四八―一九三〇)。

一九〇10　大倉喜八郎　貿易業で成功した実業家(一八三七―一九二八)。帝国劇場の設立に貢献し、古美術の収集にも努めた。

一九二8　「日は輝けり」　中条百合子の小説。『中央公論』一月号掲載。

一九二10　「貧しき人人の群」　前年『中央公論』九月号に掲載された中条百合子の小説。

一九二11　谷崎のは……　谷崎潤一郎の「魔術師」(『新小説』)、「無韻長詩 人魚の嘆き」(『中央公論』)。

一九三7　田山のは……　田山花袋は『中央公論』新年号に「礼拝」、他に『文章世界』に「KとT」

を発表。花袋は前年、芥川の「手巾」について、「面白味は」「わからない」と批判。
一九一四8 先生が始めて…… 夏目漱石が東大在職中に書いた「吾輩は猫である」(『ホトトギス』一九〇五年)は、翌年にわたり一一回連載。その間、多くの短編小説、「坊つちやん」などを発表した。
一九一五11 原稿の〆切 『黒潮』三月号の「忠義」の脱稿は、二月一四日。
一九一六5 九日会 夏目漱石の逝去後、毎月九日に漱石ゆかりの者が漱石宅に集まった。
一九一六7 「御連枝」 松岡譲が『大学評論』二月号に発表した小説。
一九一六8 「鉄拳制裁」 久米正雄が『黒潮』二月号に発表した小説。
一九一八8 小説を 芥川は小説「偸盗」を執筆。『中央公論』四月号では完結しなかった。
一九一八12 「嫌疑」 久米正雄が『中央公論』三月号に発表した小説。
一九一九1 『星座』 一月に創刊された同人雑誌。同人は佐藤春夫、江口渙、久保勘三郎ら。芥川は創刊号の感想を、一月二日の書簡で江口宛に記した。
一九一九1 六号 沙塔の筆名で『星座』四月号に掲載された「同人語」。佐藤は「僕にはこのどこかこの人と共通な何物かがありさうだ。」などと芥川について書いた。
一九一九11 「円光」 『我等』一九一四年七月号に掲載された佐藤春夫の小説。
一九一九11 あの犬の話 『星座』一月号掲載の「西班牙犬の家」。一月二日江口宛書簡で芥川は「気の利いたもの」、「あれを書く作者の心もちは幾分か私にも理解出来」ると書いた。
一九一九13 完成慾 「同人語」で佐藤は「「完成」する力のない事を感ずる」と自らを記している。

二〇一4　ヒュマントラヂェディ　アナトール・フランス「人間悲劇」を佐藤は『星座』一月号から四月号に訳出連載。

二〇一4　斎藤君　佐藤は「「赤光」に就て」(『アララギ』一九一五年四月号)で『赤光』を賞賛した。

二〇一13　中村孤月君　一九一七年一月一三日『読売新聞』の「一月の文壇」で、孤月は芥川の新年号の作品を「浅薄で希薄」、「文学的の価値は非常に乏しい」と批判した。

二〇六5　羅生門の会　芥川の創作集『羅生門』の出版記念会。発起人小宮豊隆、谷崎潤一郎、池崎忠孝、『星座』同人、『新思潮』同人。二七日にレストラン鴻の巣で開催。

二〇六8　廿二日　芥川は二〇日から海軍機関学校の航海見学のため、軍艦「金剛」で山口県由宇に行き、二四日東京に帰った。

二〇六10　江口君の新聞　江口渙「芥川君の作品」(『東京朝日新聞』六月二八日―七月一日)。

二一〇3　夏目さんの話　夏目漱石の長女筆子の縁談相手として、漱石の門人たちの間で芥川が候補に上がった。

二一一11　「安井夫人」　森鷗外の小説「安井夫人」(一九一四年)。後、『堺事件』に収録された。

二一一12　お子さん　実際は孫にあたる、漢学者の安井小太郎(一八五八―一九三八)。

二二〇6　来月に結婚する　芥川は塚本文と二月二日に結婚した。

二二一6　奥さん　井川は恒藤雅(一八九六―一九八二)と一九一六年一一月に結婚し、恒藤姓になった。

二二一9　久米は　久米は夏目漱石の長女筆子に憧れていたが、筆子は松岡譲と結婚し、以後久米は小説「蛍草」(一九一八年)など、失恋を素材にした多くの小説を発表した。

三三三13 自笑軒へ　芥川の結婚披露宴は、田端の会席料理屋天然自笑軒で行なわれた。

三三四8 ユーディット　Judith『旧約聖書』の外伝「ユディト書」のヒロイン。ここではドイツの劇作家 Christian Friedrich Hebbel(一八一三―六三)の同表題の戯曲。

三三五10 「阿闍世王」　古代インド・マガダ国の王、頻婆娑羅の子で提婆達多に唆され、父を殺し母を幽閉して即位するが、釈尊によって懺悔する。

三三六1 鎌倉へ移る　芥川は、横須賀から三月二九日に鎌倉町大町小山別邸内に転居した。

三三六7 社友　薄田は一九〇〇年頃から泣菫の筆名で、蒲原有明とともに象徴派詩人として知られ、この時期は大阪毎日新聞社学芸部副部長。芥川は大阪毎日新聞社の社友になることを希望した。

三三六14 月額五十円　海軍機関学校の俸給は月額七〇円。

三三七3 読売の依頼で……　二月二四日『読売新聞』に「南瓜」を発表。

三三七11 「受験生の手記」　久米正雄の『黒潮』三月号に掲載された小説。弟に一高入学を追い越され、憧れの女性も弟を思っていることを手紙で知り、兄は自殺する。

三三八4 三田文　小島は『三田文学』六月号で「地獄変」を批評。小島は、「地獄変」に多くの疑問を指摘しつつ、「時代に当嵌つた表現」を試みた芥川に賛辞を寄せた。

三三八7 説明と云う事　小島は芥川の「説明癖」が「エフェクトを弱める」とした。

三三九3 三田文　芥川は『三田文学』九月号に「奉教人の死」を発表。

三三九3 昨日帰った　芥川は海軍機関学校の出張で、江田島の海軍兵学校を参観。帰途、大阪毎日新聞社や京都に寄り、一〇日過ぎ鎌倉に戻った。

三九7　鈴木さんの……　児童に良質な童話童謡の提供を意図して、鈴木三重吉は『赤い鳥』を七月に創刊。一流作家に童話執筆を依頼し、芥川も「蜘蛛の糸」を創刊号に発表した。

三〇4　忠雄さん　菅虎雄の子息で、芥川が家庭教師を勤めた小説家菅忠雄(一八九九―一九四二)。

三一2　勢以子女史　谷崎潤一郎の妻千代の妹、小林勢以子(一九〇二―九六)。

三一12　「奉教人の死」『三田文学』九月号掲載。長崎耶蘇会出版「れげんだ・おうれあ」下巻を「予」が「文飾を敢てし」「採録した」形式を採るが、その書物は芥川の創作であった。

三二12　内田魯庵　小説家、翻訳家(一八六八―一九二九)。切支丹関係の文献収集にも熱心で、長崎耶蘇会出版「れげんだ・おうれあ」の実物を見たいと芥川に願望した。

三三1　慶応の件　慶応義塾大学に奉職を依頼した件。結局実現しなかった。

三三11　大雅　江戸中期の文人画の始祖、池大雅(一七二三―七六)。「十便十宜」は清初の李漁(李笠)が山水生活の便と宜を賞賛した「十便十二宜詩」に拠り、俳人で俳画にも秀でた与謝蕪村との合作(一七七一年)。

三三12　謝春星　与謝蕪村の別号。

三三13　九霞山樵　池大雅の別号。

三四1　久米が急に完った　『大阪毎日新聞』連載の久米正雄「牡丹縁」が一〇月一九日に完結、二三日から芥川の「邪宗門」連載が始まった。

三四6　「安楽椅子」『時事新報』文芸欄連載のコラム「あんらくいす」。一一日掲載「小話文学とは何ぞや」、一九日掲載「利用された小説」が芥川について触れた。

二三五 4 傀儡師　人形遣いの意。芥川はこの年一月一五日、『傀儡師』(新潮社)を刊行。

二三五 8 社員　芥川はこの年二月中旬、東京日日新聞社会部記者の江口渙の紹介により、大阪毎日新聞社客員社員に菊池寛とともに内定し、三月三一日に海軍機関学校を辞した。

二三七 7 正月に描いた……　「毛利先生」(『新潮』)と「あの頃の自分の事」(『中央公論』)。

二三七 14 『三田文学』の六号　『三田文学』二月号掲載、筆名「修」の「六号余録」。

二三八 14 小説　芥川は『大阪毎日新聞』に六月三〇日から八月八日まで「路上」を三六回にわたり連載した。

二三八 15 「硝子戸の中」　夏目漱石の随筆。『朝日新聞』に一九一五年一月一三日から二月二三日まで、三九回にわたり連載された。

二三九 2 菊池と二人で月評　芥川は六月三日から一三日まで「六月の文壇」を連載。

二四〇 3 もうとりかかって　菊池は四月三日から一三日まで小説「藤十郎の恋」を連載。

二四〇 5 入社の辞　発禁の可能性があり、芥川の没後、薄田によって初めて紹介された。

二四〇 7 時事　この年三月まで菊池は、『時事新報』記者を務めていた。

二四四 4 我鬼　芥川が前年六月、『ホトトギス』に句を投稿した際に用いた号。

二四四 10 夏汀　長崎の永見徳太郎の号。芥川は五月五日から一一日まで菊池と長崎に赴き、永見の世話になった。

二四四 10 君は悪作を……　南部はこの年には、「猫又先生」(四月)などを発表。

二四五6 おじいさんとおばあさんの話　「おぢいさんとおばあさんの話」は、この年の『新小説』一一月号に掲載。

二四七8 高著　この年の五月、文武堂書店から室生犀星『第二愛の詩集』が刊行された。『愛の詩集』は、前年に感情詩社から刊行されている。

二四八1 室生君　芥川のこの詩は「愛の詩集に」の表題で、『定本愛の詩集』(一九二八年一月、聚英閣刊)の巻頭を飾った。

二四九8 「禅寺の」……　以下、凡兆の句は次の通り。「禅寺の松の落葉や神無月」、「門前の小家もあそぶ冬至哉」、「灰捨て白梅うるむ垣ねかな」、「下京や雪つむ上の夜の月」、「町中や」は「市中は物のにほひや夏の月」。

二四九11 「窓」『東京日日新聞』一〇月一五、一六日掲載「窓――沢木梢氏に」。

二四九12 慚愧の意　慶応義塾への就職を依頼しながら、大阪毎日新聞に入社したこと。

二五二3 香取先生　田端の芥川の隣人で、鋳金家、アララギ派の歌人香取秀真(一八七四―一九五四)。

二五二4 竜村さん　織物作家で多くの織機を発明した竜村平蔵(一八七六―一九六二)。前年に芥川が関西に赴いた際に知り合った。この年一一月、日本橋倶楽部で竜村平蔵の第一回展覧会が開催された。

二五二10 『新潮』の感想　『新潮』掲載の「芸術その他」。芸術家は「作品の完成を期せねばならぬ」、「表現に始つて表現に終る」など、芥川の芸術家としての意識が窺える随筆。

二五二11 「童馬漫語」　八月に春陽堂から刊行された斎藤茂吉の歌論集。茂吉の写生論が形成される過程が窺え、芥川は「本年度の作家、書物、雑誌」などで高い評価を与えた。

三五三 9 SSS　サンエス万年筆の宣伝雑誌『サンエス』。一九一九年一〇月創刊。中央美術社田口掬汀がサンエス万年筆の顧問で佐佐木と関係があり、芥川は創刊号に「我鬼句抄」を寄せた。

三五五 3 「星かげ」「星影」、この年『三田文学』二月号掲載。「死神」は『新潮』三月号掲載。

三五五 11 小品二『改造』四月号に「小品二種」(後「沼」「東洋の秋」と改題)掲載。

三五五 11 小説は三分の一『中央公論』四月号に「秋」を掲載。

三五六 1 「葱」『新小説』一月号に掲載された小説。

三五六 3 ルスティッヒェヒストリエン　ユーモア小説。

三五六 13 「秋」四月号掲載「秋」は、原稿送付後も再三書簡で細部の訂正を滝田に申し入れ、苦労して完成した。

三五六 14 寿陵余子　芥川の号、寿陵余子の故事の出典は『荘子』秋水編。

三五七 13 「鮫人」　谷崎潤一郎の小説「鮫人」(『中央公論』一―一〇月)。未完に終る。

三五七 14 「鼠小僧次郎吉」続篇　「鼠小僧次郎吉」は『中央公論』一月号掲載。『改造』四月号予告に「鼠小僧次郎吉(第二)」とあるが、「続篇」は発表されなかった。

三五八 1 何か外のもの　『中央公論』七月号に芥川は「南京の基督」を発表。

三五八 10 「睨み合い」　小島の小説「睨み合」(『三田文学』一九一七年五、六月号)。『三田文学』創刊十周年記念刊行『三田文選』(一九一九年五月、玄文社刊)に収録。

三五八 11 「森の石松」　『三田文学』(一九一九年七月号)に掲載された小島政二郎の小説。

三五九 15 「偸盗」の改作　「偸盗」は発表後、改作の意志があったが実現しなかった。

二六〇10 今度の三田文の小説　「図書館裏の丘――或る追憶の一頁」(『三田文学』五月号)。

二六〇13 『新潮』の「文壇偶語」　『新潮』に毎号掲載されていた「文壇偶語」欄。ここでは六月号の菊池寛「妄語を斥く」。日常の場での発言に基づき批評する風潮を批判した。

二六〇13 九月に　ここでは『中央公論』七月号掲載の「南京の基督」のことか。

二六一8 「翅鳥」　この小説は後に『三田文学』(一九二一年五月)に掲載された。

二六一12 「一枚絵」　小島政二郎の小説。『秀才文壇』一九一八年一月号に掲載。

二六四7 御力落し　恒藤夫妻には一九一七年に長男信一が誕生したが、この年六月二二日疫痢のため急逝した。

二六四12 二番目の御子さん　恒藤の次男、武二は一九一九年八月誕生。

二六五9 新聞の月評　この月一一日『東京日日新聞』掲載の「最近の創作を読む」で、南部は「南京の基督」について、「この種の作品から心にアッピイルする何物かを得ようなどと私は思はない」、「筆達者」は「気持ちが好い」が「たゞそれだけ」と評した。

二六六3 遊びが過ぎる　南部は「小器用に纏め上げたFictionを書いて、気持好さそうに遊んでゐる」と評した。また、安倍能成や久米正雄も、ほぼ同じ批評を新聞に寄せた。

二七四5 入谷ノ兄貴　俳人、小沢忠兵衛(碧童)のこと。

二七四10 井月翁　信州各地を放浪した俳人井上井月(?-一八八七)。本名は井上勝造。下島空谷(勲)は一九二一年『井月の句集』を編集刊行し、芥川は「跋」文を寄せた。

二七六2 青蓋翁　小沢忠兵衛(碧童)のこと。

二七六 7　清凌亭の御稲さん　この年五月頃、小島政二郎と芥川は上野不忍池畔の茶亭清凌亭に行き、座敷女中をしていた、後の小説家佐多稲子(一九〇四-九八)と知り合う。佐多は長崎県から上京、職場を転転とし、この時一六歳。

二七七 7　夜来花庵主　この年三月一四日、芥川は新潮社から創作集『夜来の花』を刊行。

二七八 1　旅費とは　芥川は大阪毎日新聞社から中国に特派員として赴くことを要請され、三月一九日に東京から門司に向かった。

二七九 5　大阪へは　芥川は感冒が悪化し、門司に行けず、二〇日大阪で途中下車した。

二七九 7　上海を中心とした「上海游記」は八月一七日から『大阪毎日新聞』、「江南游記」は一九二二年一月一日から同新聞に断続的に連載された。

二七九 12　松内さん　当時の『東京日日新聞』副主幹、松内則信(一八七六-一九五三)。

二八〇 1　「真珠夫人」　前年の『東京日日新聞』『大阪毎日新聞』に連載された菊池寛の小説。婦人読者に支持され、純文学者が通俗小説執筆に向かう傾向が深まった。

二八〇 11　拙著　芥川の短編集『夜来の花』(三月一四日、新潮社刊)。

二八一 14　熊野丸　芥川は当初、二一日門司発「熊野丸」で中国上海に赴く予定であったが、二七日に大阪を出発し、二八日に門司から筑後丸に乗船した。

二八二 6　『新文学』　一九二一年新年号から『文章世界』は『新文学』と改題。一月号「附録」の「現代文士録」「現代美術家録」。

二八二 7　村田孜郎　大阪毎日新聞社上海支局長(?-一九四五)。東亜同文書院卒。

二六二14　一日書き候　結局『大阪毎日新聞』に掲載されなかった。

二六三10　上海着後　三月三〇日に上海到着したが、肋膜炎で四月一日、村田の紹介で里見病院に入院、退院は四月二三日。上海には五月二日まで滞在。

二六三12　北京へ参る　芥川の北京到着は六月一一日。

二六四1　西村貞吉　芥川とは府立三中の同級生。西村は蕪湖の唐家花園に住んでいた。

二六四1　ジョオンズ　一九一六年来日、『新思潮』同人と親しかったアイルランド人の Thomas Jones (一八九〇―一九二三)。当時は上海ロイター通信員。

二六四3　井川君の兄さん　井川恭の兄、亮。満州鉄道に勤務、当時は上海に滞在。

二六四5　杭州南京蘇州　杭州には五月二日に到着。西湖、霊隠寺を訪れ、四日上海に戻った。八日、上海から俳人島津四十起と蘇州に向かい、一二日南京に、一四日上海に戻る。

二六四5　漢口の方へ　一七日上海を出発。蕪湖などを経て二六日漢口に到着。

二六五6　章炳麟　辛亥革命に関わった清末明初の古典学者(一八六九―一九三六)。

二六五6　李人傑　湖北省生(一八九〇―?)。一九〇二年頃来日。東京帝大工科卒業。マルクス主義者になり一九一八年帰国。上海共産党を一九二〇年に結成、この年七月の中国共産党結成大会に上海代表として出席した。

二六五7　徐家滙　マテオリッチに洗礼を受け、西洋を学んだ明代の政治家、徐光啓(一五六二―一六三三)の邸宅跡。

二六七4　廬山、三峡、洞庭等　芥川は廬山に五月二三日到着。日本画家竹内栖鳳とともに廬山に登り、二四日に廬山出発、二六日漢口に到着。二九日に洞庭湖を訪れた。

二八七5　漢口から北京へ　六月六日漢口を出発。洛陽に向かい、一一日北京に到着。

二八七15　波多野乾一　東亜同文書院卒業後、大阪朝日新聞入社。その後、大阪毎日新聞北京支局勤務など、中国で新聞記者として活躍(一八九〇―一九六三)。

二九〇13　九江　揚子江に望む港で、白楽天の詩で知られた琵琶亭、廬山などがある。

二九一4　山本　山本喜誉司。東大卒業後、三菱合資会社入社。この時期北京に滞在。

二九一9　『改造』の為に　『改造』一〇月号掲載の「好色」。

二九一12　「母」『中央公論』九月号掲載の芥川の小説「母」。

二九一15　上海紀行　八月一七日から『大阪毎日新聞』に連載された「上海游記」。「上海游記」では、多様な形式を意識的に用いた。

二九二2　温泉場へ　芥川は一〇月一日から二五日頃まで、南部修太郎と湯河原温泉中西屋旅館に逗留。

二九二4　『中央公論』の増刊号　『中央公論』一九二一年九月号は「四百号記念号」。「プロレタリアの専制的傾向に対するインテリゲンツイアの偽らざる感想」の特集を含み、「創作」欄を除いても三〇〇頁を超えた。

二九六4　「一枚看板」『表現』一九二二年二月号掲載。「睨み合」とともに小島の代表作。

二九六4　江口の小説　『表現』二月号には江口渙「白耀宮」が掲載されている。

二九六9　文慶流に　文慶は「一枚看板」に登場。弟子を取らないので有名な講談の名人文慶が、主人公の神田五山(伯竜)を育ててみようとする。

二九六 10 神経衰弱者の……　小島の創作集『含羞』(一九二四年)収録の際には、芥川が指摘した点は改められた。
二九七 11 「支那旅行記」「江南游記」は二月一三日まで断続的に連載。体調が優れず中絶した。
二九八 6 澄江堂主人　三月末に芥川は、書斎扁額を「我鬼窟」から「澄江堂」に改めた。
二九八 15 御祖母様に「お富の貞操」(『改造』五、九月号)執筆に際して、上野戦争当日の五月一四日の状態を尋ねた。発表された作品では、雨続きで当日は下谷町は無人。登場する新公、お富ともに裸足で、お富は手織木綿の一重物に小倉の帯を締めているのみである。
二九九 14 京都へ　儔とフキを伴い、四月一日頃から八日まで京都、奈良に遊んだ。
三〇〇 1 廿五日頃　芥川はこの月二五日京都に向かい、五月一〇日頃長崎に到着。二九日東京に戻る。長崎では渡辺庫輔や永見徳太郎らの世話を受けた。
三〇〇 13 『中央公論』に出た画　『中央公論』三月号の大見出し「現代芸術家余技集」に掲載の「我鬼抄」には、漢詩に絵を付した色紙、短歌に河童の絵を添えた短冊も掲載された。
三〇〇 14 玉稿の事　芥川の世話により、渡辺の原稿は「絵踏」が『中央公論』六月号、「落柿舎覚書」が『新小説』七月号に掲載された。
三〇一 7 森鷗外先生　渡辺庫輔の就職の件を鷗外に依頼する予定であったが、鷗外は病いのために実現しなかった。
三〇三 5 文禄版イソップ　一五九三年、天草イエズス会がローマ字で刊行したESOPO NO FABULAS(「伊曾保物語」)。一九一一年、新村出が公刊した。

三〇三 8 「長崎小品」 六月四日『サンデー毎日』掲載。

三〇三 12 「沙羅の花」 八月一三日、改造社刊。

三〇四 4 元禄びとの句 元禄時代は芭蕉が活躍した時期で、蕉門の俳諧を指す。

三〇六 2 脱疽 小穴の右足は脱疽と判明し、翌一月に右足を切断した。

三〇七 11 産後 一一月八日には次男多加志が誕生した。

三〇八 5 プロレタリア文芸云々 一九二三年『新潮』二月号特集「所謂プロレタリア文学と其作家」に芥川が応えた「当に存在すべきものである」。そこでは「「新興文学」の作家の中で何人を有望と思はるゝか」の問「三」には応えていない。

三一〇 11 二十五日マデニ 山梨県清光寺の夏期大学から戻り、八月九日頃、芥川は鎌倉平野屋別荘に逗留。二五日帰京。

三一〇 11 和田 春陽堂創業者和田篤太郎の養嗣子で社主和田利彦(一八八五―一九六七)。

三一四 5 西川 芥川の次姉ヒサは一九〇八年、獣医の葛巻義定と結婚。義敏らの子供をもうけたが一九一〇年離婚した。一九一六年、弁護士西川豊と再婚。

三一四 5 江州へ 西川豊の出身地は滋賀県。

三一四 8 「新しい村」 武者小路実篤が一九一八年宮崎県に営んだ生活共同体。葛巻義敏は新しい村の理念に共鳴、実父の理解を得るため北海道に赴いていた。

三一五 8 焼け死んだ人 震災での東京市内死者は六万人を超え、焼死者は五万数千人とされている。本所の被服廠跡では三万八千人が亡くなり、震災で最も多くの犠牲者が出た。

三一五11 戒厳令　山本権兵衛内閣は震災の翌日、戒厳令を出し流言を禁じた。

三一六4 夫婦　久米は奥野艶子と結婚。披露宴は帝国ホテル。散会後、皆で神楽坂「ゆたか」に赴いた。

三一六11 なか山　洋品雑貨商の中山太陽堂東京責任者、中山豊三。プラトン社創業者中山太一の実弟。プラトン社は大阪本社で雑誌『女性』を刊行。

三一七4 詩二篇　震災後金沢に戻っていた室生犀星から、一高生であった堀辰雄を紹介された。以後、堀辰雄と親交を深めた。詩二篇の内容は未詳。

三一八10 『雲母』　飯田蛇笏が一九一五年、郷里山梨で創刊した俳句雑誌。

三一八10 御高評　飯田蛇笏「芥川君の俳句」(『雲母』一〇、一一月号)。蛇笏は、芥川の俳句について、「玄人ならざる玄人」と高く評価した。

三一八11 癆痎の……　一九一八年『ホトトギス』「雑詠」欄掲載の芥川の句。蛇笏は「感じを主とした句」で「やつれの見える頬のあたりを主観的に描き出したところにうまみ」があるとした。芥川は「飯田蛇笏」(一九二四年)で、この句につき蛇笏の「句境も剽窃した」と記している。

三一八11 死病得て……　蛇笏の句。正しくは「死病得て爪うつくしき火桶かな」。

三一八14 姪　次姉ヒサが再婚した西川豊との間の長女瑠璃子(一九一六-二〇〇八)。

三二〇4 京都着　芥川は京都から大阪、奈良などに寄り、三〇日帰京。

三二〇6 恒藤　恒藤恭は京都左京区糺の森近くに住んでいた。

三二〇7 小林雨郊　京都在住の画家(一八九〇-一九七二)。中京で刺繡業を営む富裕な家に生まれ、小杉未醒など多くの文化人と親交を持った。芥川も京都に赴いた折度々世話になった。

三〇15 谷崎　谷崎潤一郎は震災後京都に移り、この時期には左京区東山三条下る要法寺塔頭に居たが、一二月兵庫県武庫郡苦楽園に転居した。

三一1 滝井　滝井孝作は、九月二七日に志賀直哉夫妻の媒酌で結婚、宇治郡山科村御陵に住んだ。

三一1 志賀　一〇月に志賀直哉は宇治郡山科村竹鼻に移住した。

三一10 植村　小説家直木三十五(一八九一―一九三四)の本名は植村宗一。震災後はプラトン社発行の雑誌『苦楽』の編集に携っていた。

三二2 初子　この年一〇月、恒藤に長女初子が誕生。

三三3 『文芸春秋』の御批評　『文芸春秋』二月号掲載の正宗白鳥「郷里にて」。「一塊の土」につき、芥川の作品の中で「これほど、力の籠もつた、無駄のない、気取り気のない、奇想や美辞を弄した跡のない小説を私は一度も読んだことがない」と賞賛した。

三三5 「往生画巻」『国粋』　一九二一年四月号に掲載された芥川の小説。

三三5 御批評　正宗白鳥『泉のほとり』(一九二四年一月、新潮社刊)収録の「ある日の感想」(初出、『国粋』一九二一年六月号)。白鳥はここで「往生絵巻」を「寸分の間隙もない傑れた小品」と評価しながら、最後の蓮華の箇所は「芸術家の小細工」と評した。

三三5 「今昔物語」　「往生絵巻」は『今昔物語集』巻十九「讃岐国多度郡五位聞法即出家語第十四」を典拠とする。

三四6 春雨の……　「飯田蛇笏君」(一九二四年)では、この句を「蛇笏君に献上したい」と記している。

三四9　清光寺　芥川は前年八月、山梨県北巨摩郡秋田村清光寺で行なわれた、北巨摩郡教育会主催峡北夏期大学の講師になり、文芸論を講じた。清光寺の住職は、多くの文化人と交流のあった高橋竹迷(一八八三－一九五一)。

三五2　大阪から　芥川は一九日、金沢から大阪、京都に赴き、二〇日に直木三十五と大阪「富田屋」で遊んだ。

三六9　直木や　直木は三十一から始まり年齢に即して筆名を変え、当時は三十三。

三六15　カルイザワ　芥川は前日軽井沢に赴き、八月二三日まで鶴屋旅館に逗留した。

三七9　八十五度　摂氏約二九度。

三九4　本法寺(?)　東山清閑寺霊山町にある時宗の寺院、正法寺のことか。

三一〇3　「冬くさ」　土屋文明の第一歌集『ふゆくさ』(一九二五年二月、古今書院刊)。

三一〇5　君の学校を……　土屋文明は前年急に木曾中学校校長に命じられたが、辞退して短歌の道を歩むことを決意した。

三一〇5　島木さん　アララギ派の歌人島木赤彦(一八七六－一九二六)。長野県諏訪郡視学の職にあったが、一九一四年に上京。以後、『アララギ』編集に尽力した。

三一〇8　巻末雑記　『アララギ』二月号に、土屋の道程を記した「歌集「ふゆくさ」巻末雑記」が掲載された。

三一一6　開口　この年八月、『泉鏡花全集』(全一五巻、春陽堂)が刊行されたが、その内容見本、「新小説　臨時増刊「天才泉鏡花号」」などに掲載された「鏡花全集目録開口」。

三三一 9　野に白鶴の……　「鏡花全集目録開口」には、「我等皆心織筆耕の徒、市に良驥の長鳴を聞いて知己を誇るものに非ずと雖も、野に白鶴の迴飛を望んで壮志を鼓せること幾回なるを知らず」とある。

三三二 3　小説　『新小説』五月臨時増刊「天才泉鏡花号」に谷崎潤一郎は「二月堂の夕」を発表。

三三二 10　「人魚の歎き」　一九一九年八月、春陽堂刊行の谷崎潤一郎作、水島爾保布画『画と小説　人魚の嘆き　魔術師』に寄せた芥川執筆の広告文。

三三二 10　沈香亭の牡丹　李白『唐詩選』「清平調詞」の、玄宗皇帝が興慶宮で楊貴妃と牡丹を賞玩しているを詠んだ七言絶句。「『人魚の嘆き・魔術師』(広告文)」には、「沈香亭北牡丹に香生じ」、「鏡花全集目録開口」には、「先生が俊爽の才、美人を写して化を奪ふや、太真閣前、牡丹に芬芬の香を発し」とある。

三三三 9　温泉　芥川は四月一〇日から泉鏡花も逗留していた修善寺養気館新井(旅館)で静養した。

三三四 4　お祈り　長男比呂志は四月からキリスト教系の聖学院付属幼稚園に通っていた。

三三四 11　興文社　芥川は近代文学者の作品を集めた『近代日本文芸読本』全五巻の編集を興文社から依頼されていた。『近代日本文芸読本』は同年一一月、全巻同時に刊行された。

三三四 12　『改造』の旅行記　『改造』六月号掲載「北京日記抄」。

三三四 12　文芸講座　菊池寛編集『文芸講座』(文芸春秋社刊)に、前年九月から芥川は「文芸一般論」を連載。ここでは四月二五日、五月一五日刊行分に掲載されたもの。

三三四 12　『文芸春秋』　一九二三年一月から『文芸春秋』に連載されていた「侏儒の言葉」。

三三四13 『女性』『女性』六月号に「温泉だより」を発表している。

三三五3 蒲原　蒲原春夫(一九〇〇-六〇)。長崎の郷土史家。渡辺庫輔と長崎中学で同級、芥川が長崎を訪れた際に知り合い、一九二二年上京。芥川の傍で指導を受けた。

三三七4 椿貞雄の画　西洋画家、椿貞雄(一八九六-一九五七)。この作品は、三月の春陽会展出展作「雪帽子冠れる少女」か。

三三七9 萩原君　萩原朔太郎(一八八六-一九四二)。一九一六年、室生犀星と創刊した『感情』時代から、芥川は朔太郎を評価。この年四月朔太郎が田端に転居し、芥川との交友が深まる。『近代日本文芸読本』には萩原朔太郎の「騒擾」を収録した。

三四四3 軽井沢　芥川はこの年、八月二〇日から室生犀星と軽井沢に赴き、堀辰雄、片山広子、佐佐木茂索などと過し、九月七日比呂志とともに帰京した。

三四五5 『女性』の随筆　『女性』九月号掲載の佐藤春夫「恋し鳥の記」は、「十二ケ月揃へ」た俳句を「短冊」に書くべく依頼されたことから書き出されている。五月一七日、芥川は佐藤宛書簡で「今度作家十二人に短尺を書かせ」るべく依頼され、応じてくれることを要望したが、そこでは「十二ケ月の事」は記さなかった。

三四五11 「支那游記」「上海游記」「江南游記」「長江游記」など、中国旅行印象記を収録した芥川の随筆集。一九二五年一一月、改造社刊。

三四七5 著作権法　ラジオ放送が始まり、活動写真、レコードも一般に普及するにつれ、著作権に関わる多くの問題が生じ始めた、芥川も『近代日本文芸読本』収録作品の印税の件で、徳田秋声に激しく抗議され、著作権の法規見直しは文壇の課題になった。

三四八6　大橋さん　佐佐木茂索夫人房子は、姉の大橋繁の養女であったが、繁の主人が急逝した。

三四八6　僕の関係する縁談　佐佐木茂索と大橋房子の結婚、それに作家岡栄一郎と野口功造の姪野口綾子の結婚に際しても媒酌をつとめたが、岡夫妻は離婚した。

三四九9　正宗白鳥　白鳥は故郷に帰ることも考えたが思いとどまり、戯曲創作や作家論で以後新生面を開いた。

三四九13「青きを踏む」　佐佐木茂索の『女性』一月号掲載の小説。

三四九13「ふるさとびと」　佐佐木茂索の『中央公論』一月号掲載の小説。

三四九14「子供の病気」『曲外』一九二三年八月号に掲載。次男多加志が消化不良で宇津野病院に入院した体験に基づく作。

三五三2　聖書　ここでの「聖書」は、一九一七年改訳「改訳聖書」。

三五三10　アロナアル・ロッシュ　催眠・精神安定剤。

三五三11　アダリン　催眠剤で、「病中雑記」(一九二六年)には「〇・七五を常用」とある。一月二一日芥川道章宛にも、「アダリンを使はず」、夜中に「閉口致し居」とある。

三五三5「文芸東西南北」　木村毅の評論集(一九二六年四月、新潮社刊)。

三五三5　あの中『文芸東西南北』所収の「南蛮文学解説」で、木村は「南蛮小説は」「芥川氏の独擅場」と評している。

三五三6　Browning の Dramatic lyric　Robert Browning(一八一二―一八八九)。一九世紀イギリスを代表する詩人。木村は「報恩記」に「ブラウニングの劇的抒情詩の様式の影響」を見た。

三五三 8 「報恩記」　義賊をめぐり三人の独白を中心に物語が展開する小説。『中央公論』一九二二年四月号掲載。木村は、芥川の南蛮小説で「第一に好きな」作品とした。

三五四 9 スパニッシュフライ　極少量の服用で死に至る。媚薬的な作用もある。

三五四 15 子供が来る　芥川は文と也寸志を伴い、四月二二日から年末まで、夫人の実家があった鵠沼の、東屋旅館に赴き、滞在した。

三五五 3 山本改造　改造社創立者で社長の山本実彦(一八八五―一九五二)。

三五五 4 富士さん　東大医科を卒業、大学に勤務した後、鵠沼で開業した富士山《たかし》(一八九四―一九九一)。六月より芥川を診察した。

三五五 7 ラディオ　一九二五年東京放送局が開局し、ラジオ放送が急速に普及した。

三五五 14 君の本　七月一八日文芸春秋出版部から刊行された佐佐木の創作集『天ノ魚』。

三五六 2 君の月評　一〇月一八日『報知新聞』掲載の広津和郎「文芸雑観」。広津は「点鬼簿」について、「底にひそんでいる作者のさびしさには、十分な真実が感ぜられ」、「それはわれわれと全然関係のないものではない」と好意的な批評を寄せた。

三五六 4 鵠沼へかえる　一九日に鵠沼に行き、芥川が田端に戻るのは翌年一月二日。

三五六 9 新年号の仕事中　一九二七年新年号に芥川は「彼」(『女性』)、「彼・第二」(『新潮』)、「貝殻」(『文芸春秋』)、「萩原朔太郎君」(『近代風景』)、「玄鶴山房」(「一」「二」のみ『中央公論』)、「悠々荘」(『サンデー毎日』)を発表。

三五六 10　アヘンエキス　ケシを煮沸、乾燥して作る一種の催眠剤。

三五七 4　ホミカ　催眠剤の一種。

三五七 4　ヴェロナアル　催眠剤の一種。芥川が自裁に用いた薬品。

三五八 7　vita brevis　「人生は短し」(「芸術は長し」)、古代ギリシャの哲学者、医学者ヒポクラテスの言葉。

三五八 10　「庭苔」　アララギ派の歌人岡麓の歌集『庭苔』(一九二六年一〇月、古今書院刊)。

三五九 4　「梅馬鶯」　一二月二五日、新潮社刊。装丁佐藤春夫。

三五九 5　「近代風景」　アルス社の詩を中心とした雑誌。一一月創刊。一月号に「萩原朔太郎君」を発表した。

三五九 11　中野君　小説家、詩人、中野重治(一九〇二―一九七九)。四月、窪川鶴次郎、堀辰雄らと『驢馬』を創刊。中野は「詩に関する二三の断片」(六月号)、「機関車」(九月号)、「郷土望景詩に現れた憤怒について」(一〇月号)などを発表。この年、日本プロレタリア芸術連盟に参加した。

三六二 3　親戚に不幸出来　四日、姉ヒサの再婚先西川豊宅が全焼。火災保険をめぐり多額の借金を抱えていた西川に放火嫌疑がかかり、六日西川は千葉県土気トンネル付近で自裁した。芥川は借金の返済について、「東奔西走」しなければならなくなった。

三六二 8　何か書かねば　芥川は一月一九日「玄鶴山房」(『中央公論』二月号)、更に二月四日「蜃気楼」(『婦人公論』三月号)、一三日「河童」(『改造』三月号)を脱稿した。

三六三 7　東京を脱出する　芥川はこの月二七日、改造社刊行の『現代日本文学全集』の宣伝講演会のため大阪に赴いた。

三六三 8 『サンデイ毎日』四月一日号掲載「三つのなぜ」。

三六三 13 兎屋さん　俳人で和菓子屋「兎屋」主人、谷口喜作(一九〇二–四八)。

三六四 2 Legenda Aurea　一二六〇年、イタリアのドミニコ会修道士 Jacobus de Voragine(一二三〇頃–九八)がラテン語で筆録したヨーロッパの中世聖人伝の集大成。

三六四 4 William Caxton の訳　William Caxton(一四二二頃–九一)は、イギリス最初の印刷出版業者。自ら英訳もし、Caxton 訳「黄金伝説」は、ウイリアム・モリスが印刷工房ケルムスコット・プレスで企画した最初の書物で、一八九二年に刊行された。

三六四 9 ゲスタ・ロマノルム　*Gesta Romanorum*　一四世紀前半にラテン語で書かれた物語集。

三六五 2 高著　『社会思想家としてのラスキンとモリス』(一九二七年二月、新潮社刊)。

三六五 3 ラスキン　John Ruskin(一八一九–一九〇〇)。モリスらのラファエル前派の精神的支柱であったイギリスの批評家。『近代画家論』全五巻(一八四三—一八六〇年)は、風景表現のうえで日本の文学にも影響を与えた。後に社会主義的なユートピアを説いた。

三六五 8 社会主義運動　モリスは一八八三年社会民主連盟に参加、自らを社会主義者と公言。翌年、社会主義者同盟を創設した。

三六六 4 近年にない速力　「河童」は二月二日頃から執筆され、二月一三日脱稿した。

三六六 4 来月の『改造』に　「文芸的な、余りに文芸的な——併せて谷崎潤一郎氏に答ふ」(『改造』四月号)。小説の筋の面白さを重視する「饒舌録」の谷崎に対し、芥川は「詩に近い小説」もあるとし、志賀直哉「焚火」を挙げた。

三六六5 これから大阪へ立つ　佐藤春夫などと赴き、二八日、中之島公会堂で佐藤、久米、里見らと講演。大変な盛況であった。

三六六7 「新潮」の合評会　三月号の「新潮合評会」で、中村武羅夫は「玄鶴山房」の「リイプクネヒト」には「大した意味がない」と発言した。

三六六8 リイプクネヒト　Wilhelm Liebknecht(一八二六―一九〇〇)。マルクス、エンゲルスの指導を受けたドイツの社会民主党創立者。芥川は、「玄鶴山房」の最後でリープクネヒトの『追憶録』(一八九六年)を読む大学生を登場させた。

三六六8 或人　金子洋文は「「リープクネヒト」でも「苦楽」でも同じ」と評した。『苦楽』は、プラトン社から二四年一一月に創刊された雑誌。中間小説、随筆を主に掲載した。

三六六12 「桜の園」　ロシアの作家、劇作家 Anton Pavlovich Chekhov(一八六〇―一九〇四)の戯曲(一九〇三年)。第三幕で大学生ペーチャは階段を転げ落ちる。

三六七8 Nicolas Ségur　ギリシャ人のフランス文学研究者(一八七三―一九四四)。

三六七8 「アナトオル・フランスとの対話」『知性の愁い』(一九二五年)。アナトール・フランスと親しかったセギュールが、フランスの魅力的な会話をまとめた随聞録。一九二六年、Lewis May による英訳本が刊行された。

三六八6 今日は午後より……　四月二日まで滞在し、鵠沼を引き払った。

三六八11 福田大将　大地震の際の戒厳令司令官福田雅太郎。大地震一周忌に、大杉栄虐殺の報復として、和田久太郎に狙撃された。

三六八11 和田久太郎　無政府主義者の俳人(一八九三―一九二八)。福田雅太郎を狙撃、未遂で無期懲役中に縊死。芥川は「獄中の俳人」を『東京日日新聞』(四月四日)に発表。

三六八11 獄中記　『獄窓から』(一九二七年三月、労働運動社刊)。和田の俳句・書簡などを収録。

三六九2 何とか読本　菊池寛・芥川龍之介編纂『小学生全集』全八八巻(一九二七年五月―一九二九年一〇月、興文社刊)。同時にアルスから『日本児童文庫』全七六巻も刊行された。

三六九9 拙句高評　飯田蛇笏「虚子、竜之介、幹彦、三氏の俳句近業」(『雲母』一九二七年三月号)。『梅・馬・鶯』収録「発句」について蛇笏は、「俳人以外の人々」の中で、芥川の句境は久保田万太郎以上、「まさに群を抜くもの」と評価した。

三六九10 蝶の舌の句　『ホトトギス』「雑詠」欄(一九一八年八月号)では「鉄条《ぜんまい》に似て蝶の舌暑さかな」。『梅・馬・鶯』では「蝶の舌ゼンマイに似る暑さかな」。蛇笏は、この改作は「却って失敗」とし、感受性に「緊張」が欠けたとみる。

三六九14 かげろふや……　「近詠」(『驢馬』一九二六年六月号)では、「陽炎や棟も落ちたる茅の屋根」。『梅・馬・鶯』では、「かげろふや」。

三七〇2 句集　久保田万太郎の句集『道芝』(五月二〇日、友善堂(籾山書店)刊)。

三七〇10 双鳧……　芥川は改造社の『現代日本文学全集』の宣伝を兼ねた講演のため、五月一三日、里見弴と仙台に、さらに盛岡から一六日函館に到着。一七日午後に函館公会堂で講演を行ない、札幌に向かった。

三七一3　アサヒガワ　札幌で二つの講演を行ない、五月一九日旭川で講演、当日札幌に戻った。

三七一7　新潟　二〇日に札幌を発ち小樽で講演。次いで函館、青森、更に新潟で講演、二五日に田端に戻った。

三七一8　ボオヂェスト　Beau Geste。一九二六年製作のアメリカ映画の名作。日本では、一九二七年三月一八日、浅草東京館などで上映された。

三七一14　ひつじ田の……　二四日、芥川は新潟で講演。この句は、東京に戻った六月一四日付西村貞吉宛書簡や「講演軍記」(「文芸時報」六月号)などでは、「雪どけの(雪解けの)中にしだるる柳かな」と改められ、旭川で作ったとある。残された最後の句である。

三七二3　繁昌記　『東京日日新聞(夕刊)』は、震災以後の東京の変貌について、その場所にゆかりのある作家、画家が感想を記す「大東京繁昌記」を連載。芥川は五月六日から二二日まで一五回にわたり「本所・両国」の篇を担当。一三回は「相生町」、最終回は「方丈記」の見出しが付けられ、毎回、小穴隆一の挿絵が添えられた。

解　題

石割　透

作品を読む読者の存在は、小説家にとって常に不特定多数の茫漠としたものとしてある。一方、読者も、画一的な活字を通して作者に触れえるのみで、作者の署名を通して、一人の作者の存在を知るより他に手がかりはない。マクルーハンは『メディア論』で、写本や手書き本の読者は、著者の私生活に無関心であり、著者の私生活に対する読者の関心は活字印刷とともに始まった、と記しているが、近代の読者と作者との、こうした距離を解消すべく、日本では一八九〇年代後半、雑誌メディアは小説家の顔写真を掲載し始めた。やがては顔写真のみならず、作家の家族や書斎の写真を挟み、作家の日記、アンケート、作家の私生活を垣間見るゴシップなどを掲載し、作家の私生活を知りたいという読者の要望に応えた。大正時代には、人気作家の講演会も行なわれ、改造社は一九二七年刊行が始まった『現代日本文学全集』の宣伝として、講演会とともに作家の私生活を活動写真で写し上映するという画期的な方法を用いる。戦後には石原慎太郎や三島由紀夫は、銀幕に主演俳優としてその身体を晒し、作家のサイン会、朗読会などが常時行なわれ、芥川竜之介賞受賞決定の翌日には、テレビの映像に受賞作家が姿を現すといった現象も生じた。そうした営みの主体は、作家自身やメディアなどさまざまであったが、いずれにせよ、作家と読者との距離を融化させようとする試みであるに違いない。

芥川の三十五年あまりの生涯の中で、現在までに知られている芥川が寄せた書簡は、一八〇〇通を超え、そのうち、新進作家として認められた一九一七年以後の書簡は、一五〇〇通に及ぶ。それらは、多才な芥川という作家を包んでいた人間関係の多様さを示している。と同時に、小説とは異なり、一人の確かな読み手を想定して書かれ、肉筆のまま相手に届けられた、これらの多くの書簡は、抽象的な読者を対象にして生きなければならなくなった小説家芥川の、内に秘められた孤独感をも、鮮やかに映し出している。

芥川竜之介は小学校を卒業する頃から、友人と回覧雑誌を作り、中学校卒業時の一九一〇年には、学校の『学友会雑誌』に「義仲論」と題した力作を、これは活字で発表した。しかし、これらの読者は限定された範囲を超えるものではなく、その意味で、小説家〈芥川竜之介〉の出発点とは見なされない。現に、編年体を採る『芥川龍之介全集』第一巻は、一九一四年創刊の雑誌、(第三次)『新思潮』創刊号に発表された訳文「バルタザアル」から収録されている。というのも、それが〈柳川隆之介〉という筆名でこそあれ、活字で発表され、その雑誌は少数ではあれ書店の店頭に並び、不特定多数の読者を想定して発売されたからである。

柳川隆之介という筆名で作品を発表していた芥川は、一九一五年一一月に小説「羅生門」を発表した。それは文壇で評価されることはなかったが、独自の小説のスタイルを生み出したという自信も生まれた。近くに迫った大学卒業後の生活も現実的に考慮する必要もあり、芥川は同年一一月に夏目漱石の書斎を訪れた。小説家になりたい気持ちも高まり、翌年二月に仲間と創刊した(第四次)『新思潮』創刊号に「鼻」を発表する際、芥川は始めて本名である〈芥川竜之介〉と署名した。

若き日の芥川も愛読者であった雑誌『白樺』の一九一〇年の創刊以後、小説家が本名で発表する傾向が強まった、との重要な指摘も、既に研究者によってなされている。それは日常の場で生きている自己の姿勢・認識は、そのまま自らの編む小説世界に反映させねばならない、という倫理的使命が、日露戦争以後の日本の小説家のうちに、ある程度共有され出したことを明かすものであろう。自己の書く小説＝日常世界で生活している自己の投影という認識が、小説家に定着し始めたこと、それは、小説家のみに限定されることなく、画家や劇作家など、芸術家全体に共有されることでもあった。

芥川が作家として最も華やかであった時期の一九二〇年、後輩南部修太郎に寄せた書簡(103、104、以下書簡番号を示す)に窺える、「南京の基督」に対して、南部の「手紙」と「新聞の月評」との批評の調子が異なっていたことに対する、芥川の異様とも言えるこだわりは、彼がなによりもこうした芸術家の道を志向していたことを示している。芥川はそこで言う。「真面目になると云う事は」、「僕等の日常生活を内外とも立派に処理する事だ」と。

芥川は自己の作風の転換期であった一九一九年、「芸術その他」を書いた。「芸術家は何よりも作品の完成を期せねばならぬ」、「芸術は表現に始つて表現に終る」と書き、芸術家には停滞は許されることがないとの覚悟を漏らした。そうした意識は亡くなる直前に発表された「二人の紅毛画家」でも変わらない。そこでは、悠々と「海にヨットを走らせてゐる」マティスよりも、「いつも城を攻めてゐる」ピカソへの共鳴を語っている。自己の芸術は、そのまま〈芥川竜之介〉として生きる日常の自己であるという認識、その中で芸術を創造していこうとする姿勢は、芥川の内部では最終的に変化することはなかった。

作家を志す以前、本書の第二章に見える、一九一五年初頭以後の芥川の書簡には、実生活における結婚を具体的に考えるに先立ち、異性愛について如何に倫理的な態度を持していたかが理解できる(30—34)。芥川竜之介は、芸術家意識を強く持っていた小説家の一人とされ、一九一七、八年に発表された「戯作三昧」や「地獄変」らの代表作に、それが反映している、とはよく言われるが、だからこそ、日常の場で交際する個人に向けて、直接肉筆で送り届けられ、日常生活を直接垣間見せる書簡は、芥川の作品理解のうえでも、深い意味を持つのである。

近代芸術家の典型として直ぐに想起されるのは、エドガー・アラン・ポー、シャルル・ボードレール、オスカー・ワイルド、それに画家フィンセント・ファン・ゴッホなどであろうか。そうした近代芸術家のイメージは、恐らくは一九世紀後半、特に世紀末の西洋で定着した。産業革命以後の近代市民社会の常識的、功利的な認識・生き方に対立し、通俗的倫理を揺るがし、ある場合には危険な存在と見なされるイメージである。芸術家とは、孤独、放蕩、貧困、退廃、病い、自殺、狂人、夭折といった、市民社会では不幸と関わるイメージと結びついて連想されるのも、そうしたことに基づいているのであろう。芥川の場合、一般市民社会と対立する芸術家の理念とは、まず、その文体とともに小説世界の形式的完成にあった。形式、様式ある何かを生み出す行為は、自然に生きる人間の営みとは最も隔絶した営みであろう。自裁は、自然体としての生に、ある意志によって最終的な形式を生み出す行為であり、自然に対する最大の謀反であるに違いない。

そうした芥川にとっての芸術とは、一九一九年の年賀状(83)に窺えるように、単行本の表題ともなった〈傀儡師〉として、〈世の中〉を見事に活字を通して、〈箱〉という形式に収めることにあった。芥川は、作家として生きる見通しが立った際に、横須賀海軍機関学校に英語教授として赴任、小説家としての地位が安定した際の一九一九年三月にそこを辞し、大阪毎日新聞社員になり、小説家として生きる道を選んだ。不特定多数の読者のみを対象にする小説家として、孤独な世界に生きることを自らに強いたのである。例えば真野友二郎という、見も知らぬ一愛読者に寄せる丁寧な書簡(127、129)の文面に、そうした近代小説家の読者に対する孤独なありようが透けて見える。

小説家として生きようとする意思が内部で固まることと平行し、一九一八年、芥川は「我鬼」という号を用いて俳句を『ホトトギス』に投稿し始めた。そして、俳諧連歌としての誕生期から座の文学、集団的で日常の場での挨拶的な要素も兼ねていた俳句の創作に、本格的に取り掛かる。隅田川沿いの本所で幼少年期を過し、江戸文化とも深く関わる自己の生い立ち、自分の身に染み込んでいる江戸時代の伝統を払拭することから小説家として出発した〈芥川竜之介〉は、一九二二年には、恐らくは、〈芥〉に対して〈澄む〉の意味も暗に込め、江戸時代の漢詩人が隅田川を呼んだ〈澄江〉とも関わる〈澄江堂（主人）〉の号を用い始めた。田端の近所に住む室生犀星などの影響もあり、小穴隆一、小沢碧童、滝井孝作などを交えて、俳句創作ばかりか、書、画、骨董の趣味を深めていくのも、この時期からである。また、それより早く一九二〇年には、河郎の画、それと関わる短歌を創ることも試み、文人的な風貌、風流人としての雰囲気を見せ始める。

〈芸術家〉が一般市民の倫理と対立した生き方を選ぶことにあるとすれば、〈風流の人〉とは、市民社会の常識的な生き方を、ある時には含みこみつつ、それから逸脱し、超越を試みる人と言えるであろうか。一九二二年に芥川は書斎の扁額を、一九一九年来の我鬼窟から澄江堂に変えるが、与える書簡でも、本書に窺えるように、俳人や田端の隣人、それに後輩の文学者の小島政二郎、南部修太郎、佐佐木茂索などに寄せる場合には我鬼、澄江堂の署名をも用い、俳句を添えて毛筆で記す書簡も多くなった。俳句や書、画を通しての、特に小穴隆一や小沢碧童、俳句や書を愛する主治医下島勲らに対する親しみは、多くは俳句や時には戯画を添えて、書簡で記され、それらは活字ならぬ肉筆で、原稿用紙ならぬ葉書や巻紙に書かれた。しかし公的に作品を発表する場では、それらの号は、俳句や随筆の表題に付されこそすれ、署名は俳句を発表する際に僅かに用いられたのみで、小説を書く場合は、常に「芥川竜之介」が用いられた。のみならず、一九二〇年の南部宛書簡(96)が示すように、このような時期から、「頃来日々風流地獄に堕」ちる、芸術家としての危険を厳しく自覚してもいた。

このように、芥川の書簡の意味も、小説家になって以後とそれ以前では、その様相、意味を異にし始める。芥川における本書での第三章以後の書簡は、小説家として活字で読者に向かい合う近代の芸術家、小説家の孤独からの緊張を癒し、肉筆で自由な形式で書き個人に届けるという行為を通して、相手との密着した関係を深め、人間関係の融和を意図するものに、多くが変貌した筈である。例えば、芥川の没後に多くが公表された河郎の墨絵にしても、彼の小説に見られる、息づまるような完成度とは程遠い寛ぎ、形式とも無縁な闊達さを持っていることに気づく(106、107)。書簡の意味も芥川が小説家になるにつれて、それまでの自由な学生時代に見られたものと別様の意味を持ち始めたのである。

芥川の書簡のほとんどは、芥川がその没後すぐに、なお多くの読者に愛されているとの前提の下で、『芥川龍之介全集』という個人全集が刊行された際に、初めて一一〇〇通余りが活字で紹介され、読者にその内容が明かされた。そして『芥川龍之介全集』が新たに刊行される度に、収録される書簡の数も増えていった。しかし、小説家芥川を愛する読者が乏しければ、『芥川龍之介全集』が没後に幾度も刊行されることもなく、〈芥川竜之介展〉が開催されることもなく、我鬼や澄江堂主人の号も、さほどに意味を持つこともなかったであろう。また、一般の人には、河郎の絵も知られることもずっと少なかったに違いない。芥川の書簡の、肉筆で書かれていることも、活字で発表された小説が読者に熱心に愛され、初めて意味を持ち得たのである。

また逆に、本名で小説が発表されない時代であれば、書簡やメモ、手帖などの断片までもが全集に収録されることもなかった。このように思えば、芥川の自裁を決意した以後に記された遺書が、芥川の遺族によって、日本近代文学館に寄贈されているが、それらすべてが原稿用紙に書かれていたことは、極めて意味深い。こうした日常で交際していた友人や、家族宛の書簡や画が多く残されている芥川は、大学の卒論のテーマにウィリアム・モリスを選んだ。当時、モリスについての文献を読んだ感想は、不思議なほど書簡に書き残されていない。が、ラファエル前派の詩人、工芸家のモリスがケルムスコット・プレスという印刷工房を作り、画一的な活字に対して、独自な文字印刷を製作したこと、モリスの多様、多才な営みが、特に産業革命以後の、市民の美意識が画一化されたことに対する批判を秘めていたことは、こうした芥川の風流に耽り始めたこと、画にも詩にも、俳句にも書にも、書簡などを通して多才な風貌を見せ始め、多方面の人との交際を見せたことと無関係とは思えない。

このように多くの芥川竜之介の書簡は、肉筆と活字、日常の場で接する個人という読者と不特定多数の抽象的な読者、完成や形式とは無縁の、自在な書簡と形式を伴う文学ジャンルとしての小説といった、近代の小説家の書簡の意味を強く浮き上がらせているように思う。

先にも触れたように、芥川の文学者としての出発は、一九一四年に創刊された(第三次)『新思潮』の同人になったことである。しかし当時の芥川が、『新思潮』同人になった自分に極めて冷淡であったことは、当時の井川宛書簡(24)にも窺えよう。しかし、本書の第二章までの芥川の書簡を見て驚くことは、作家になる具体的な意思もなかった時分から、芥川が日露戦争後に流入した西洋文学に対して、極めて貪欲な好奇心でその多くを読破し、吸収しようとしていたことである。その頃にも、永井荷風や、吉井勇などの、日本の同時代の都会的な作品や柳田国男「遠野物語」に対する関心も垣間見せている。が、多くが森鷗外の当時の訳業と重なるように、西洋文学に偏っていた。森鷗外の西洋文化の紹介が如何に当時の文科の青年に影響を与えていたか、教養の指針として作用していたかが思われる。とともに、当時の作家の教養が、現在のように限りなく拡散されてはいず、一部の西洋文学に統一されていたことが理解できる。特に、芥川の中学校時代の担任広瀬雄や、人生全体にわたる多くを語り得た親友恒藤恭宛らに寄せる書簡(1、4、19、22、26など)は、己の知識の豊富さ、読書量を示し、相手に挑戦するかのごとき情熱を秘めている。芥川は晩年、ジャン・コクトーなどにも関心を向けていた。しかし、こうした西洋文学に対する強い関心、読書量を示す書簡は、流行作家になって以後、一九一八年のヘッベルの「ユーデイット」を読んだ感動を松岡譲に伝えた書簡(76)などに見られこそすれ、数は乏しくなった。

没後に発表された「或阿呆の一生」は、「或本屋」夕刻の店内の風景を思う二〇歳頃の回想、「時代」の章から始まり、西洋一九世紀の時代の子であったことから語り始められるが、芥川の文学的教養の根幹は、本書の第三章までを見る限り、一高、帝大時代に多くが形成された。一九一七年、初めて芥川は、掲載されることが流行作家のバロメーターとも言われていた一流の文芸雑誌『新潮』、『文章世界』の新年号に、二つの小説を発表した。その直後の書簡(60)には、新年号の雑誌に掲載された文壇作家の作品を見通し、意気軒昂たる若き芥川の感想が窺える。しかし、以後文壇の人となるにつれて、文芸時評として、公の場で批評を記すことはあれ、同時代作家の小説に対する自由な言及も、書簡では余り見られなくなった。それは、号を用いて俳句を添えた、風流な遊びに寛ごうとする気持ちに溢れた書簡が多くなることと見合っている。また、旅を好み、温泉や旅先からの書簡が多くなることも、それと関わっている。

文壇の人間関係の窮屈さを意識するにつれ、忌憚なき批評は、書簡でさえも慎まねばならないという息苦しさを、何よりも芥川自身は感じていた。或時期からの芥川が、俳人は除き、小説家としても画家としても、気を許せる人、文学者としても、菊池寛や久米正雄を除き、後輩の文学者とのみ深く交際したことも、緊張を要する形式的造形力に縛られ、孤独に生きねばならない一人の芸術家、小説家から解放されたいとする気持ちと無縁ではなかったろう。清冽な人、どこか可憐で、純粋で愛すべき芥川の人柄は、その書簡に、小説以上に直に反映し、芥川を愛する読者にとって、こうした書簡の群れはたまらなく魅力的なものとして映じる筈である。

「震災後の新時代を迎えて」以後は、時代の変遷の中での新時代に雄飛する新進文学者の、堀辰雄、中野重治らの才能を的確に見抜きながら(135、172)、「晩年」の章にかけては、体調を著しく害し、もはや緊張した形式を伴う小説を書けなくなる危機、薬品にも縋る自己を告げる書簡と変わり、風流や文人趣味に遊ぶ余裕もなくなりつつある芥川が見て取れる。自己の衰弱を訴え、そのことを認識した上で作品に接してほしいという痛切な願望さえ思われる。が、なお、家族に対して優しく邪気のない夫、父としてのユーモラスな愛すべき振る舞い、細やかな気配りを忘れなかった(142、143、150、152、156、161)。芥川ファンが今なお絶えない所以であろうか。

とは言え、その小説の仕上がりと自己の弱さとの峻別には、極めて潔癖であり続けた。芥川の書簡を読み、また小説を読み返す、そうした営みの往還の中にこそ、芥川書簡は益々光彩を放つのではなかろうか。

解　説

近藤信行

大正七年(一九一八)十二月、芥川竜之介は「あの頃の自分の事」という文章を書いた。その後まもなくして、彼は京都の井川恭にあて、「あれから中公の原稿が出来なくつてね　とう〳〵中公の社員が鎌倉へ来て出来る迄宿を取つて待つてゐると云ふ始末だつたやつと一日徹夜して書き上げたのは廿日だつた　だからそれ迄ははがき一本書く暇もなかつた　出たらめなものだが活字になつたら読んでくれ給へ」と書き送っている。

あの頃、というのは大正四、五年のころ。『帝国文学』に「羅生門」を発表、第三次につづく第四次『新思潮』の創刊号に「鼻」を出して、夏目漱石から「あなたのものは大変面白いと思ひます落着があつて巫山戯《ふざけ》てゐなくつて自然其儘の可笑味《おかしみ》がおつとり出てゐる所に上品な趣があります(中略)あゝいふものを是から二三十並べて御覧なさい文壇で類のない作家になれます」と激励をうけた。いわばその創作の胎動期から一躍、文壇におどり出たわけだが、「あの頃の自分の事」全七章には、東大在学時代を語らずにはいられなかった芥川が出てくる。

外人教授の講義のつまらなさ、当時の文学情況、歌舞伎座の立見、帝劇のフィル・ハーモニー、そこでみかけた谷崎潤一郎のこと、そこに『新思潮』をいっしょにおこそうとしている久米正雄、成瀬正一、松岡譲との文学上のつきあいを書きこんでいる。この作は『中央公論』翌八年新年号の創作欄に、正宗白鳥「牢獄」、菊池寛「恩讐の彼方に」、岩野泡鳴「家つき女房」、高浜虚子「實朝」(新作能)、佐藤春夫「青白い熱情」、里見弴「死まで」とともに発表された。芥川は「小説と呼ぶ種類のものではないかも知れない」というが、彼の文学、その方法を考えるうえでたいへん興味ぶかいのである。

ところが、大正九年一月、第四短篇集『影燈籠』(春陽堂) におさめるにあたって、全七章のうち二章は捨て去っている。それは雑誌発表時の第二章、第六章にあたる。歿後の『芥川龍之介全集』には「あの頃の自分の事(削除分)」として収録され、今日にいたっている。

第二章は、内藤新宿の実父新原敏三宅から田端に移ってからの話である。その二階に書斎をかまえ、そこが「混沌たる和漢洋の寄せ物であるが如く、その頃の(或は今でも)自分の頭の中には、やはり和漢洋の思想や感情が、出たらめに一ぱいつまつてゐた。だから読む本もそれだけ又、恐る可く雑駁を極めてゐた」と書く。そこにストリンドベリーへの傾倒を語り、「羅生門」発表のいきさつ、「鼻」をまがりなりにも書き上げたことなどを記している。彼は半年ほどまえの恋愛問題の影響でひとりになると気が沈むから、なるべく愉快な小説を書きたかったと述べる。第六章は京都にいる菊池寛への手紙、四節から成る。「君の方の大学も退屈だらうが、こつちだつて格別面白い事はない」と書き出して、二人の外人教師のつまらなさを語り、「上田敏さんの講義の模様を知らせてくれて、大いに面白かつた」と言って、新しさとはなにかと問いつつ上田敏批判をくりひろげる。「上田さんは結局、いろんな着物をシックリつける名人だつたんだらう。が、我々の問題はもう着物やその着方を通り越して、下にある肉体に及んでゐるんだから仕方がない」と書くのである。

菊池寛は大正二年四月、佐野文夫のマント窃盗事件にまきこまれて、一高を退学となった。卒業三カ月まえのことである。そのため京都大学の選科に行き、翌年、文学部に入ったのだが、芥川は苦労人としての菊池に「兄貴のやうな心持」をいだいていた。京都へ書き送ったという書簡では、夏目漱石にふれたところがおもしろい。

この頃久米と僕とが、夏目さんの所へ行くのは、久米から聞いてゐるだらう。始めて行つた時は、僕はすつかり固くなつてしまつた。今でもまだ全くその精神硬化症から自由になつちやゐない。それも唯の気づまりとは違ふんだ。さつき着物の例を出したから、その例をもう一度使ふと、つまり向うの肉体があんまりよすぎるので、丁度体格検査の時に僕の如く痩せた人間が、始終感ず可く余儀なくされるやうな圧迫を受けるんだね（後略）

そして、「君も一度は会つて見給へ。あの人に会ふ為なら、実際それだけにわざわざ京都から出て来ても好い位だ」と述べている。

後年、菊池寛は「半自叙伝」という文章を書いた。そのなかで人からもらった手紙は一切保存しない主義といい、「僕は芥川の雅友ではないので、手紙もあまりくれなかったが、それでも二、三十通は貰った記憶はある」と書いているが、それは一通ものこっていない。それだけに「あの頃の自分の事」第六章、菊池寛あて書簡は、たとえ芥川が記憶をよびさましつつまとめたものであるとしても、往時の精神的情況を知る上で、たいへん貴重なものとおもえるのである。

岩波書店の『芥川龍之介全集』全二十四巻（二〇〇七—〇八年）では、四巻分が「書簡」にあてられている。総数一八一三通、芥川の人生と文学と、そして彼をとりまく人々についてさまざまな想いが湧く。そこからは、レターライターとしての芥川竜之介が浮かび上る。このたび、石割透氏の編集によりその一割強にあたる一八五通がまとめられた。

最初に、府立三中四年生のときの広瀬雄あて書簡がある。英語担当の広瀬は当時の校長八田三喜とおなじ金沢の出身、芥川がもっとも親しみを感じていた教師であった。築地の下宿に、三中を出てからは猿楽町の下宿(なんとそこは永井龍男の家だった)に、芥川はなんども通っている。彼は広瀬先生の胸をかりて文学読書にはげんでいた。「泰西の名著も東海の豎子には中々の重荷にて字書をひきて下調べをするときは何の事やら少しも判然せず」云々とあるところ(1)からは、芥川の格闘ぶりがわかるし、相談相手としてのよき師を得たといわざるを得ない。

後年、広瀬は田端に住んだ。芥川の新築の家の近くなのだが、時はおなじ大正三年の秋だから不思議な縁である。翌四年六月の井川恭あて書簡に「僕の中学の先生が　僕のうちの近くに住んでゐるが」とあって、全集の注解には「府立三中時代の恩師広瀬雄か」とある。名こそ出していないが、あきらかに広瀬雄である。二年ほどまえに結婚して子を設け、平々凡々と暮していて「すべての学問芸術を閑人の遊戯のやうに考へて」いる、かつての恩師だった。教師の生活に安住してしまった姿をみて、芥川は懐旧のおもいどころか、自分もああなりはしないかという懸念を感じたというのである。

芥川は真情をこめて手紙を書く。友人にたいしても家族にたいしても、また文壇の人々にあてても、その語りくちは芥川その人をよくあらわしている。たとえば山本喜誉司にあてて(10)、

雨の中を十一時まで独りでぶらついた。君の家の前も二度通った。ただ何となく気がいらいらする、このいらいらする思いを君にしらせたいと思う。君より外にきいてくれる人はないと思う。(中略) レルモントフは「自分には魂が二つある、一は始終働いているが一つはその働くのを観察し又は批評している」といった。僕も自己が二つあるような気がしてならない。そうして一つの自己はもう一つの自己を、絶えず冷笑し侮辱しているンだもの、僕は意気地のない無価値な人間なンだもの、それは「ボルクマン」もよみ、ノラもよんだのだから、何故自己の生活に生きないといわれるかも知れない、けれども僕は到底そんなに腰がすえられない、僕は酔っている一方においては絶えず醒めてもいる。僕は囚われている一方に於ては、常に解

放せられている。

山本は三中の同級生である。芥川より一年おくれて一高に入ったのだが、そのつきあいはきわめて濃密である。二つの自己という認識でもって自分をみつめ、山本へのおもいを語るが、その友情はまことにかけがえのないものであった。芥川書簡を考えるとき、彼は重要な位置を占める。

一高生活のなかでまず第一にあげなければならないのは、井川恭の存在であろう。一高卒業後、京都大学の法科に行ったが、文学芸術への関心は深く、島根県立一中時代から新聞や雑誌に詩歌・散文を投稿、明治四十一年には『都新聞』に小説「海の花」を投じて一等当選、四十回にわたって掲載された。その彼と芥川がことに親しくなったのは、四十四年一高二年生のとき、中寮三番でいっしょになってからである。それは井川あて書簡の随所によむことができるが、卒業式のあと、彼は三年間の生活をふりかえっておもいの丈を吐露しているのである(16)。

芥川は、井川がメーテルランクを英訳ではなくフランス語の原本で読んでいることに、尊敬と讃嘆を感じ、自分の傀儡ぶりに反省のおもいをいだいていた。寮生活は正確にいえば二年間ということになるが、それはつぎの文面によくあらわれている。

たとえば自分が何かしゃべっている。しゃべっているのは自分の舌だが、舌をうごかしているのは自分ではない。無意識に之をやっている人は幸福だろうが、意識した以上こんな不快な自己屈辱を感ずる事は外にはない。このいやさが高じると随分思い切った事までして自分を主張してみたくなる。自分はここで三年間の自分の我儘に対する君の寛大な態度を感謝するのを最適当だと信ずる。自分は一高生活の記憶はすべて消滅しても君と一緒にいた事を忘却することは決してないだろうと思う。（中略）兎に角自分は始終君の才能の波動を自分の心の上に感じていた。この事は君が京都の大学へゆく事になり自分が独り東京にのこる事になった今日殊に痛切に思返えされる。

芥川は井川に接して人間的なものを学んだといえるかもしれない。友人としてのつきあいというよりは、師と弟子の間柄だと語る。そこには彼の内省と自覚がみてとれるのである。「自己の傀儡」、傀儡とは人形の一種、歌などにあわせて踊らせるあやつり人形、かいらいのこと。大正八年、「戯作三昧」「袈裟と盛遠」「地獄変」など十一篇を収録した第三短篇集に『傀儡師』という名をあたえたのは、こんなところに胚胎していたのかもしれない。

井川は大正五年秋、恒藤雅と結婚して恒藤姓を継ぐことになるが、交際は芥川の晩年までつづいていた。京都へ行けばかならず恒藤を訪ね、恒藤が東京へ出てくれば芥川を訪ねるというぐあいである。二人の交友のなかでとくに印象的なのは、大正四年夏、芥川が井川の郷里、松江に三週間ちかく滞在したことである。そのとき「松江印象記」という文章をのこしているが、川の水、木造の橋、千鳥城の天守閣などに共感のおもいをこめている。この年の二月末、芥川は井川にあてて「ある女を昔から知っていた。その女がある男と約婚した。僕はその時になってはじめて僕がその女を愛している事を知った」とはじまる手紙(30)を出した。芥川の彼女へのおもいは家族の反対もあって断ちきられることになるが、井川はその傷心の彼を慰めるため松江に招いている。芥川は

蓮

愁心尽日細々雨　　愁心日を尽す細々雨
橋北橋南楊柳多　　橋北橋南楊柳多し
櫂女不知行客涙　　櫂女知らず行客の涙
哀吟一曲采蓮歌　　哀吟一曲采蓮の歌

と、五言絶句を送っている。このあと、彼は「羅生門」を書き出すのである。

芥川竜之介はしゃべるように、歌うように、手紙を書く。たんなる伝達とか挨拶はあるとしても、ごく少数である。大多数はおのれを語り、相手との対話をかさねている。学生時代の仲間たち、文壇の知己、ジャーナリズムの人々、先輩・後輩をとわず対話をかさねている。そこに芥川という人物像がうかぶのである。

ここでもうひとつ、取りあげておきたいのは、家族への手紙である。妻、文(旧姓塚本)は山本喜誉司とは姪、叔父の関係である。年齢は八歳しかちがわないが、彼女の母親は喜誉司の姉にあたる。そんなことから本所相生町の山本家に寄寓することもあった。跡見女学校にかよっていたというから、下町のお嬢さんというべきかもしれない。

山本あて書簡に、「君の令妹の——本当は姪だね」とか「私の母は文ちゃんの推賞家で」などと出てくるように、芥川にとって文の存在は日常生活のなかの風景だったにちがいない。ところが、前記の女性への恋ごころ断念のあと、彼は文のことをおもいつめる。「文子女史の事を考えるときに小供の時から知っているせいか清浄な無邪気な愛を感じる事が出来る」と書く(41)。それだけに文への手紙はすばらしいのである。

たとえば大正六年九月二十八日、横須賀から発信のもの(71)。海軍機関学校の英語教師となって二年目。小説家志望の活版工とへんな女学生が訪ねてきたことにふれて、

「彼等は唯世間で騒がれたさに小説を書くんです。そんな量見で書いて何がかけるものですか。量見そのものが駄目なんですからね」と書いて、

それから僕の所へ来たからって、むずかしい事も何もありゃしませんよ。あたりまえの事をあたりまえにしていさえすればいいんです。だから文ちゃんなら、大丈夫ですよ、安心なさい。いや寧文ちゃんのすなおさと正直さで立派に治ります。それは僕が保証します。大抵の事は文ちゃんのすなおさと正直さで立派に治ります。それは僕が保証します。世の中の事が万事利巧だけでうまく行くと思うと大まちがいですよ。それより人間です、ほんとうに人間らしい正直な人間です。それが一番強いのです

私はこんなところに芥川のモラリティを感じとる。文ちゃん、という呼びかけとともに、それが響くのである。

山梨県立文学館では、平成二十年(二〇〇八)の春、「芥川龍之介の手紙——敬愛する友恒藤恭へ」という企画展をひらいた。二人の生い立ち、向陵時代から生涯にわたる交友に、また恒藤の法学者としての仕事に焦点をあてたのである。恒藤家からは芥川書簡一〇三通、そのほかの資料を、また多くの方々の御協力をあおいだ。

ことに長尺ものの書簡、流れるような筆致のかずかず、即興とおぼしき詩歌、それらは観るものを圧倒せんばかりの迫力があった。そこからは芥川竜之介が天性の語り手であり、たぐいまれなレターライターであることを実感した。私は展示にあたってその全容をとおもっていた。担当の学芸員にそれを話すと、残念ながら会場がせまくてという返事。企画展にはかなりひろいスペースをとっているが、それがかなわぬこと、まさにうれしい悲鳴というほかはなかった。

明治二十年代の生まれというと、私たちの年頃からみると、父、あるいは祖父の世代にあたる。ときおり正宗白鳥さん、室生犀星さんから芥川の話をきいたことがあった。白鳥さんはあるとき、銀座から上野まで芥川といっしょに歩いたことがあった。そのとき、芥川はみちみち、ひとりでしゃべりつづけていたそうである。

「あれはよくしゃべる奴だ」

白鳥さんのこのひとことが記憶にのこっている。

（引用書簡のうち、本書所載のものはその表記にしたがった）

岩波文庫（緑帯）の表記について

近代日本文学の鑑賞が若い読者にとって少しでも容易となるよう、旧字・旧仮名で書かれた作品の表記の現代化をはかった。そのさい、原文の趣をできるだけ損うことがないように配慮しながら、次の方針にのっとって表記がえをおこなった。

㈠ 旧仮名づかいを現代仮名づかいに改める。ただし、原文が文語文であるときや作品名は旧仮名づかいのままとする。

㈡ 「常用漢字表」に掲げられている漢字は原則として新字体に、俗字・異体字などは原則として現行の字体に改める。

㈢ 漢字語のうち代名詞など、使用頻度の高いものを一定の枠内で平仮名に改める。
例、其→その　此→この

㈣ 平仮名を漢字に替えることはおこなわない。

㈤ 振り仮名を次のように使用する。
(イ) 読みにくい語、読み誤りやすい語には現代仮名づかいで振り仮名を付す。
(ロ) 送り仮名は原文通りとし、その過不足は振り仮名によって処理する。
例、悉→悉《ことごとく》

（岩波文庫編集部）

岩波文庫の最新刊

フロイト著／高田珠樹訳

日常生活の精神病理

知っているはずの画家の名前がどうしても思い出せない――フロイト存命中もっとも広く読まれた著作。達意の翻訳に十全な注を付す。

〔青六四二-一〕　定価一五八四円

エーリヒ・ケストナー著／酒寄進一訳

終戦日記一九四五

世界的な児童文学作家が、第三帝国末期から終戦後にいたる社会の混乱、戦争の愚かさを皮肉とユーモアたっぷりに描き出す。

〔赤四七一-二〕　定価一〇六七円

萩原朔太郎著

恋愛名歌集

萩原朔太郎(一八八六-一九四二)が、恋愛を詠った抒情性、韻律に優れた古典和歌の名歌を選び評釈した独自の詞華集。(解説＝渡部泰明)

〔緑六二-四〕　定価七〇四円

鵜飼信成著

憲法

戦後憲法学を牽引した鵜飼信成(一九〇六-八七)による、日本国憲法の独創的な解説書。先見性に富み、今なお異彩を放つ。初版一九五六年。(解説＝石川健治)

〔白三五-一〕　定価一三八六円

……今月の重版再開……

千葉俊二編

鷗外随筆集

定価七〇四円

〔緑六-八〕

木村浩編訳

ソルジェニーツィン短篇集

定価一〇一二円

〔赤六三五-二〕

岩波文庫の最新刊

バーリン著／桑野 隆訳

ロシア・インテリゲンツィヤの誕生 他五篇

ゲルツェン、ベリンスキー、トゥルゲーネフ。個人の自由の擁護を徹底して求めた十九世紀ロシアの思想家たちを、深い共感をこめて描き出す。

〔青六八四-四〕 定価一一一一円

正岡子規著

仰臥漫録

子規が死の直前まで書きとめた日録。命旦夕に迫る心境が誇張も虚飾もなく綴られる。直筆の素描画を天然色で掲載する改版カラー版。

〔緑一三-五〕 定価八八〇円

宗像和重編

鷗外追想

近代日本の傑出した文学者・鷗外。同時代人の回想五五篇から、厳しさと共に細《こま》やかな愛情を持った巨人の素顔が現れる。鷗外文学への最良の道標。

〔緑二〇一-四〕 定価一一〇〇円

……今月の重版再開……

トーマス・マン著／青木順三訳

講演集 リヒァルト・ヴァーグナーの苦悩と偉大 他一篇

定価七二六円 〔赤四三四-八〕

コンドルセ他著／阪上 孝編訳

フランス革命期の公教育論

定価一二一〇円 〔青七〇一-一〕

読書子に寄す

——岩波文庫発刊に際して——

岩波茂雄

真理は万人によって求められることを自ら欲し、芸術は万人によって愛されることを自ら望む。かつては民を愚昧ならしめるために学芸が最も狭き堂宇に閉鎖されたことがあった。今や知識と美とを特権階級の独占より奪い返すことはつねに進取的なる民衆の切実なる要求である。岩波文庫はこの要求に応じそれに励まされて生まれた。それは生命ある不朽の書を少数者の書斎と研究室とより解放して街頭にくまなく立たしめ民衆に伍せしめるであろう。近時大量生産予約出版の流行を見る。その広告宣伝の狂態はしばらくおくも、後代にのこすと誇称する全集がその編集に万全の用意をなしたるか。千古の典籍の翻訳企図に敬虔の態度を欠かざりしか。さらに分売を許さず読者を繫縛して数十冊を強うるがごとき、はたしてその揚言する学芸解放のゆえんなりや。吾人は天下の名士の声に和してこれを推挙するに躊躇するものである。このときにあたって、岩波書店は自己の責務のいよいよ重大なるを思い、従来の方針の徹底を期するため、すでに十数年以前より志して来た計画を慎重審議この際断然実行することにした。吾人は範をかのレクラム文庫にとり、古今東西にわたって文芸・哲学・社会科学・自然科学等種類のいかんを問わず、いやしくも万人の必読すべき真に古典的価値ある書をきわめて簡易なる形式において逐次刊行し、あらゆる人間に須要なる生活向上の資料、生活批判の原理を提供せんと欲する。この文庫は予約出版の方法を排したるがゆえに、読者は自己の欲する時に自己の欲する書物を各個に自由に選択することができる。携帯に便にして価格の低きを最主とするがゆえに、外観を顧みざるも内容に至っては厳選最も力を尽くし、従来の岩波出版物の特色をますます発揮せしめようとする。この計画たるや世間の一時の投機的なるものと異なり、永遠の事業として吾人は微力を傾倒し、あらゆる犠牲を忍んで今後永久に継続発展せしめ、もって文庫の使命を遺憾なく果たさしめることを期する。芸術を愛し知識を求むる士の自ら進んでこの挙に参加し、希望と忠言とを寄せられることは吾人の熱望するところである。その性質上経済的には最も困難多きこの事業にあえて当たらんとする吾人の志を諒として、その達成のため世の読書子とのうるわしき共同を期待する。

昭和二年七月

芥川竜之介書簡集《あくたがわりゅうのすけしょかんしゅう》

2009年10月16日　第1刷発行
2022年 7 月27日　第3刷発行

編　者　石割《いしわり》 透《とおる》

発行者　坂本政謙

発行所　株式会社 岩波書店
〒101-8002 東京都千代田区一ツ橋 2-5-5

案内 03-5210-4000　営業部 03-5210-4111
文庫編集部 03-5210-4051
https://www.iwanami.co.jp/

印刷・精興社　製本・牧製本

ISBN 978-4-00-360016-0　　Printed in Japan

宛名解説索引

（石割 透編）

書簡の宛名人名に関して，解説をほどこし，
該当する書簡番号を付した．

ア 行

青野季吉(1890-1961)　評論家．新潟県生．早大英文科卒．大正後期から『種蒔く人』，『文芸戦線』同人になり，プロレタリア文学の擁護者，理論家として活躍した．　**179**

赤木健介(1907-1989)　詩人，歌人．本名赤羽寿．青森県生．九州大学中退．『アララギ』の歌人として出発し，後，唯物研究会などの社会文化運動にも参画した．　**154**

芥川多加志(1922-1945)　芥川の次男．芥川の友人，小穴隆一の「隆」から命名される．東京外国語学校仏語科在学中に学徒動員で応召され，ビルマで戦死．　**156, 183**

芥川道章(1849-1928)　芥川の養父．生母フクの兄．東京府に勤務し，1898年に退職した．　**114, 115, 117, 118, 120**

芥川儔(とも)(1857-1937)　芥川の養母．幕末の大通，細木香以の姪にあたる．　**143**

芥川比呂志(1920-1981)　芥川の長男．慶応大学仏文科卒．以後，演劇の世界で俳優や演出家として活躍した．　**132, 161, 183**

芥川フキ(1856-1938)　芥川の伯母．生母フクの姉．母親にも似た存在として，芥川に強い影響を与えた．芥川に多くの肉筆原稿が残されているのも，彼女の努力による．　**143**

芥川文(1900-1968)　芥川の妻．旧姓塚本．跡見女学校卒．父を早く亡くし，母の実家山本家に育つ．母の末弟山本喜誉司が芥川の友人で，幼い頃から芥川に親しんでいた．1918年2月2

日，芥川と結婚．3男をもうけた． 52, 57, 59, 62, 65, 66, 68, 69, 70, 71, 72, 75, 150, 152, 184

芥川家　138, 142

浅野三千三(1894-1948)　化学者．千葉県生．東大薬学科卒．府立三中の後輩．後，東大教授として，ジフテリア菌など細菌学の分野で活躍．　18

飯田蛇笏(1885-1962)　俳人．別号山廬．本名武治．山梨県生．早大英文科中退．句の投稿を通じて高浜虚子を知り，『ホトトギス』を舞台に活躍．1915年，郷里で『雲母』を創刊し，俳壇の中心的な存在になる．『ホトトギス』投稿句を通して芥川を知った．　136, 181

井川恭　⇨恒藤恭

泉鏡花(1873-1939)　小説家．本名鏡太郎．石川県生．尾崎紅葉門下で，日清戦争後，「夜行巡査」「外科室」などの観念小説で認められる．後には反自然主義の小説家として，神秘幽玄の特異な作風で，芥川や谷崎潤一郎らに敬愛された．　147

江口渙(1887-1975)　小説家，評論家．東大英文科中退．佐藤春夫らと同人雑誌『星座』を創刊．小説『赤い矢帆』など．後には社会主義者として活動．『わが文学半世紀』などで芥川との交流を回想している．　67

小穴隆一(1894-1966)　洋画家．俳号一游亭．長崎県生．開成中学校中退．太平洋画会，二科会に属し，1919年，『海紅』掲載の挿絵を通じて芥川と知り合い，以後，俳句や画を理解する者として，芥川と最も親しい友人になる．『鯨のお詣り』などで芥川を回想．　106, 107, 110, 166, 175, 185

大熊信行(1893-1977)　歌人，評論家．山形県生．東京商大専攻部卒．石川啄木などの生活派の短歌から，プロレタリア短歌の創作に進む．また，経済学の教授として，小樽高商などで教鞭をとり，小林多喜二や伊藤整などを教えた．　177

小沢碧童(1881-1941)　俳人．本名忠兵衛．東京生．河東碧梧桐

に師事し,『海紅』同人になる.滝井孝作,小穴隆一を通して芥川と知り合い,書や俳句などをともに興じた. **109**

小田寿雄 芥川の横須賀海軍機関学校での教え子. **93**

カ 行

片山広子(1878-1957) 歌人,翻訳家.筆名松村みね子.佐佐木信綱に師事して歌集『翡翠』を刊行.アイルランド文学に親しみ,『シング戯曲全集』刊行など,アイルランド文学の名翻訳者として知られた.1925年,軽井沢で芥川や堀辰雄らと交流を深め,芥川から敬愛された. **160**

木村毅(1894-1979) 小説家,評論家.早大英文科卒.春秋社などに勤める.博学多識で知られ,著書に『文芸東西南北』,朝鮮での軍隊生活に取材した小説『兎と妓生と』など.大正末には吉野作造主宰『反響』編集や明治文化研究会同人になった. **164**

葛巻義敏(1909-1985) 芥川の実姉ヒサと葛巻義定の長男.1920年代半ばから芥川とともに過すことが多かった.『驢馬』同人として創作を試みた.芥川の逝去後,遺稿を整理,多くの回想文を残した. **133, 149**

久米正雄(1891-1952) 小説家,劇作家,俳人.長野県生.東大英文科卒.一高以来の友人.三汀の俳号で新傾向俳人として知られ,芥川を『新思潮』同人に導いた.芥川とともに,晩年の夏目漱石に親しみ,文壇に進出.大正期の新技巧派を代表する中堅作家となる.昭和には,多くの通俗小説を書いた. **38, 56, 78, 134**

小島政二郎(1894-1994) 小説家,随筆家.東京生.慶大文学科卒.『三田文学』に発表した小説「睨み合」で認められ,「森の石松」「一枚看板」などで新進作家の地位を確立した.その間,鈴木三重吉のもとで『赤い鳥』の編集を手伝い,芥川や菊池と

の交流が深まった.後には多くの通俗小説で人気作家になる.
『眼中の人』などで芥川を回想.　**79, 80, 81, 82, 92, 99, 122, 126**

サ 行

斎藤茂吉(1882-1953)　歌人,医師.山形県生.東大医科卒.伊藤左千夫に師事し,『アララギ』の有力歌人になる.1919年,長崎医専教授として赴任している折,長崎を訪れた芥川と知り合う.歌集『赤光』『あらたま』,歌論『童馬漫語』は芥川に大きな影響を与えた.　**165, 169, 171, 180**

佐佐木茂索(1894-1966)　小説家,編集者.京都生.上京後,中央美術社などに勤務し,大正半ばに久米を通して芥川と知り合う.芥川の紹介で文壇入りを果たす.菊池寛とも親しみ,『文芸春秋』編集長を務めた.創作集『春の外套』,『天ノ魚』など.　**90, 94, 101, 121, 153, 159, 163, 167, 170, 174**

佐藤春夫(1892-1964)　小説家,詩人.和歌山県生.慶大中退.『スバル』系の詩人として出発.江口渙らと『星座』を創刊.小説「西班牙犬の家」「田園の憂鬱」,詩集『殉情詩集』,随筆集『退屈読本』など,多様な分野で才能を開花させた.　**64, 67, 157, 173**

沢村幸夫(1883-1942)　大阪毎日新聞社社員.外国通信部から支那課長,上海支局長を務め,芥川の中国旅行の上海滞留時,多くの便宜を図った.　**116**

志賀直哉(1883-1971)　小説家.東大国文科中退.『白樺』を武者小路実篤らと創刊.「網走まで」「剃刀」などを収めた単行本『留女』(1912)で小説家としての地位を確立.長編小説「暗夜行路」など.芥川は終生,志賀文学に傾倒した.　**182**

下島勲(号空谷)(1870-1947)　医者,俳人.号空谷.慈恵医学校卒.日清・日露戦争に従軍後,田端で開業.芥川家の主治医.書画や俳句に親しみ,「澄江堂」の扁額を揮毫.芥川が跋文を寄せ

た『井月の句集』を編集．医師として芥川の最期を看取った．
108

杉本わか 長崎の芸妓，照菊．後，料亭橋本の女将になる．1922年，芥川と長崎で知り合い，河童図の中でも最も秀でた作として知られる「水虎晩帰之図」を与えられた．**128**

薄田泣菫(1877-1945) 詩人，随筆家．本名淳介．岡山県生．ほとんど独学で，1899年，詩集『暮笛集』を刊行．蒲原有明とともに1900年初頭を代表する詩人．1912年，大阪毎日新聞に入社．同紙連載の随筆「茶話」が好評を得る．1919年，学芸部長になり，芥川と菊池寛を入社させた．**77, 83, 84, 86, 87, 111, 112, 123**

タ 行

滝井孝作(1894-1984) 俳人・小説家．俳号折柴．河東碧梧桐門下の新傾向の俳人として出発．志賀直哉に傾倒し，小説に「無限抱擁」など．時事新報記者として，1919年頃に芥川と知りあい，小沢碧童らと，主に俳句を通して芥川に親しんだ．**95, 140, 178**

滝田樗陰(1882-1925) 編集者．本名哲太郎．東大英文科在学中に雑誌『中央公論』の編集に携る．以後，『中央公論』文芸欄主幹になり，名編集長として多くの新進の文学者を発掘，同誌文芸欄を権威あるものにした．**97, 98**

谷崎潤一郎(1886-1965) 小説家．東京生．東大国文科中退．(第二次)『新思潮』同人になり，以後，耽美的，官能的な小説で，反自然主義を代表する作家になる．芥川の晩年に，小説の筋をめぐって論争した．**148**

谷森饒男(?-1921) 芥川の一高の同級生．東大国史科卒．平安時代の政治や風俗に詳しく，逝去の翌年，実弟谷森祐男により『検非違使ヲ中心トシタル平安時代ノ警察状態』が刊行された．

芥川は「今昔物語集」に基づく作品を書くに際し，谷森の平安時代についての知識を求めた．父は貴族院議員の谷森真男． **37**

塚本文 ⇨ 芥川文

塚本八洲(1903-1944)　芥川の妻，文の弟．一高入学後，病床に就くことが多かった． **124**

土屋文明(1890-1990)　歌人．群馬県生．東大哲学科卒．伊藤左千夫に師事し，『アララギ』に参加．東大在学中には(第三次)『新思潮』同人になり，小説などを発表．歌集『ふゆくさ』など．『アララギ』を代表する歌人になる． **146**

恒藤恭(1888-1967)　法学者．旧姓井川．島根県生．一高の同級生．京大法科卒．同志社大学教授を経て，京大教授に就任．1916年11月，恒藤雅と結婚．恒藤家を継ぐ．一高卒業後も親友としての関係が続いた． **12, 13, 16, 22, 24, 26, 27, 28, 30, 31, 33, 35, 39, 43, 44, 45, 47, 50, 55, 73, 102**

恒藤雅(1896-1982)　恒藤恭の妻．恒藤規隆の長女． **102**

ナ　行

中根駒十郎(1882-1964)　出版人．小学校卒業後，新声社(後の新潮社)に入社．社長の佐藤義亮のもとで，雑誌『新潮』などの編集に従事した． **113**

永見徳太郎(1890-1950)　戯曲家，郷土史研究者．号夏汀．長崎の素封家で1919年の長崎旅行以後，親しい交際が続く．戯曲集『阿蘭陀の花』，『長崎乃美術史』『南蛮長崎草』などの著作がある． **88**

夏目鏡子(1877-1963)　夏目漱石の妻．旧姓は中根．漱石の兄に紹介され，漱石が五高就任直後の1896年に漱石と結婚．漱石との間に2男5女をもうけた． **61**

夏目漱石(1867-1916)　小説家．本名金之助．東京生．東大英文

科卒．1905年，「吾輩は猫である」を発表．1907年，東大教授を辞し，朝日新聞社に入社．以後多くの小説を『朝日新聞』に連載．多くの門下生に敬われつつ，「明暗」執筆中に逝去．**51, 53, 54**

南部修太郎(1892-1936)　小説家．慶大文科卒．慶大在学中，『三田文学』に翻訳などを発表．卒業後，『三田文学』の編集に携りつつ，「修道院の秋」，「猫又先生」などの小説を発表．芥川や菊池寛らと交流を深め，大正中期の新進小説家として認められた．**85, 89, 96, 100, 103, 104**

能沢かほる(1904-1931)　室生犀星が贔屓にした金沢西廓「のとや」の養女．芥川とは，1924年に金沢で犀星を通して知り合う．「しやつぽ」の名で知られた金沢の名妓．**141**

ハ 行

秦豊吉(1892-1956)　翻訳家，評論家，劇作家．別名丸木砂土．東京生．東大独法科卒．在学時から『新思潮』同人と親しく，劇評などを試みる．三菱商事ベルリン支店に勤務，帰国後，芥川の序文を付した『文芸趣味』を刊行．レマルク『西部戦線異状なし』などの翻訳も多い．以後は，主に芸能方面で活躍した．**49, 176**

原善一郎(1892-1937)　貿易商．府立三中の一年後輩．1913年，コロンビア大学に留学．16年帰国．父富太郎は貿易商で，東洋美術品収集で知られ，横浜三渓園を築く．善一郎も美術に対する造詣が深く，竹柏会同人として短歌も試みた．**23, 29**

広瀬雄(1874-1964)　府立三中の英語教師で担任．1900年，東京高等師範学校英語専修科卒．少年時代の芥川に，読書面など多大な影響を与えた．**1, 3, 4, 19**

広津和郎(1891-1968)　小説家，評論家．早大英文科卒．1912年，同人雑誌『奇蹟』を創刊．評論集『作者の感想』，小説「神経

病時代」など．芥川文学には批判的であったが，晩年の芥川には好意を寄せ，『同時代の作家たち』『年月のあしおと』で，芥川を懐かしんでいる． **168**

藤岡蔵六(1891-1949)　一高の同級生．東大哲学科卒．ドイツ留学後，1924年，甲南高等学校教授，哲学を講じた． **14, 20, 32**

藤沢清造(1889-1932)　小説家．石川県生．尋常小学校卒業後，職を転々とし，創作家を志し上京．人生体験に基づく「根津権現裏」(1922)で文壇に注目された． **131**

堀辰雄(1904-1953)　小説家．東京生．東大国文科卒．1923年，室生犀星を通して芥川を知り，自作の詩の批評を求める．芥川は堀の才能を高く評価した．1925年夏の軽井沢滞在で，一層交流が深まった．芥川の自裁に深い衝撃を受け，それは大学卒論『芥川竜之介論』，小説『聖家族』などに反映している． **135, 155**

マ 行

正宗白鳥(1879-1962)　小説家，劇作家．東京専門学校卒．『紅塵』『何処へ』などで，自然主義を代表する作家としての地位を確立．大正後期には多くの作家論を書き，劇作家としても活躍した． **139**

松岡譲(1891-1969)　小説家．新潟県生．東大哲学科卒．(第三次)，(第四次)『新思潮』同人になり，小説などを発表．芥川や久米正雄と親しむ．夏目漱石の長女筆子と結婚．小説の代表作に「法城を護る人々」．更に『漱石先生』など，漱石について多くの発言を残した． **48, 58, 60, 63, 74, 76, 105**

真野友二郎　芥川文学の愛読者で，1922年過ぎより書簡を通して芥川と交流を深めた． **127, 129**

水守亀之助(1886-1958)　小説家，編集者．兵庫県生．『新潮』編集者など，幾つかの出版社で編集に携わった．1917年，春陽

堂社員の際に芥川と知り合う.『帰れる父』など，小説家としても活躍. **130**

室生犀星(1889-1962) 詩人，小説家. 石川県生，本名照道. 俳号魚眠洞. 萩原朔太郎と『感情』を創刊. 詩集に『叙情小曲集』『愛の詩集』など. 後に「幼年時代」「性に目覚める頃」など小説家としても活躍. 1918年に芥川と知り合い，互いに田端に住んでいたこともあり，交流が深まった. **91, 137, 144, 145, 151, 172**

室賀文武(1869-1949) 俳人. 号春城. 山口県生. 芥川の実父経営の牧場で働き，芥川とは幼い頃から親しむ. 無教会系キリスト教を信仰，芥川とは，俳句やキリスト教を通して親しんだ. 句集『春城句集』に芥川は序文を寄せている. **162**

ヤ 行

山本喜誉司(1892-1963) 府立三中の同級生. 芥川の妻，文の叔父. 東大農科卒. 三菱合資会社に入り，北京に滞在. 後にはブラジル・サンパウロに渡り農場を経営. **2, 5, 6, 7, 8, 9, 10, 11, 15, 17, 21, 25, 34, 36, 40, 41, 42, 46**

山本有三(1887-1974) 小説家，劇作家. 一高の同級生. 東大独文科卒. (第三次)『新思潮』同人として戯曲を発表.「生命の冠」などで劇作家として認められ，後には「波」「真実一路」「路傍の石」などの小説家として活躍した. **158**

与謝野鉄幹(1873-1935) 詩人，歌人. 京都生. 本名寛. 1900年東京新詩社を作り，文学美術雑誌『明星』を創刊. 鳳晶子と1902年に結婚. 北原白秋，石川啄木，木下杢太郎，吉井勇ら，多くの歌人，詩人を新詩社から輩出した. **119**

与謝野晶子(1878-1942) 歌人，評論家. 大阪府生. 旧姓鳳. 恋愛を奔放に表現した歌集『みだれ髪』で『明星』を代表する歌人になる. 歌集，小説，女性に関する評論，源氏物語訳など，

ワ 行

渡辺庫輔(1901-1963)　長崎の郷土史家．『アララギ』などに短歌を投稿．1919年，芥川，菊池寛が長崎に赴いた際，芥川と知り合う．以後上京し，芥川の指導を受け，田端にも住んだ．後，長崎に戻り，郷土に関する多くの研究を残した． **125**